창
의로 꿈을 실현하다

창의로 꿈을 실현하다

창의 = 다르게

김경수 지음

함께
BOOKS

진짜 창의는 나눔이다!

창의라는 말이 넘치는 시대에 '진짜 창의'는 무엇일까 생각합니다. 사람들은 삶이 힘들고 어려울수록, 어떻게 하면 부자로 살 수 있을까에 골몰합니다. 여기, 생이 던져준 시련과 고난을 헤치고, 자기 자리에서 일가(一家)를 이룬 사람들이 있습니다. 이들에게 창의는 사람과 사람 사이에서 '함께'와 '더불어'의 의미를 찾는 일이었습니다.

전남대 문화전문대학원 김경수 교수가 고단하게 발품을 팔아 인터뷰한 8명의 인물들에게서는 사람 냄새가 났습니다. 가난의 시간을 넘어 기어이 성공해서가 아니라, 힘들게 자기 손에 쥔 것을 기꺼이 세상으로 다시 되돌려 함께 잘 살려는 마음을 지녔기 때문입니다.

8명의 인물들은 남이 가지 않은 길을 남이 하지 않는 방식으로 묵묵히 걸었습니다. 그 걸음의 방식 안에 안 될 일을 되게 만드는 '진짜 창의'가 숨어 있었습니다. 감동을 재활용하는 방식으로 창의를 실행한 〈님아, 그 강을 건너지 마오〉의 진모영 감독, 김홍도, 정선의 그림에 디지털을 융합한 미디어 아티스트 이이남 작가, 자연에서 창의의 답을 찾은 '광양 청매실농원' 홍쌍리 여사, 포기를 모르는 열정의 소유자 '영동농장' 김용복 회장, 시간을 분 단위로 활용한 '황솔촌' 황의남 대표, 물건 파는 일보다 사람 키우는 일에 골몰한 '영암마트' 김성진 대표, 시대의 흐름을 읽고 서민들의 생활을 일으킨 '사랑방신문' 조덕선 회장, 남을 돕는 일에서 행복을 찾은 '남화토건' 최상옥·최상준 형제. 그들의 삶은 깊고, 아름다웠습니다.

혼자만 잘 먹고, 잘 살면 무슨 재미가 있겠습니까? 밥도 혼자 먹을 때보다 여럿이 함께 먹을 때 훨씬 맛이 납니다. 쓸쓸하고, 외롭고, 버거운 삶의 시대를 헤쳐나가는 힘은 서로가 서로에게 어깨를 내주는 일에서부터 시작하는 것 같습니다. 진짜 창의는 '나눔'입니다.

광주광역시 교육감 장휘국

책은 창의의 보고(寶庫)

흔히들 '창의'는 우리 손길이 닿을 수 없는 곳에 있는 것으로 안다. 그러나 창의는 우리 주변에도 많고, 특히 우리가 쉽게 접할 수 있는 책은 창의의 보고이다.

이 책은 우리 주변의 창의적 인물들을 자세하게 다뤄 더욱 눈길을 끈다. 창의는 멀리 있는 것이 아니라 우리 주변에도 얼마든지 있음을 보여줬다. 근접성이란 측면에서 지역 독자들의 사랑을 받을 것으로 기대된다.

저자인 전남대 문화전문대학원 김경수 교수는 8명의 창의적 인물들의 출신이나 성장 과정, 창의적 아이디어로 성공하는 이야기를 꼼꼼하게 글로 옮겨 생동감을 준다. 특히 창의적 인물들을 오랫동안 지켜본 주변인들의 인터뷰가 많아 독자들의 공감을 얻을 것으로 보인다.

8명의 창의적 인물들의 공통점은 책을 많이 읽고, 약자를 배려하며, 끊임없이 봉사한다는 것이다. 하늘 아래 새로운 것은 없다는 말처럼 우리는 살아가면서 필요한 많은 지혜를 책을 통해 배우고 창의적 아이디어를 생산해낸다. 책은 예나 지금이나 우리의 스승임에 틀림없다.

특히 "나의 모든 창의적 아이디어는 책에서 나온다"는 남화토건 석봉 최상준 부회장의 신념이 눈길을 끈다. 쉴 새 없이 책을 읽으며 창의적 아이디어를 만들어내는 최 부회장의 태도를 우리 학생들도 본받아야 한다.

전남도교육청도 이들 8명과 같은 창의적 인재 양성을 위해 독서·토론 수업을 특색사업으로 추진, 전국적으로 큰 반향을 불러일으키고 있다. 독서·토론 수업을 듣고 자란 우리 전남의 학생들도 이들처럼 창의적 인재로 거듭날 것으로 기대한다.

전라남도 교육감 **장만채**

왜 창의인가?

누구나 꿈이 있습니다.

대학, 지식, 직장, 돈, 명예, 건강, 사랑….

꿈은 사람마다 다르고, 상황에 따라 변합니다.

꿈을 이루는 방법에 정답은 없지만 최선은 '창의'입니다.

모든 게 스스로의 생각에서 비롯되기 때문입니다.

인간이 만물의 영장이 되고, 불가능을 가능으로 바꾸는 원동력 또한 창의입니다.

창의는 비롯할 창(創), 생각 의(意) 자로 구성된 한자어로, 무언가를 접하고 '비롯되는 생각'이란 뜻입니다. 사전에는 '새로운 의견을 생각하여 냄, 또는 그 의견'으로 나와 있고, 관련 단어로는 creativity, idea, 꾀, 발상, 착상, 창안, 영감, 고안, 지혜 등이 있습니다.

이 모든 게 인간의 생각입니다.

좋은 생각은 좋은 말과 행동을 낳고, 행복을 만들어냅니다.

'행복은 가까운 곳에 있다.'라는 말처럼 창의는 늘 우리의 주변에 있습니다. 멀리 있는 것은 창의가 아닙니다. 창의는 남의 생각이 아닌, 나의 생각이기 때문입니다.

그래서 창의는 마음먹기에 달려있고, 생각하기 나름입니다. 생각을 바꾸면 모든 게 바뀔 수 있지만, 생각을 바꾸기가 어렵습니다. 생각은 행동의 습관보다 무서운 마음의 습관이기 때문입니다.

생각의 습관은 어디에서 오는 걸까요?

교육입니다. 특히 어린 시절의 가정교육이 큰 비중을 차지합니다. 부모가 전라도 말을 하는데 자식이 경상도 말을 하지 않는 것과 같은 이치입니다.

그다음이 학교교육입니다. 유치원, 초·중·고·대학교 등에서 여러 선생님과 친구들을 만나면서 한 사람의 가치관이 형성됩니다. 부모가 바뀌지 않는 사이, 선생님과 친구들은 계속 바뀌면서 생각이 변하게 되는 것입니다. 학교에서 훌륭한 스승을 만나서 인재가 되기도 하고, 친구 따라 강남(?) 가기도 합니다.

인생에서는 누구를 만나느냐가 관건입니다.

창의도 만남에서 비롯됩니다.

만남은 바꿀 수 없는 만남과 바꿀 수 있는 만남으로 구분할 수 있습니다.

　바꿀 수 없는 만남은 부모, 형제, 가족 등으로 어찌할 도리가 없지만, 바꿀 수 있는 만남은 스승, 친구, 배우자 등으로, 내 의지대로 선택할 수 있습니다.

　누구를 만나느냐에 따라 인생이 바뀌기에, 창의는 '바꿀 수 있는 만남'에 주목해야 합니다.

　사람 인(人)자에 그 답이 있습니다.

　이 한자는 2획으로 왼쪽 1획(나)이 오른쪽 2획(남)에 연결되어 있습니다. 내가 남에게 기대어 서 있는 형상입니다.

나　　　　　　　　남

　그런데 과학문명이 발달할수록 지구환경이 파괴되듯이, 인간 본성도 점점 변형되고 있습니다.

人	남의 말에 귀 기울이지 않는 '불통(不通) 형 인간'
人	남과 점점 더 멀어져 외톨이가 되거나 분노를 표출하는 '고립무원(孤立無援) 형 인간' 또는 '안하무인(眼下無人) 형 인간'
人	나의 권력이나 힘으로 남을 찍어 내리는(갑질하는) **'군림(君臨) 형 인간'**
人	나의 개성보다 남들이 좋다고 하는 것들을 따라가는 **'우유부단(優柔不斷) 형 인간'**
人	먼 이익보다 눈앞의 이익을 먼저 생각하는 **'계산(計算) 형 인간'** 등… 이러한 인간의 모습이 최근 뉴스 기사에서 증가하고 있습니다.
人	**사람 人자를 관찰하면 '나와 남'의 조화와 균형의 아름다움을 느낄 수 있습니다.** 인간은 결국 '만남'으로 이루어지는 존재이고, '내가 남에게 기대어 살기에 나도 남에게 도움을 주고 살아야 한다.'라는 의미로 해석할 수 있습니다.

대한민국의 수많은 교육기관에서 빠지지 않는 비전은 '창의적인 인재 육성'입니다. 이를 실현하기 위해서 무엇보다 교육기관 주체가 창의적이어야 합니다. 즉, 학생을 가르치는 교사와 교수가 창의적일 때 창의적인 학생이 배출된다는 의미입니다. 우리나라 대다수의 교육자들이 가장 가지고 싶고, 또 물려주고 싶은 것이 '창의'인 셈입니다.

제가 광주·전남 지역의 '창의 인물'을 찾아 나선 이유입니다.

그리고 다음과 같이 다짐했습니다.

① 사람에게서 창의를 배우고 책을 쓰자. - 배움(읽기)과 가르침(쓰기)

② 내 주변에서 큰 사람을 찾자. - 현실 가능성

③ 인맥을 만들자. - 금맥보다 인맥

　지난 2년 동안 110여 명의 자료조사를 통해 20여 분을 만나고 8인으로 압축하였습니다. 그 결과는 〈님아 그 강을 건너지 마오〉의 진모영 감독, '제2의 백남준' 이이남 작가, '광양청매실농원'의 홍쌍리 여사, '영동농장'의 김용복 회장, '황솔촌'의 황의남 대표, '영암마트'의 김성진 대표, 사랑방신문의 조덕선 회장, '남화토건'의 최상옥 회장과 최상준 부회장의 창의입니다.

　이분들은 명문대나 금수저 출신이 아닙니다. 지역 출신으로서 지역을 기반으로 꿈을 이룬 사람들입니다. 그렇다고 영웅담은 아닙니다. 이 글의 목적은 '창의 사례 분석'을 통해 창의의 본질을 이해하고 전파하는 데 있습니다. 따라서 다음과 같은 주안점이 있습니다.

1. '왜?'로부터 시작해서 꿈을 이룬 원인을 분석하고, 위기상황에 대해 추적하였습니다.

　이 글의 발단은 주인공의 인생을 바꾼 사건이나 주요 업적 등의 사례에서 비롯됩니다. 왜 이러한 결과가 나왔고, 당시에는 어떤 생각과 어떤 행동을 했는지를 추적했습니다.

　창의는 위기상황일수록 더 도드라진다는 특징이 있습니다. 이 주인공들은 위기상황에서 어떻게 대처했는지, 또 그것이 어떤 의미가 있는지를 분석하였습니다.

이와 같은 위기와 대응을 스토리로 연결하면서 주인공의 창의를 추출하였습니다. 그리고 그 상황에서 나라면, 또는 경쟁자라면 어땠을지 비교도 덧붙였습니다.

2. 그들의 창의의 진실에 다가서기 위해 이 책의 주인공들과 1년 이상 교류하고 교감하였습니다.

인터뷰 중심의 글은 주인공(interviewee)의 생생한 증언을 소개할 수 있다는 장점이 있지만, 그 말의 진실성 여부를 확인하기 어렵다는 단점이 있습니다. 그리고 주인공과 글쓴이(interviewer)의 착오 또는 오류가 있을 수 있습니다. 그 이유는 인터뷰 글이 대개 확인 절차 없이 주인공 1인의 말에 전적으로 의존하기 때문입니다.

이러한 점을 개선하기 위해서 주인공의 저서 또는 신문기사 등을 읽고 확인하거나 인터뷰 내용과 비교하고, 마지막에는 주인공과 교감하는 과정을 거쳤습니다.

또 주인공 주변 사람들의 인터뷰를 통해 의심스러운 부분을 검증하는 방식으로 창의의 팩트(fact)에 집중하였습니다.

3. 8인의 각 장의 영역이 겹치지 않도록 하고, 서로 다른 창의를 정리하는 방식으로 창의의 공통점을 도출하였습니다.

보편적이자 핵심적인 창의를 추출하기 위해 주인공들의 직업이 겹치지 않는 범위에서 최종 8인을 선택하였습니다. 그리고 유사한 활동 영역의 주인공을 둘씩 묶어서 '서로 다른 창의'를 비교할 수 있도록 구성하였습니다.

주인공의 '창의'를 일목요연하게 확인할 수 있도록 개인별 창의를 요약·정리하고, 마지막 맺음말에는 이 글들을 총정리하여 창의의 '공통점'을 도출하는 데 역점을 두었습니다. 이들의 공통점은 창의의 기본이자 창의의 비결이 될 수 있기 때문입니다.

이러한 기회를 주신 진모영 감독님, 이이남 작가님, 홍쌍리 여사님, 김용복 회장님, 황의남 대표님, 김성진 대표님, 조덕선 회장님, 최상옥 회장님과 최상준 부회장님, 그리고 그 주변에서 도움을 주신 모든 분께 깊은 감사의 마음을 전합니다. 특히 1년 이상 불쑥불쑥 이어진 저의 연락과 귀찮은 요청에도 친절한 답변과 자료를 제공해 주신 여덟 분에게 깊이 감사드립니다.

이 책의 출간은 당초 계획보다 1년 정도 늦어졌습니다. 볼 때마다 부족함이 드러나서 의기소침할 때, 저의 멘토이신 전남대 이강래 교수님께서 다음과 같은 서신을 보내주셨습니다.

이 책의 가치는 진솔함에 있다고 여깁니다. 문장의 기교 따위는 본질이 아닙니다. 그러므로 문장들 자체를 치장하고 매끄러운 글로 만들려하기보다는, 차라리 문단 형태의 변화와 다양한 편집 기법을 동원하여, 결과적으로 김 교수님의 문체와 어법이 지나치게 손상되는 일이 없었으면 좋겠습니다….

실로 오랜만에 받아본 멘토의 편지에 감동과 용기를 얻어 출간을 후회하지 않기로 결심하였습니다. 머지않은 시점에 이 책의 내용이 나 생각이 부족했다는 것을 받아들이는 것조차 깨달음이 되고 창의로 발전되리라 긍정해 봅니다.

이 책의 원고를 흔쾌히 읽어주신 이강래 교수님과 정경운 교수님, 저의 희망 남정자 선생님, 그리고 이렇게 멋진 책으로 만들어주신 함께북스의 조완욱 대표님께 머리 숙여 감사드립니다.

끝으로 이 책은 제가 가장 사랑하는 아이 다인과 수인이, 월화수목금금금 DDL(Digital contents Development Laboratory) 연구실에서 마지막까지 내 곁에 남아서 공부하는 제자 김기범에게 전해주고 싶은 저의 선물이라 여깁니다. 이 책에는 어떤 어려움도, 어떤 아픔도 극복하고 꿈을 이룰 수 있는 정직한 길들이 담겨있기 때문입니다.

독자 여러분께서도 이 책 속의 창의가 현재의 어려움을 극복하고 꿈을 이루는 데 작은 디딤돌이 되기를 간절히 기원합니다.

시월에 전남대 용지관 연구실에서 김경수 올림

상업人의
부자가 되는 창의

기술人의
지역과 100년을 함께 할 창의

제 1 부

문화예술人의
세계에서 인정받는
창의

○ '님아, 그 강을 건너지 마오' 진모영 감독

○ '제2의 백남준' 이이남 작가

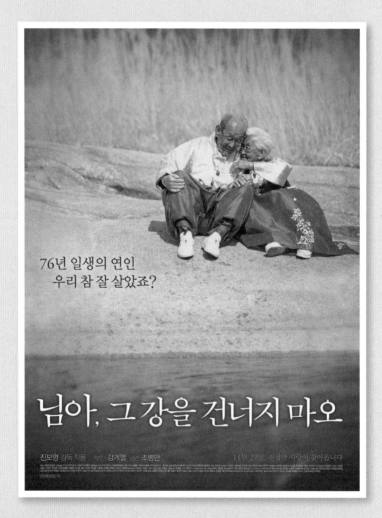

〈님아, 그 강을 건너지 마오〉 진모영 감독

대한민국
다큐멘터리 영화의
역사를 바꾸다!

2014년 겨울, 〈님아, 그 강을 건너지 마오(이하 님아)〉가 '관객 480만명'을 돌파하면서 대한민국 다큐멘터리영화의 역사를 새롭게 썼다. 이는 역대 국내 다큐멘터리영화 사상 최다 관객을 기록하며 총 제작비 1억 2천만 원의 저예산으로 373억 원을 벌어들인, 투자 수익률 2000%를 웃도는 놀라운 성과다.

이전 다큐멘터리영화의 최대 관객은 296만 명을 기록한 〈워낭소리, 2009〉였고, 조금 더 큰 범주의 '다양성 영화*' 부문에서는 342만 명의 관객을 기록한 〈비긴 어게인(Begin Again), 2013〉이었다.

〈님아**〉가 이 기록들을 한꺼번에 경신한 것이다.

---

* 다양성 영화: 독립영화, 예술영화를 포함한 비주류 영화
** 〈님아〉의 해외 수상 실적: 밀레니엄 국제다큐멘터리영화제 심사위원특별상(2015), 핫독스 국제다큐멘터리영화제 톱 10(2015), LA국제영화제 다큐멘터리 부분 대상(2015), TRT 다큐멘터리어워드 터키문화관광부 특별상(2015), 비전뒤릴 국제영화제 심사위원특별상(2015), 이란 다큐멘터리영화제 대상(2015) 등
〈님아〉의 노미네이트 실적: 멜버른 국제영화제, 모스코바 국제영화제, 런던 국제영화제, 시드니 국제영화제, 뉴욕 아시아영화제 등

〈님아, 그 강을 건너지 마오〉의 진모영 감독

또한 〈님아〉는 영화 한 편으로 다수의 상을 수상하는 이색 기록도 세웠다. 특히 국내보다 해외에서 더 많은 수상을 하였고, 국제무대에 진출하여 본선 경쟁을 통해 대한민국의 다큐멘터리영화를 세계에 알렸다.

〈님아〉로 인한 사랑 신드롬 현상도 있었다. 이 영화의 주인공은 90대 노인 부부였지만, 20대가 주도되어 SNS를 통한 입소문이 영화의 홍보를 이끌었다. 인간에게는 시대와 세대를 뛰어넘어 사랑에 대한 영원한 로망이 있는 것으로 분석됐다. 또한 이는 그동안 주목받지 못했던 다큐멘터리영화의 새로운 가능성을 엿볼 수 있는 희망이 되었다.

이 작품을 만든 이는 전남 해남 출신의 전남대 법대를 졸업한 진모영 독립 PD 감독이다.

긍정적인 역발상(逆發想)과
거침없는 실행
|

〈님아〉는 강원도 횡성군 청일면 고시리의 한 산골 마을에서 76년 동안 순수한 부부의 사랑을 지키며 살아온 조병만 할아버지(98)·강계열 할머니(89) 부부의 일상을 그린 다큐멘터리영화다.

진 감독이 노부부(老夫婦)를 알게 된 계기는 〈KBS 다큐, 인간극장〉이었다. 우연히 이 프로그램을 시청한 진 감독은 다음과 같이 소감을 밝혔다.

"이 방송을 보고 전율을 느꼈다. 이렇게 아름다운 소재를 스쳐가듯이 끝내기에는 너무 아깝다고 생각했다. 하지만 TV에서는, 이야기를 재구성하여 다큐멘터리를 제작한다 하더라도 편성해주지 않을 것이라는 느낌이 들었다. 그래서 전 세계인들이 집중해서 볼 수 있는 영화로 만들어야겠다고 결심했다."

진 감독은 이 다큐멘터리를 본 직후 노부부에게 전화 연락을 하고

진모영 감독과 조병만(89)·강계열(98) 부부의 첫 만남 (2012년 9월 9일)

곧장 강원도 횡성으로 달려가서 만났다.

이 부부의 이야기는 2011년 1월에 〈SBS 스페셜, 신년특집 4부작. '짝'〉에서 방송된 후, 같은 해 11월 14일~18일에 〈KBS 다큐, 인간극장 '백발의 연인' 편〉에서 총 5부작으로 방영되었다.

진 감독 본인은 이 소재로 인하여 매일 매일이 흥분되는 나날이었지만, 그의 주변에서는 "이미 TV에서 방영됐던 소재를 왜 또 다루느냐?" "신선하고 흥미 있는 소재가 얼마나 많은데 노인 이야기로 되겠냐?" "한 번 본 것을 누가 또 보겠느냐?"는 비판과 우려의 시선으로 그를 바라보았다. 이러한 부정적인 시선에도 아랑곳하지 않고 그가 촬영을 고집한 이유는 "영화는 TV와 다르게 깜깜한 극장 안에서 90분 동안 집중해서 보기 때문에 더 깊이 있는 교감이 가능하고, 같은 영상이라도 장르와 장소를 바꾸면 전혀 다른 결과가 나올 수 있기 때문이다."고 주장한다.

또한 "남들이 어떻게 생각하든, 나는 이 이야기는 사람들의 호응을 얻을 수 있다고 확신했다. 그 이유는 소재의 독창성과 주제의 보편성에서 가능성을 찾았기 때문이다."

그는 이렇게 확고한 결심을 한 이후로 한 번도 고민하지 않았다고 한다. 안 될 이유를 찾지 않고, 오직 해야 될 이유만 찾았던 것이다.

이러한 그의 남과 다른 생각은 촬영에서 이점(利點)으로 돌아왔다. 주인공 할아버지·할머니는 이미 몇 차례의 촬영 경험을 통해 카메라를 낯설어하기보다 흥미롭게 여겼고, 오랜 시간 산골에서 외롭게 지내서 사람들의 방문을 반가워하셨다. 이로 인해 〈님아〉의 촬영에서는 훨씬 편안하고 자연스러운 행동이 나왔던 것이다. 결과적으로 기존의 TV 방송은 〈님아〉를 위한 리허설이 된 셈이다.

〈님아〉는 15개월이나 소요된 아주 긴 시간의 촬영이었다. 더욱이 이 영화는 부부의 잠자리는 물론, 할아버지가 요강에 오줌 누는 장면, 알몸으로 목욕하는 장면, 할아버지가 아파서 괴로워하는 장면 등 사생활이 적

조병만 할아버지와 강계열 할머니의 잠자리

나라하게 공개되었다. 이것은 〈님아〉의 독창성을 제공한 중요한 요인이 되었다. 아무리 마음씨 좋은 시골 노인이라지만 어떻게 이러한 촬영까지 가능했을까?

필자는 다음과 같은 생각을 해보았다.

우선 노부부가 카메라를 의식하지 않을 정도로 편안한 단계에 이르렀다는 점이다. 예컨대 노부부에게 카메라의 존재는 시간의 흐름에 따라 달라진다. 처음에는 무료함을 달래주는 '놀이'로 다가왔다가 몇 달이 흐르니 '편안'해지고, 또 몇 달이 지나니 '일상'이 되어버린 것이다.

하지만 무엇보다도 노부부의 진 감독에 대한 믿음이 있었기에 가

능한 일이었을 것이다. 만약 진 감독이 촬영을 구실로 할아버지·할머니에게 부담을 주거나 불편하게 했다면 15개월이라는 긴 촬영 기간을 버틸 수 있었을까?

진 감독은 〈님아〉를 촬영하는 동안 철저히 장시간의 촬영을 피했다. 또 길어도 4일 이상은 촬영하지 않았다. 촬영 내내 할아버지·할머니가 힘들어하실까 봐 혹은 부담을 드릴까 봐 노심초사했던 것이다. 진 감독의 이러한 배려에 두 분은 촬영을 마치고 서울로 떠날 때면 촬영 팀이 시야에서 사라질 때까지 손을 흔드셨고, 또다시 찾아올 때면 반갑게 맞아 주셨다. 이렇게 오랫동안 지내다 보니 서로 편안해지고 정(情)이 든 것이다.

"두 분이 카메라를 의식하지 않도록 조용히 촬영했다. 다큐멘터리는 사람의 마음을 다루는 세계다, 그리고 할아버지·할머니는 나를 막내아들처럼 대해 주셨다."

그의 이 말에서 모든 의문점을 풀 수 있다. 결국 노부부의 일거수일투족을 촬영할 수 있었던 비결은 진 감독의 상대방을 배려하는 마음과, 노부부의 시골인심이 만나 발생한 믿음에 있었던 것이다.

시간이 지날수록 드러나는 문제는 제작비였다. 당시 열악한 제작 환경에서 15개월 촬영은 쉽지 않은 일이었다. 누구의 도움도 없이, 경제적인 여유도 없는 사람이, 단지 자신을 전율시킨 소재의 발견으로 다큐멘터리 영화를 만들 생각을 한 그의 열정에 필자는 참 무모한 사람이구나라는 생각을 했다. 뭔가에 제대로 미치지 않고서는 쉽게 시작할 수 있는 일이 아니지 않은가. 이러한 악조건에서 제작을 강행한 이유에 대해 그는 단호하게 "좋아서"라고 답했다.

보편적이면서
독창적·창의적 人 소재 선택

관점을 바꿔서 〈님아〉의 소재에 대해 살펴보자.

이 영화의 주인공은 조병만 할아버지와 강계열 할머니다. 이들 노부부의 사랑은 화려하지 않고 요란하지도 않다. 노부부의 생활 곳곳에서는 배려와 관심이 시시때때로 배어난다. 할아버지는 야밤에 화장실 가기 무섭다는 할머니를 매번 데려다주고 보초를 서면서 노래

야밤에 할아버지가 할머니를 화장실에 동행하는 장면

를 불러준다. 노부부는 사랑이라는 단어조차도 생소하지만 관객은 사랑의 의미를 생각하고 깨닫는다. 눈가에 그렁그렁 눈물을 매달고 서….

노부부는 항상 손을 잡고 다니고, 외출할 때는 서로의 신발을 신기 좋게 돌려놔주고, 또 매일 서로의 얼굴을 마주 보고 쓰다듬으며 잠을 자는 소소한 사랑이다.

진 감독은 관객의 이러한 현상(눈가에 눈물을 그렁그렁 매달고 감동스러운)을 미리 경험했을 것이다. 그리고 자신의 경험을 세상의 많은 사람들에게 알리고 싶었을 것이다.

그래서 진 감독은 〈님아〉를 소개할 때 "노부부의 작지만 위대한 사랑 이야기"라고 표현한다. 그리고 촬영하는 내내 자신의 부모님이 보고 싶어 얼마나 많은 눈물을 흘렸는지 모른다고 고백한다.

"이 영화를 완성한 분은 할머니이지만, 사랑을 완성시킨 분은 할아버지다."며, 우리 농촌은 대개 권위와 힘으로 가정을 지키며 살아온 가부장적 문화인데 조병만 할아버지의 장난기와 닭살 행동은 촬영 내내 웃음과 감동이 머무는 천국이었다고 한다.

진 감독은 이를 밥상철학으로 요약했다. "할아버지는 밥상 앞에서 늘 맛있다는 말만 했다. 맛이 좋으면 많이 먹고 맛이 없으면 조금 먹을 뿐, 결코 맛이 없다는 말이나 투정을 한 적이 없다."

이러한 사소한 배려가 상대를 기쁘게 하고, 결국에는 나 자신이 행복해지는 비결이라는 것이다.

할머니도 이에 못지않다. 겉모습만 할머니일 뿐, 행동은 영락없는 소녀의 모습 그대로다. 평소에도 "미안해요.", "고마워요.", "사랑해요."를 연발한다. 할머니의 얼굴엔 늘 수줍은 미소와 웃음, 칭찬, 그리고 감사로 가득하다.

행동은 말을 따라간다. 서로 경청하고, 자주 웃고, 늘 마주 보며 잠을 청하는 것은 기본이고 90대의 나이에도 커플 한복을 세트로 준비하고, 손잡고, 쓰다듬고, 먹여주고. 등 긁어주고, 주물러주고, 노래 부르고, 춤추고, 눈싸움하고, 장난치고 도망가는 온갖 스킨십과 사랑 표현이 필자는 창의라고 생각한다.

필자가 위 사례들을 일일이 열거한 이유는, 우리 교육이 이러한 표현을 가볍게 여기는 풍토 때문이다. 이러한 행동들을 배우고 실천한다면 평생 행복을 장담할 수 있다.

최근 언론 기사에는 최고의 교육을 받은 엘리트들이 싸우고 이혼하고 소송까지 가는 소식들이 끊이지 않는다. 그 원인은 우리 교육이 내면보다 외면, 인성보다 성적에 치우쳐 있기 때문이다. 성공 교육은 가득한데, 행복 교육이 부족한 결과다.

이 노부부의 표현 하나하나가 창의이다.

창의는 사랑과 닮아있다. 새로운 생각을 하고 안 하고의 문제가 아니라, 어떻게 표현하느냐가 관건이기 때문이다.

진 감독이 주변의 만류에도 불구하고 이 부부 이야기를 다큐멘터리영화로 강행했던 이유도 바로 '남과 다른 사랑의 표현 가치'를 알아봤기 때문이다.

경청하기　　　자주 웃기　　　마주보고 자기

손잡고 다니기　　　쓰다듬기　　　꽃 산물하기

먹여주기　　　작은 일 도와주기　　　목욕 도와주기

노래하기　　　춤추기　　　장난치기

등 긁어주기　　　아픈 곳 어루만지기　　　주물러 주기

이 노부부의 삶이 행복한 이유는, 그들의 과거를 역 추적해보면 알수 있다. 추측건대 강계열 할머니의 부모님은 분명 금실이 좋았을 것이다. 초등학교 문턱에도 가본 적이 없으니, 보고 배운 스승은 100% 할머니의 부모님이 아니었을까?

조병만 할아버지는 11살에 조실부모하고 고아로 살다가 23살에 할머니 댁에 데릴사위로 들어갔다고 한다. 14살의 강계열 색시를 처음 만나고 새로운 가족까지 얻었으니 얼마나 감사했을지 짐작이 간다. 할머니 집이 큰 부자는 아니었지만, 서로 우애하고 사는 모습이 할아버지의 눈에 무척 부러웠을 것이다. 또 처가에 얹혀살았기에 행동이 조심스러웠고, 칭찬받기 위해 노력하다 보니, 평생 습관이 되었으리라.

한적한 위치에 자리 잡은 조병만·강계열 부부의 집

『2014 사법연감』에 따르면 대한민국은 하루에 약 300쌍이 이혼을 하는 것으로 보고되었다. 이는 기혼부부 3쌍 중 1쌍이 이혼하는 것과 같은 수치이다.

부부로 산다는 게 무엇인가. 검은 머리 파뿌리 될 때까지 서로 사랑하며 살겠다고 큰 소리로 맹세하지 않았던가. 만인 앞에서 맹세한 자신의 약속도 지키지 못하면서 어느 누구를 탓할 수 있겠는가. 부부는 인생의 마침표를 찍는 그 날까지 함께 웃고 울어줄 수 있는 존재이기에 귀하고 소중한 줄 알아야 한다. 있을 때 잘해라는 말은 괜한 말이 아니다. 그러나 TV 드라마나 미디어 콘텐츠 매체들은 일그러진 부부상을 부추긴다.

막장 드라마가 아니면 시청률을 올릴 수 없다?, 선정적이지 않으면 주목을 받을 수 없다?, 폭력이 빠지면 시시하다?, 자극적이지 않으면 돈을 벌 수 없다?

왜! 이렇게 세상이 비창의적으로 흘러가는가.

〈님아〉가 이런 풍토에 반기를 들었다. 사랑의 본질을 명쾌하게 꿰뚫은 것이다. 미혼 관객들에게는 자신의 미래를, 기혼 관객들에게는 자신의 과거를, 황혼에게는 마지막 사랑을 되돌아보도록 유도하였다. 꾸밈없는 소박한 사랑으로도 얼마든지 감동을 줄 수 있고, 또 흥행에도 성공할 수 있다는 것을 보란 듯이 증명하였다. 노부부의 사랑이 속세의 허(虛)를 찌른 셈이다.

진 감독은 "사랑은 하나씩 쌓이면서 그 신뢰와 배려가 커다란 돌탑처럼 단단해지는 것이다. 영화의 흥행보다는 나도 저렇게 사랑해야지 하는 희망을 보여주고 싶었다."

이 영화를 통해 연인 혹은 부부가 사랑의 의미를 깨닫고 조금이라도 서로 용서하고 사랑할 수 있다면 그 가치를 무엇으로 환산할 수 있겠는가.

다큐멘터리는 있는 모습 그대로에서 감동을 찾아야 하기 때문에 창의적인 소재 발굴이 무엇보다 중요하다. 그런 면에서 진 감독은 세상 어디에도 없는 창의적인 소재, 즉 창의적인 인간을 발굴한 것이다.

그 증거는 영화 포스터 한 장에서도 드러난다. 70년을 함께 해로한

〈님아〉 포스터와 2015 최고의 영화상 '포스터 상' 수상 (2015)

부부가 강을 배경으로 다정하게 앉아서 속삭이는 이 장면은 지금까지 보아온 영화 포스터에서는 쉽게 느낄 수 없었던 진실과 포근함이 배어 있다.

이 포스터는 2015년 최고의 영화상에서 '포스터상'을 수상했다. 당시 최다 관객, 최고의 영화로 인정받은 〈명량〉, 〈인터스텔라〉 등을 제치고 〈님아〉가 포스터상을 차지한 이유도 이 소재만의 차별성과 진실성에서 비롯된 창의의 결과로 유추할 수 있다.

다르게 표현하는 창의와
다큐멘터리 정체성에 대한 신념

〈님아〉 개봉 후, "재활용 다큐멘터리", "재탕, 삼탕", "네 것도 아니면서…"라는 비아냥이 들렸다. 이에 진 감독은 "하늘 아래 새로운 것은 없다."고 반박했다. 창의성은 어떻게 표현하느냐가 핵심이며, '창의성 = 다르게'라는 것이다. 그렇다면 그의 영화에서 다르게는 무엇인가?

첫째, 다큐멘터리의 고정관념이라고 할 수 있는, 내레이션(Narration)이나 인터뷰가 없다는 점이 다르다.

진 감독은 〈님아〉에서 두 주인공의 대화, 목소리만 가지고 촬영하고 연출하기로 했다. PD의 인터뷰나 내레이션을 일절 배제했다. 또

영화에 자료 사진 한 장조차 넣지 않았다. 일반적인 다큐멘터리에서는 오래된 사진으로 과거를 설명하지만, 〈님아〉는 오직 사실만을 보여주려고 노력했다. 그 이유에 대해 진 감독은 "다큐멘터리는 시나리오 내 가상세계가 아니라 실제 사람들의 이야기를 담는 현실세계다."라며 그 안에서 무언가를 발견하고 해석하는 작업이 다큐멘터리라고 주장했다. 다큐멘터리다운, 다큐멘터리를 만들기 위한, 다큐멘트리스트 정신으로 풀이된다.

둘째, 관객들을 의도적으로 울리려는 부분, 즉 신파(新派)를 거부한 점이 다르다.

영화에서 할아버지의 생신날 자식들끼리 싸우는 장면, 할아버지가 돌아가신 후 할머니가 주검을 어루만지는 모습 등을 통해 관객들로 하여금 〈님아〉가 진짜 다큐멘터리라는 생각이 들도록 했다. 이것은 억지로 짜 맞춘 이야기가 아니라 있는 모습 그대로를 담아서 다큐멘터리다운 다큐멘터리를 추구했다는 증거이다. 뿐만 아니라 진 감독은 할아버지의 죽음을 눈물의 소재로 남용하지 않았다. 그는 "할아버지의 죽음과 관련된 장면은 단 두 컷만 사용했다. 할아버지가 마지막까지 가쁜 호흡을 내쉬는 장면, 할머니가 그 옆에서 통곡하는 장면, 가족들이 장례식 때 오열하는 장면 등 관객을 펑펑 울릴 수 있는 촬영 분은 넘쳤지만, 이 장면들을 다 걷어냈다."

그 이유에 대해 "그런 장면들은 사랑을 표현하는 데 전혀 중요하지 않았다."고 정리했다.

진모영 감독

할아버지의 산소 앞에서 흐느껴 우는 할머니의 마지막 장면

셋째, 카메라의 움직임까지도 절제한 세부 표현방식이 다르다.

"다큐멘터리는 진경산수화"라는 진 감독의 은유적 표현에서 그의 작품세계를 엿볼 수 있다. 이를 대표하는 장면은 〈님아〉의 오프닝과 엔딩에서 등장한다. 할아버지 무덤 주변의 눈 내리는 설경을 배경으로, 할머니가 무덤을 뒤로하고 돌아보고 또 돌아보며 걷다가 눈밭에 풀썩 주저앉아 흐느끼며 통곡하는 장면은 보는 이들의 가슴을 아리게 하여 관객들을 눈물바다로 만들었다.

이 장면이 한 폭의 진경산수화인 이유는 어떤 카메라의 움직임도, 어떤 꾸밈도 없는 진실함과 순수함 그 자체를 담고 있기 때문이다. 그래서 이 장면이 더욱 깊고 깊다.

〈님아〉의 백미라고 할 수 있는 이 장면은 다큐멘터리가 어떠한 영화보다 더 진실한 감동을 주는 영화라는 진 감독의 '남과 다른' 표현이 되었다.

이에 대해 진 감독의 동료인 한경수 독립 PD는 "그렇게 움직였는데도 카메라의 고정 프레임을 벗어나지 않았던 게 놀라웠다. 원래 그 정도면 프레임에서 벗어나기 마련이고 대부분의 영화가 그렇게 끝나는데, 할머니는 끝까지 프레임 밖을 벗어나지 않았다."라며 "그야말로 신이 주신 명장면"이라고 소개했다.

당초 진 감독의 의도는 할머니가 떠나는 모습을 풀샷(Full Shot)에 담기 위함이었다. 이를 위해 그는 촬영내내 오랜기간 동고동락한 조감독 두 명에게 조금만 더 힘을 내자며 격려했다. 카메라를 잡으면 마음이 안절부절못하는 상황이 발생하는데, 한 컷으로도 충분히 설명할 수 있으니 어떤 상황에서도 섣불리 바꾸지 말고 버티면서 촬영할 것을 주문한 것이다. 결과적으로 이 장면은 촬영 현장에서 극도의 집중력을 발휘하고, 다큐멘터리스트로서 오랜 시간 훈련된 결과였다.

이러한 절제된 작업 과정에 대해 진 감독은 한선희 독립 PD의 페이스북 글을 인용했다.

독립 PD들의 극장판 다큐멘터리에서 배워야 할 점이 많다. 찍는 대상과 긴 시간 동안 밀착해 보내며 결정적 순간들을 건져내는 집요함, 감독은 현장에 개입하지 않겠다는 철저하고 단호한 관찰자적 태도, 한국 독립다큐멘터리의 오랜 테제였던 사회, 정치, 역사의 모순과 담론을 다루지 않지만 작은 개인의 삶에서 큰 우주를 찾아내고자 하는 의지. 무엇보다 촬영과 사운드가 안정적이고, 기교를 부리지 않으나 검박하고 담백한 멋이 있으며, 편집 리듬이 편안하고 부드럽고, 작가적 낙인이나 상영시간에 욕심을 부리지 않는데도 선명하고 효율적이며 절제된 미학을 구사한다.

진 감독은 이를 신라 의상 스님의 '일미진중함십방(一微塵中含十方)' 즉, 한 티끌 속에 우주가 담겨 있다는 말에 비유하였다.

독립 PD는 세상에서 가장 아름다운 소재를 찾아 탐색하고, 이 하나의 소재를 찾은 후에는 삶의 정수를 표현하기 위한 장고의 집중 촬영을 하고, 이로 인해 쌓인 방대한 데이터의 과감하고도 섬세한 편집을 통해 한 편의 다큐멘터리라는 결과를 내놓음으로써 깨달음을 얻게 되는 직업이란 의미로 해석된다.

진 감독은 독립 PD들의 열악한 환경에 노출되어 있음을 안타까워한다. 1997년에 방송에 입문해 19년째 방송국 외주 제작 일을 경험한 진 감독은 독립 PD감독 사이에서는 스스로를 '씨받이'로 부른다고 자조 섞인 고백을 했다. 그 이유는 독립 PD가 기획부터 촬영, 녹음, 편집까지 혼자서 다 하는 원맨 시스템(one man system)으로 10년 이상 훈련을 거친 전문가들이지만, 이에 상응하는 대우나 배려가 부족한 우리나라의 현실을 개탄한 것이다.

이충렬 감독의 〈워낭소리, 2009〉

〈님아〉가 나오기 전까지 독립 PD들의 로망은 이충렬 감독의 〈워낭소리〉였다.

다큐멘터리영화의 역대 순위는 관객 5만 명이면 역대 10위권, 10만 명이면 5위권인데, 〈워낭소리〉가 296만 명을 돌파했으니 당시에는, 다큐멘터리영화의 기적과도 같은 일이었다. 이때부터 진 감독은 "나는 할리우드 키드(kid)가 아니라 〈워낭소리〉 키드"라고 자신을 소개하였다. 〈워낭소리〉는 다큐멘터리에 대한 새로운 희망이었다.

역대 한국 다큐멘터리 스코어

순위	영화명	개봉일	관객수
1	님아 그 강을 건너지 마오	2014.11.27	4,801,818
2	워낭소리	2009-01-15	2,962,897
3	울지마, 톤즈	2010-09-09	441,707
4	회복	2010-01-14	157,793
5	나는 갈매기	2009-09-26	119,312
6	아마존의 눈물	2010-03-25	105,886
7	소명	2009-04-02	97,092
8	두 개의 문	2012-06-21	73,541
9	길위에서	2013-05-23	53,507
10	다이빙벨	2014-10-23	50,090

역대 한국 다큐멘터리 스코어(2015)

진 감독은 〈님아〉 촬영 전부터 이 영화를 세계시장에 내놓겠다는 야심 찬 계획을 세웠다. 그의 이른 해외진출에는 그럴 만한 이유가 있다. 독립 PD 선배들이 앞서 길을 닦아놓은 선례가 있었기 때문이다. 세계 최대의 다큐멘터리 영화제이며, 다큐멘터리영화의 깐느라고 불리는 '암스테르담 국제 다큐멘터리영화제(IDFA)'에서 2009년 박봉남 감독의 〈아이언크로우즈(Iron Crows)〉가 중편 부문 대상을 받은 것을 시작으로, 이성규 감독*의 〈오래된 인력거(My Barefoot Friend), 2010〉가 장편 경쟁에 진출하였고, 이승준 감독의 〈달팽이의 별(Planet Of Snail), 2012〉이 장편 부문 대상 등을 수상한 것이다. 이 중에 고(故)

---

* 고(故) 이성규 독립 PD 감독: 1963년 강원도 춘천 출생으로 2007년 '한국 독립 PD협회'를 창립하고 초대 협회장이 되어 방송사와 독립 PD 간의 불공정한 제작환경 개선을 위해 헌신하다 2013년 12월 간암으로 별세하였다. 그의 작품으로는 〈오래된 인력거, 2011〉, 〈시바 인생을 던져, 2013〉 등 수십 편이 있다.

고 이성규 독립 PD 감독과 이 감독으로 인해 시작된 춘천 다큐영화제, 2014

이성규 감독은 진모영 감독과 깊은 인연이 있는 인물이다.

진 감독은 이성규 감독을 사부 같고, 친형 같은 존재로 속 깊이 간직하고 있다.

"이성규 감독이 힘들게 개척한 길을 나는 쉽게 따라갔고, 〈님아〉는 그분의 소중한 유산을 잘 이어받은 작품이다."

이성규 감독의 평생소원은 관객이 가득 찬 극장에서 우리 다큐멘터리영화가 개봉되는 것이었다고 한다. 아마도 〈님아〉를 통해 고인의 꿈이 이루어졌으리라.

진 감독의 첫 해외 무대인 암스테르담에서 〈님아〉 트레일러(trailer; 영화 예고편) 3분 분량을 공개했을 때, 많은 관계자들은 그 자리에서 눈물을 흘렸다고 한다. 외국인들도 〈님아〉의 감동을 알아본 것이다.
이로 인해 〈님아〉가 국내 개봉이 결정되기 일 년 전, 프랑스의 다큐
멘터리 전문 배급사인 '캣 앤 독스(Cats & Dogs)', '월드세일즈 사'와
배급 계약을 체결하고, 제작비 펀딩은 물론, 사전 마케팅, 스토리텔링
개발 및 구축에 도움을 받을 수 있었다. 이는 국내 영화 개봉 전 작품
의 완성도와 마케팅에 큰 도움이 되었다.

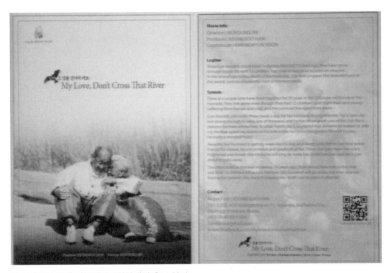

암스테르담 국제 다큐멘터리영화제의 홍보 엽서

또 〈님아〉는 덴마크 국영방송인 DRTV에 방영권 판매와 중국과 미
국, 일본 등에 상영 계약을 체결했다.

국내보다 먼저 해외에서 〈님아〉의 가치를 알아본 성과다. 진 감독
의 역발상이 때를 만난 것이다.

노부부의 사랑 이야기가 전 세계인들이 공감한 이유는 무엇 때문

일까?

진 감독은 "이국적(exotic)이면서, 독특(unique)하고, 보편적(universal)인 소재"였음을 내세웠다. 사랑은 말하지 않아도 통하는 만국 공통어다.

〈님아〉의 성공은 운이 좋았다는 말도 있다. 그러나 진 감독이 어려운 경제적 여건 때문에, 혹은 할아버지가 돌아가셨다는 슬픔 때문에 잠시라도 집중력이 흔들렸다면 〈님아〉의 탄생은 어려웠을 것이다.

이에 대해 진 감독은 "고통스러웠다."고 고백했다. 이것은 그가 끝까지 다큐멘트리스트임을 잊지 않았다는 의미이자, 할머니와의 약속 때문이었다.

모 극장에서 강계열 할머니와 진모영 감독의 재회 (2014)

진 감독은 "할머니는 태어나서 처음으로 극장에서 영화를 보셨다. 그것도 네 번을 보셨다. 할머니는 1년 넘게 함께 한 우리 영화가 잘돼서 기뻐하셨고, 무엇보다 할아버지의 생전 모습이 화면에 생생하게 나와서 너무 좋아하셨다."고 소개했다.

영화가 흥행하자 할머니에 대한 언론의 관심이 뜨거워졌다. 여기저기서 할머니에 대한 인터뷰 의뢰가 들어오고, 심지어 강원도 횡성의 할머니 댁까지 찾아오겠다는 사람들도 적지 않았다. 하지만 진 감독은 "할머니를 절대 영화 홍보에 이용할 수 없다."며 정중하게 거절하는 한편, 할머니를 서울의 조용한 거처로 옮기도록 사전에 조치했다.

그래도 언론의 관심이 줄어들지 않자, 진 감독은 2014년 12월 16일 공식 기자회견을 자청했다.

'주인공과 그 가족들에 대한 지나친 관심 자제 요청'이란 보도자료를 들고 "할머니를 지켜드리는 게 가장 중요하다. 영화가 잘 되더라도 할머니가 힘들어진다면 영화를 만든 의미가 없다."

〈집으로〉, 〈워낭소리〉 이후 주인공들의 생활터전이 파괴되었던 사례, 〈산골소녀 영자〉 다큐멘터리 이후 아버지가 목숨을 잃은 사례 등을 제시했다.

그 이후로 할머니의 생활은 안정이 됐고, 수익 배분에 대한 질문도 사라졌다. 할머니에 대한 걱정을 진솔하게 호소한 진 감독의 진심이 까칠한 기자들의 마음까지 파고든 결과이다. 〈님아〉가 안티 기사가 없었던 이유는, 할머니를 가족처럼 생각하는 진모영의 역지사지가 담겨있기 때문이다.

이후, 진 감독은 기자들을 한 번 더 놀라게 했다. 〈님아〉가 한참 흥행 기록을 경신하고 있을 때, 다른 다큐멘터리영화들과 공생하기 위해서 상영 축소를 자발적으로 요청한 일이다. 즉, 〈님아〉는 멀티플렉스(multiplex) 일반 상영관까지 문을 열었지만, 상영관이 부족해서 고민하는 동료들의 독립영화들이 상영될 수 있도록 예술영화 전용관에서 〈님아〉의 상영 철회를 공식 요청한 것이다. 어떤 상황에서도 역지사지를 잊지 않아야 하며, 자신이 조금 잘 됐다고 해서 겸손을 잃어서는 안 된다는 뜻으로 풀이된다.

또한 그는 한국기자영화협회 주관 '2014 올해의 영화상' 수상소감에서 "다큐멘터리 영화 〈님아〉는 주인공 두 분이 거의 다 만드셨다. 내가 창조한 세계가 아니다. 나머지는 여기에 계신 기자분들과 대한민국 500만 관객이다."고 말했다.

진모영 감독은 매사 신중하고 진지한 사람이다. 인터뷰 도중 조금이라도 기자가 제대로 이해하지 못하거나 오해할 수 있다고 판단되면 곧바로 꼼꼼하게 부연설명을 한다. 필자가 만난 진모영 감독도 이와 다르지 않았다. 진 감독은 "앞으로도 다큐멘터리를 고집할 생각이다."며 다큐멘트리스트로서의 정체성을 강조했다.

진 감독은 〈님아〉의 성과와 다큐멘터리가 나아가야 할 방향에 대해 다음과 같이 말했다.

"흥행을 위한 마음으로 〈님아〉를 만들었다면 이런 결과가 안 나왔을 것이다. 진실이 훼손되어서는 안 된다는 선에서 대중과 소통하고, 관객을 가르치려고 하는 것이 아닌, 관객이 스토리에 몰입할 수 있는 재미를 느낄 수 있는 다큐멘터리를 만들어야 한다. 이를 위해서 무엇보다 다큐멘터리가 재미없다는 편견을 깨야 한다. 그리고 이를 위해서 '1년(에)+한 번+극장(에서)+다큐'를 봐 주기를 당부한다."며 다큐멘터리영화에 대한 홍보를 잊지 않았다.

마지막으로 진 감독이 생각하는 창의에 대해 물었다.

그는 "창의란 모두가 악조건이라 생각하는 것을 호조건으로 바꾸어내는 긍정적인 집념과 거침없는 실행이다."며, 박노해 시인의 시 「다른 길」 중 일부를 소개했다.

우리는 위대한 일을 하는 것이 아니라 위대한 사랑으로 작은 일을 하는 것, 작지만 끝까지 꾸준히 밀어가는 것, 그것이야말로 내가 아는 가장 위대한 삶의 길이다.

이성규 감독은 생전에 "다큐멘터리영화는 비효율적인 집념과 인내력의 산물이다."며, 후배들에게 "대한민국 독립 PD가 다큐멘터리의 세계 최강"이라는 자부심을 심어주었다. 그리고 마지막으로 이성규 감독은 "한국의 독립예술영화를 많이 사랑해 달라."는 유언을 남겼다.

진모영 감독이 이 숭고한 뜻을 받들어 세계 최강의 다큐멘트리스트가 되길 간절히 기원한다.

CREATIVE

〈님아〉 진모영 감독의

대한민국 다큐멘터리영화의 역사를 바꾼 창의?

긍정적인 집념과 거침없는 실행

◆ 긍정적인 역발상과 거침없는 실행
◆ 보편적이면서 독창적·창의적 人 소재 선택
◆ 다르게 표현하는 창의와 다큐멘터리 정체성에 대한 신념

〈님아, 그 강을 건너지 마오〉의 주인공인 할아버지·할머니는 이미 'KBS 다큐, 인간극장' 등의 TV에서 여러 차례 방영된 소재였기에 이를 다시 제작할 이유가 없었다. 진모영 감독이 이를 재촬영하겠다고 결심한 이유는, 노부부의 삶의 그림이 세계 어디에도 없는 독창적인 소재이고 전 세계인들도 공감할 수 있는 주제라고 확신했기 때문이다.

대신 그는 TV(다큐)가 아닌 스크린(영화)을 선택했다. 영화는 깜깜한 장소에서 90분 동안 집중해서 보는 장점이 있다고 생각했기 때문이다.

진모영 감독

또한 〈워낭소리〉의 성공과 독립 PD 선배들의 국제 다큐멘터리영화제에서 인정받은 성과 등을 통해, 다큐멘터리영화의 가능성을 확인하고 해외 시장의 도전을 준비했다.

그 후로 진 감독은 주변의 반대를 무릅쓰고 15개월 동안 노부부의 일상을 흔들림 없이 촬영했다. 경제적인 압박과 여러가지 어려움 등의 악조건 속에서도 그는 다큐멘트리스트 정신으로 버텼다.

또한 〈님아〉의 기획과 제작, 편집에서 '다르게'를 강조했다. 진 감독의 다르게는 다음과 같다.

첫째, 다큐멘터리의 고정관념이라고 할 수 있는 내레이션과 인터뷰를 생략한 점.

둘째, 관객들을 울릴 수 있는 극영화적 서사 부분, 즉 신파(新派)를 삭제한 점.

셋째, 카메라의 움직임까지 절제하는 세부 표현방식.

이와 같은 '다르게 = 창의'라고 주장한 이유는 다큐멘터리다운, 다큐멘터리를 위한 진 감독의 진실성에 대한 고민의 흔적이자 창의적인 작품 탄생의 배경이 되었다.

결과적으로 〈님아〉는 해외 다큐멘터리 시장의 배급 계약을 시작으로 국내 영화계에서 사랑 신드롬을 일으키며 대한민국 다큐멘터리영화의 역사를 바꾸는 대성공을 거두었다.

하지만 진 감독은 영화의 흥행보다 한국 다큐멘터리에 대한 미래, 그리고 주인공 할머니와의 약속을 우선시하였다. 이것은 힘없는 노부부에게 대한 배려와 영화의 성공 이후에도 변치 않는 역지사지의 노력, 그리고 자신을 키워준 선배를 잊지 않고 대한민국 다큐멘터리의 정체성을 이어가는 진모영의 '창의'이다.

2장

이이남

지역작가에서
세계작가로

2014년 12월 1일, 광주시가 유네스코 지정 '미디어 아트 창의도시'에 선정되었다. 유네스코는 지역특성을 고려하여 창의도시를 선정한다. 선정분야는 문학, 음악, 공예, 디자인, 영화, 음식, 미디어 아트. 7개 분야이다.

광주시가 미디어 아트 창의도시에 선정된 이유는 무엇일까?

그것은 광주가 빛의 도시, 예향, 광주비엔날레, 광(光)산업에 이은 국립아시아문화전당 개관, 아시아 문화중심도시를 아우를 수 있는 도시이며 그리고 이에 걸맞은 세계적인 미디어 아티스트가 이 지역에 있기에 가능하지 않았을까.

광주에는 제2의 백남준으로 불리는 세계적인 미디어 아티스트가 있다. 그의 작품은 2010년 서울 G20 정상회의의 회의장과 각국 정상들의 침실, 한·중·일 정상회담의 만찬장 등을 장식한 데 이어, 2014년에는 반기문 UN사무총장의 집무실까지 그의 작품으로 장식했다. 가

'제2의 백남준'으로 불리는 이이남 미디어 아티스트

히 대한민국 대표 작가라고 해도 과언이 아니다. 그러다 보니 그에게
는, 제2의 백남준, 세계적인 미디어 아티스트 작가라는 수식어가 생
겼다. 그가 바로 전남 담양 출신의 '이이남 작가'다.

이이남은 담양군 봉산면 삼지리에서 소작농의 둘째 아들로 태어
나 조선대 미술대학을 졸업하였다. 그가 세계적인 작가로 불릴 수 있
는 외적 여건은 어디에도 찾아볼 수 없다. 더욱이 그가 대학시절에
미디어나 컴퓨터그래픽을 다뤄본 적이 없는 조소과 출신이라는 점
은, 그의 성공을 '창의'라는 단어 이외로는 달리 설명할 길이 없다.
과연 이이남의 창의는 무엇일까?

아날로그 아트를
디지털과 한국적 아트로 융합
|

1997년부터 디지털 작업을 시작한 그는 지금까지 총 300여 점 이상의 미디어 아트 작품을 전시했다. 이 중 그의 인생의 터닝포인트가 된 작품은 〈디지털 8폭 병풍〉이다. 국내외 갤러리에서는 물론 세계 어디에서도 찾아볼 수 없는 작품, IT 강국 코리아에서 나올 법한 작품, 세계 최초의 움직이는 그림이라는 찬사가 나왔다.

고정된 한국화(畵)가 움직이는 그림이 될 수 있다는 것은 새로움이었고, 지금까지 미술계에서 접해보지 못한 신세계였다. 그림을 화선지가 아닌 LCD 모니터에 옮긴 것도, 조각 작가가 한국화를 전시한 것도 세계 최초였다. 게다가 이 작품의 원작은 선조들 것이라 저작권료가 무료이고, 작품 활용이 자유롭다는 덤까지 있었다.

이이남 작가의 〈디지털 8폭 병풍, 2006〉

'명작을 움직여서 내 작품으로 만든다' 이 간단한 아이디어는 창작 때문에 고민하는 수많은 작가들에게 충격이었다. 등잔 밑이 어둡다는 역설의 창의를 증명한 이가 이이남이다.

이 작품의 또 다른 창의는 그림 밖에서 찾을 수 있다. 8폭 병풍(屛風)이 그것이다. 만약 병풍이 없었다면 좋은 평가를 받기 어려웠을 것이다. 그 이유는 다음과 같다.

1. 작품은 그림도 중요하지만 그림을 감싸는 틀, 즉 액자(frame)가 뒷받침이 되어야 한다. 그림은 액자와 조화를 이루었을 때 비로소 작품이 되기 때문이다. 그런 면에서 병풍 액자는 환상적인 선택이었다. 한국화의 한 폭이 모니터의 비율(16×9)과 유사하고, 병풍의 재질인 나무는 고풍스러운 액자로 작품을 빛낼 수 있었다.

2. 2000년대 초, LCD 화질은 현재처럼 선명하지 못했다. 그런데 8폭 병풍을 전체 그림으로 감상하기 위해서는 일정한 거리를 두고 봐야 했다. 이 때문에 저(低)해상도의 약점을 커버할 수 있었다.

3. 병풍 내부의 공간에는 그림과 어울리는 가야금 배경음악을 설치하였다. 기존의 시각에만 의존하는 회화에 청각을 끌어들여 소리를 들을 수 있는 그림을 제시하였다.

4. 이 작품은 미디어 아트로 인식되고 있지만, 동영상(video)의 관점에서는 평범한 컴퓨터그래픽이나 애니메이션일 뿐이다. 이 단점을 병풍의 8조각으로 나누어 전시했기에 회화적인 작품성이 견고해졌다.

5. 결국 한국적인 액자(병풍)에 한국의 대표 그림(한국화)과 한국의
    IT(디지털)를 넣었기에 한국적인 작품이란 찬사가 더해졌다.

이러한 창의적인 액자의 탄생 배경은, 이이남의 도전정신과 관찰력에 기인한다.

2000년, 이이남은 광주 영상예술센터(구 광주 KBS)에 1인 창조기업 형태의 '이이남 스튜디오'를 창업한다. 이후 자신의 작품을 구상하던 중 자신의 앞날을 개척할 아주 중요한 물건을 발견한다. 그의 사무실 옆에는 빠삐용픽처스라는 사무실이 있었는데, 여기에 장식되어 있는 병풍을 만난 것이다. 그는 병풍에서 눈이 번쩍 뜨이는 영감을 얻는다. 하지만 당시 이이남은 제작비가 없어서 자신이 발견한 병풍을 이용한 작품구상만 하고 있었는데, 때마침 2005년 신세계미술제에서 대상을 수상하며 상금 1천만 원을 받아 이 작품을 완성하게 된 것이다.

만약 창업을 하지 않았다면, 옆방의 병풍을 대충 지나쳤다면, 대상을 수상하지 못했다면, 이렇게 가정한다면 〈디지털 8폭 병풍〉은 나올 수 없는 작품이다.

이 작품의 제작과정에 대해 그는 "1년간의 혈투였다."고 표현했다. 지금은 USB 한 개면 되지만, 당시는 DVD 8대를 넣어야 할 정도로 부피가 컸고, LCD 초창기 기술에 대해 지식이 부족했으며, 가격이 비싸서 한 번이라도 실패하면 큰 낭패를 봐야 하는 시절이었기 때문이다.

이이남 작가는 1년간 도전을 통해 마침내 〈디지털 8폭 병풍〉을 완성한다. 그리고 이 작품을 계기로 한국화를 소재로 한 다수의 작품을 창작한다. 이는 서양화에 안방 자리를 빼앗긴 한국화가 실로 오랜만에 재조명을 받는 계기가 되었다.

한 민족의 역사에서 최고로 인정받은 천재화가 단원 김홍도, 혜원 신윤복, 겸재 정선*, 신사임당, 추사 김정희, 소치 허련 등의 국보급 그림들이 이이남의 디지털 기법을 통해 수백 년 만에 세상의 빛을 보게 된 것이다.

이 중 300여 년 전 〈진경산수화〉로 명성을 떨친 겸재 정선의 융합 작품이 화랑의 재조명을 받았다.

이이남은 〈금강전도(金剛全圖, 국보 제217호)〉를 차용한 〈신 금강전도, 2009〉에서 아름다운 금강산에 세계 각국의 다양한 현대문명이 들어서는 상상을 표현하였다.

또한 〈인왕제색도(仁王霽色圖, 국보 제216호)〉를 차용한 〈신 인왕제색도, 2010〉에서는 무채색의 한국화가 사계절의 변화에 맞춰 색상이 변하고, 마침내 금강산이 설경으로 뒤덮이는 장관을 연출하였다.

---

* 겸재 정선(謙齋 鄭敾, 1676~1759): 진경산수화(眞景山水畵)라는 우리 고유의 화풍(畵風)을 개척한 인물로 평가받고 있다. 중국의 산천이 아닌 조선의 산천을 있는 그대로 그렸다는 것은 그만큼 우리의 문화에 대한 자부심을 가졌다는 잣대가 되기도 한다. 진경시대란 양란의 후유증을 극복하고 조선 고유의 진경문화를 이루어 낸 시기로, 정선이 활동한 영조대는 진경시대 중 최고의 전성기였다. [출처: 네이버캐스트]

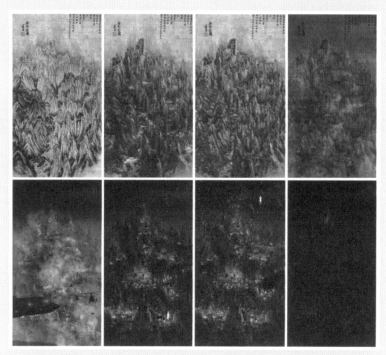

겸재 정선의 '금강전도'를 차용한 이이남의 〈신 금강전도, 2009〉

겸제 정선의 인왕제색도를 차용한 이이남의 〈신 인왕제색도, 2010〉

한국화는 '여백의 미'를 중시하는 미술이다. 따라서 이이남은 화려한 서양화보다 절제된 한국화가 더 많은 상상과 표현이 가능했다. 미(美)는 결국 자연에서 찾아야 하고, 이이남은 이를 극대화하였다.

이이남 전시회의 특징 중 하나는 한국화와 서양화, 조각의 선택이 시기적절하게 변모한다는 점이다. 다시 말해서 그는 서양화가(畵家)'가 되었다가 동양화가가 되기도 하고, 때로는 조각가도 된다. 대부분의 작가들은 장르를 바꾸지 않고 아날로그 작품으로 평생 전시회를 지속하는 것이 일반적이다.

2012년 설날(1월 23일), 국내 포털 1위 네이버의 웹 전시가 그러했다. 한 시간 광고료만 1,000만 원이 넘는 네이버 메인화면에서 이이남은 한국화가로 변신했다. 이 전시회에서 그는 다른 작가들과 차별화되었다.

1. 네이버에서 선정한 대한민국의 대표 작가(16인) 전시에서 한국화로 차별화 하였다는 점.
2. 다른 작가들의 정지된 그림과 다르게 움직이는 그림을 선보였다는 점.
3. 다른 작가들의 아날로그 예술과 다르게 디지털 미디어를 전시했다는 점.
4. 작품 중 유일하게 배경음악(가야금 등 한국적 음악)을 넣었다는 점.
5. 무엇보다 설날에 어울리는 '단원 김홍도°의 풍속화'를 차용해서

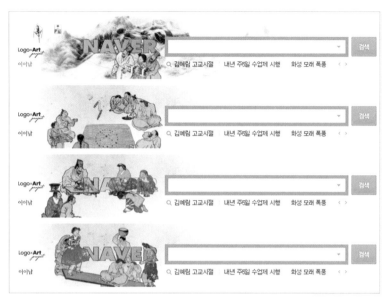

『네이버 로고아트 프로젝트 전시회』에서 김홍도의 '풍속화'를 각색한 이이남의 〈신 풍속화, 2011〉

대중의 관심을 이끌었다는 점.

이이남은 수많은 한국화 중에 왜 김홍도의 풍속도를 선택한 것일까?

그것은 대중성과 공감을 중시하는 그의 작품관 때문이다. 그의 평소 바람처럼 대중에게 사랑받기 위해서였다.

---

* 김홍도(檀園 金弘道, 1745~?): 조선시대의 화가. 영·정조의 문예부흥기부터 순조 연간 초기에 활동했다. 어린 시절 강세황의 지도를 받아 그림을 그렸고, 그의 추천으로 도화서 화원이 되어 정조의 신임 속에 당대 최고의 화가로 자리 잡았다. 산수, 인물, 도석, 불화, 화조, 풍속 등 모든 장르에 능하였지만, 특히 산수화와 풍속화에서 뛰어난 작품을 남겼다. [출처: 두산백과]

결과적으로 이 선택은 신의 한 수가 되었다. 그는 기회를 놓치지 않은 것이다. 대한민국의 큰 명절인 설날, 대한민국 최고의 사이트 네이버에서 이이남이란 이름을 대중들에게 확실하게 각인시킨 것이다.

기존의 난해한 아트를
공감대가 큰 아트로 융합
|

그의 작품은 해외 갤러리에서 더 큰 호응을 얻고 있다. 그의 트레이드마크는 한국화와 서양화의 융합 작품이다.

겸재 정선의 그림 속 주인공이 빈센트 반 고흐와 만나서 대화하고, 모네의 '해돋이 인상의 배'가 허련의 '추경산수화의 강'으로 넘나드는 동·서양의 융합은 해외 갤러리에서 미디어 아트의 새로운 발견(new values for media art)이라는 찬사를 이끌어냈다.

이이남의 〈겸재 정선 고흐를 만나다, 2014〉

이이남의 〈모네와 소치의 대화, 2009〉

어울리지 않는 두 개의 장르(서양화 + 동양화)를 디지털에 녹여내는 미디어 아트가 시대와 국경을 초월하고 예술을 이해하지 못하는 이들까지 공감하도록 한 점이 주효했다. 이것은 그의 창의가 동, 서양을 관통한 증거를 보여준다.

이제까지 명화를 차용한 작품들은 많았다. 하지만 명화의 원본을 크게 훼손하지 않으면서, 그림의 결대로 따라간 창작은 드물었다. 이이남은 명화를 차용할 때 자기 주관대로 창작하는 기존의 작가들과 다르게, 명화의 스토리를 존중하면서 관객 입장에서 느리게 이동하는 창작을 선호했다.

이이남은 명화를 차용한 작가로 알려져 있다.

〈명화의 재해석, 2007〉, 〈명화는 살아있다, 2011〉 등 다수의 명화 시리즈 전시회는 그를, 제2의 백남준 또는 세계적인 작가로 부르는 계기가 되었다.

예컨대 레오나르도 다빈치의 〈모나리자〉를 비롯하여 고흐의 〈자화상〉, 앤디 워홀의 〈마릴린 먼로〉, 요하네스 페르메이르의 〈진주 귀걸이를 한 소녀〉 등을 재해석한 작품에서 이이남은, 명화 주인공의 얼굴을 변형시키는 창의로 관객들을 작품 앞에 머무르도록 유도하였다.

이이남의 〈신 모나리자, 2010〉

이것은 "관객이 한 작품 앞에서 5분 이상 머물렀으면 좋겠다."고 말한 미술평론가 다니엘 아라스(Daniel Arasse)의 이상을 실현시킨 작품으로 평가받기도 했다.

이이남은 또한, 명화와 모니터의 융합에 도전했다. 대표작은 정선의 〈박연폭포〉이다. 긴 폭포수가 더 웅장하게 떨어지는 표현을 위해 5개의 모니터에 세로로 이어붙이는 기법을 융합하여 세계에서 가장 긴 미디어 아트를 창작한 것이다.

이렇듯 이이남의 실험정신에는 많은 모니터와 제작비가 수반된다. "초창기에는 LCD 모니터 하나 구하기도 힘들었다."는 그의 말에서

이이남의 〈신 박연폭포, 2011〉와 〈신 우유 따르는 여인, 2011〉

당시의 어려운 제작여건을 짐작할 수 있다. 그런데 그에게 꿈과 같은 일이 벌어졌다. 2008년부터 5년간 삼성전자로부터 250대의 모니터 협찬을 받고 삼성전자의 전속 협찬 작가가 된 일이다. 지역 작가가 세계 굴지의 기업 협찬을 받아낸다는 것은 작가 자신의 실력도 실력 이지만 그 실력을 알아볼 수 있는 혜안을 가진 사람이 있어야 가능한 일이다.

이 작가는 "심여화랑의 성은경 대표님이 큰 역할을 해주셨다. 성 대표님이 나를 데리고 수원 삼성공장을 방문하여 고위급 실무자를 만나 10분 만에 OK를 받았다."고 밝혔다. 비결은 '인연의 인연'이 었다.

삼성이 작가에게 모니터를 협찬하는 대신 작가는 삼성에 콘텐츠 (작품)를 제공하는, 물물교환(物物交換)식 창의가 이루어진 것이다. 그는 "시간이 흐를수록 인연의 소중함을 배운다."며 주위 모든 사람에게 진심으로 대하고 사랑하라고 필자에게 조언했다.

당시 삼성은 새로운 마케팅이 필요한 시점이라는 시기적인 운도 따랐지만, 이이남의 독창적인 미디어 아트에 대한 준비가 되어있었기에 가능한 일이다. 수년간 삼성전자의 전속 협찬은 이이남을 세계적인 작가로 만드는 데 일조했다.

2010년 서울 G20 회의의 각국 정상들에게 선물로 나누어 준 이이남의 미디어 아트를 넣은 삼성 갤럭시탭이 그 사례다.

이 작가는 〈기술과 예술이 만나다〉라는 개인전을 통해 세계 최초

서울 G20 각국 정상들에게 제공한 삼성 갤럭시탭의 이이남 작품 (2010)
애플사가 후원한 이이남의 『기술과 예술이 만나다』 전시회 (2010)

로 애플사의 앱스토어에서 미디어 아트 앱을 다운받아 아이패드나 아이폰에서 감상하는 이색 전시회를 펼쳤다.

이에 화답하듯 애플사에서는 이 작품을 새롭고 주목할 만한 앱으로 선정하였다. 국내 기업 삼성에 이어 국외 기업 애플까지 세계 양대 IT 기업이 이이남을 후원한 국내 최초의 작가가 된 것이다.

그 비결은 미디어 아트의 대중성을 높이고, 이를 IT 기술에 융합한 필요충분조건을 아우른 데에서 찾을 수 있다.

이이남의 작품 중 세계적으로 인정받은 작품은 200여 년 전 김홍도의 〈묵죽도(墨竹圖)〉를 재해석한 〈신 묵죽도〉이다. 대나무 수묵화의 움직임과 눈이 내리는 풍경을 보면, 이 작품이 왜 세계 정상들의 침실과 반기문 UN사무총장 집무실에 들어갔는지 짐작할 수 있다.

각국의 정상들은 이이남의 움직이는 한국화를 통해 한국의 그림과 음악 등 한국문화를 이해하고, 한국의 IT 기술을 부러워했다고 한다.

이이남의 '신 묵죽도' (2000)

위 그림 〈신 묵죽도〉에는 주목할 기법이 있다. 일반 영상에서는 흔치 않은 느린 움직임(slow motion)이 그것이다. 여기에 작가의 역발상이 담겨 있다. 대나무 잎이 하늘거리고, 눈발이 시나브로 흩날리는 느림의 미학은 기계적인 컴퓨터그래픽이라는 취약점을 벽에 걸린 미술작품에 근접도록 한 묘수가 되었다. 그림 한 장만으로도 감동적인데 김홍도의 수묵화가 움직이기까지 하니 사람들의 마음을 사로잡지 않을 수 없었던 것이다. 이 그림을 접한 청와대에서 그를 초청하여 격려했다.

장르에 얽매이지 않는 도전과 다작에 대한 열정

이 작가는 미디어와 설치 작품의 융합에도 도전했다. 세계 3대 비엔날레 중 하나로 꼽히는 2015년 베니스비엔날레에서 〈빛이 되다〉라는 제목의 설치 작품이 대표작이다.

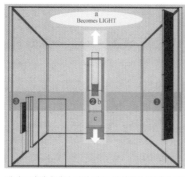

베니스비엔날레의 설치 작품 설계도와 특별전 〈빛이 되다, 2015〉

그는 이 작품에서 미디어와 LED (Light Emitting Diode), 그리고 물을 융합하여 새로운 빛을 연출하였다.

"수평적 시선은 시스템, 수직적 이동은 인간의 욕망의 표현"이라고 작품 소개를 하였다.

이이남의 작품 중 스케일이 가장 큰 작품은 2015년 광주유니버시

2015 광주유니버시아드대회 개막식 〈미래의 빛, 2015〉

---

* 미디어파사드(media facade): 미디어(Media)와 건물의 외벽을 뜻하는 파사드(Facade)가 결합된 용어로, 건물의 외벽에 다양한 콘텐츠 영상을 투사하는 것

위는 원작 미켈란젤로의 <피에타, 1499>, 아래는 이이남의 <다시 태어나는 빛, 2015>

** 피에타: 1499년도에 미켈란젤로가 완성한 작품으로 세계 3대 조각 작품

이이남 작가

아드대회 개막식에서 〈미래의 빛〉이라는 주제의 '미디어파사드' 작품이다.

무등산 서석대를 연상케 하는 기둥에 빔프로젝션으로 맵핑한 이 작품의 결과에 대해 이 작가는 "3분 30초를 위해 1년을 준비했다. 내 생애 가장 대형 작업으로 이제까지 작업과는 차원이 다른 경험이었다."고 소감을 밝혔다.

이이남이 생각하는 자신의 가장 창의적인 작품은 무엇일까?

그는 〈다시 태어나는 빛〉이라는 조각 작품을 꼽았다. 미디어 아트가 아닌 조각 작품을 선택한 이유를 물었더니, 이 작가는 "600여 년간 붙어 있던 예수와 성모를 분리한 최초의 작품"이라는 설명과 함께 이제까지 〈피에타**〉를 재해석한 작품은 많았지만, 분리한 것은 최초인 점을 거듭 강조했다.

우연의 일치일까? 공중에 떠 있는 좌측의 예수 그림자와 우측에 탯줄이 달린 아기 예수 그림자는 갤러리의 이슈가 되기도 했다. 그의 쉼 없는 도전이 새로운 스토리를 만들어가고 있는 것이다.

그리고 이 작가는 조각과 미디어를 융합한 〈TV 피노키오〉란 작품을 소개하였다.

피노키오가 거짓말을 하면 코가 길어진다는 스토리에서 착안한 이 작품은 피노키오의 코끝에 소형 카메라를 달고 줌인(zoon in)과 줌아웃(zoom out)을 하면서 자신의 모습을 TV에 담은 설치미디어 작품이다.

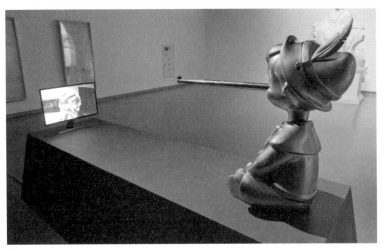

이이남의 〈TV 피노키오, 2015〉

이 작품 역시 그가 대중적인 공감대를 중심으로 다양한 소재의 융합에 도전하고 있음을 알 수 있다. 그리고 이 작가의 가슴 한쪽에 대학 시절 주 전공인 조각(조소)이 남아 있음을 느낄 수 있다.

한때 본업이 조각가였는데 미디어 아티스트로 바뀐 계기는 무엇이었을까?

그것은 이 작가가 1997년 순천대 만화애니메이션학과의 시간강사 시절에 미술해부학 강의를 하다 옆 교실 학생들의 디지털애니메이션 작업을 보고 영감을 받은 일에서 비롯되었다. 이때 그는 학생들에게 어떻게 만든 것인지를 묻고, 프리미어(adobe premiere; 영상편집 소프트웨어)를 배웠다. 당시 30세라는 다소 늦은 나이였다.

늦깎이에 디지털 작업을 시작한 것에 대해 "움직이는 게 너무 재미가 있었다. 하지만 만화에 재능이 없으니 '클레이 애니메이션"'을

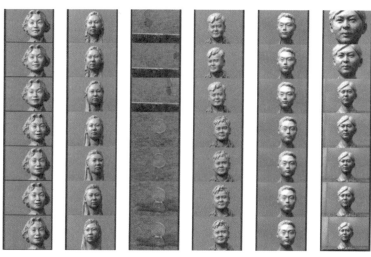

이이남의 첫 번째 클레이메이션 개인전 작품 〈Final year, 2000〉

시작했다."고 밝혔다.

이에 대한 첫 결실은 2000년 광주 남도예술회관에서 펼친 〈이이남의 클레이메이션 개인전〉이었다. 그러나 그는 인정받지 못했다. 조각가의 세계에서 디지털미디어는 상상할 수 없는, 한마디로 남의 영역으로 여기는 미술계의 풍토가 원인이었다.

이 개인전은, 정적인 작품을 벗어나 동적인 작품에 도전한 첫 작품이라는 의미와 함께 이이남 최초의 디지털 작업 그리고 미디어 아티스트로 가는 터널이었다.

---

* 클레이 애니메이션(clay animation): 점토로 얼굴을 만들어가는 조소의 작업과정을 사진으로 한 컷씩 찍어서 컴퓨터 영상편집을 거쳐 동영상으로 출력하는 결과물로 스톱모션(stop motion)이라고도 한다.

미디어 아트가 기존의 예술과 다른 점은 움직임이다. 이 작가는 계속 움직이는 예술을 실험했다. 실험예술은 대중과 소통하기에 한계가 있었고, 실패는 그에게 필연이었다. 그래도 계속 도전한 이유에 대해 그는 "좋아하는 일을 하니까 실패해도 힘들지 않았다. 내가 좋아서 한 일"이라며 웃음을 보였다.

그는 결국 대중과 소통이 가능한 예술에 자신의 명운을 걸었다. 이것이 조각보다 미디어 아트에 치중한 결정적 계기였다.

이이남의 첫 번째 미디어 아트라고 할 수 있는 작품은 〈카라밧자오 정물과 실사 장미를 조합한 작품, 2004〉이다. 이는 알려지지 않는 작품으로, 대중의 관심을 이끌어내는 데는 실패하였다.

그가 외부에서 처음으로 인정받은 미디어 아트는 2005년 신세계

이이남의 미디어 아트 첫 번째 수상작품 〈실상과 허상, 2005〉

미술제에서 대상을 수상한 〈실상과 허상, 2005〉이라는 작품이다.

상(賞)이 상을 부른다는 속언처럼 이 작가는 그 해에 광주시립미술관의 올해의 청년작가상, 광주 KBS의 올해의 미술가 대상을 연거푸 수상했다.

그는 상금으로 〈디지털 8폭 병풍〉을 만들었다. 이전까지 경제적으로 어려웠고, 오직 헝그리 정신으로 버텨온 지난 시간들이었다. 그의 무명시절 수상기록이 이를 대변한다.

1999년 당시 지역 공모전에서만 14회 수상(무등미술대전 특선 3회, 전라남도미술대전 특선 4회, 대상 1회, 광주광역시미술대전 특선 4회, 최우수상 2회)했다. 이 기록은 그 시절 이이남이 거의 모든 공모전에 빠짐없이 출품했다는 증거이자, 현재 이 작가의 다작(多作)에 대한 복선이다.

1994년은 그에게 특별한 해였다. 나이 26세에 전라남도미술대과 광주광역시미술대전에서 대상과 최우수상을 연이어 수상했다. 이때 받은 상금으로 이이남이 선택한 것은 유럽 배낭여행이었다.

그는 "가난한 나에게는 정말 큰 결심이었다. 친구와 함께 한 달간 프랑스, 이탈리아, 영국, 독일, 헝가리, 체코, 덴마크, 네덜란드, 스웨덴, 노르웨이 등을 돌아다니며 책으로만 보던 세계 미술작품들을 처음 접한 느낌은 감동 그 자체였다. 인상적인 작품으로 루브르박물관의 〈모나리자〉를 꼽았는데 그림이 큰 줄 알았는데 실제 보니 작았다. 사실 그때 나는 작품보다 그 앞에 줄 서서 그림을 관람하고 있는 사람들이 더 인상적이었다. 어떻게 해야 관객들을 내 작품 앞에 머무르게 할 수 있을까를 생각했다."

이때부터 그에게 창작의 원칙이 공고해졌음을 짐작할 수 있다. "작가는 좋은 작품을 만들어서 대중과 소통해야 한다. 아무리 좋은 작품을 만들어도 관객이 없다면 소용이 없다."

그는 유럽 배낭여행을 통해 자신의 작품철학을 담고, 이를 꿈꾸며 지금도 실천하고 있다.

그가 세계에서 인정받은 명화를 차용한 작품도 여기에 기인한다. 그 원인을 제공한 사람에 대해 그는 주저 없이 '신현중 교수'를 지목했다.

이이남이 신현중교수를 처음 만난 것은 군 제대 후 복학한 1993년의 현대조각론이란 수업에서다.

"그때 신현중 교수님의 수업을 듣고 충격을 받았다. 세계 미술의 다양성을 처음 접했기 때문이다. 이후로 교수님의 심부름을 자청해

동서고금의 이미지와 서류들로 가득한 이이남 스튜디오

서 일 년 동안 교수님 작업실에 들어갔고, 교수님의 실제 삶 속에서 많은 것을 배울 수 있었다. 이곳(이이남 스튜디오)의 벽면과 메모 습관도 그때 배운 것이다."

이이남이 가장 존경하는 인물은 '비디오아티스트 백남준**'이다. 그는 백남준 작가를 존경하는 이유로 어려운 상황에서도 창작에 대한 열정을 끊임없이 이어가고, 다른 작가들과 다르게 자신의 노하우를 아낌없이 공개하고 나눈 점을 들었다. 한 예로 1993년 베니스비엔날레에서 공간이 없을 때, 화장실을 한국관으로 만들 정도로 창의적이었고, 광주비엔날레 창립에도 크게 기여한 분으로 소개했다.

"나는 백남준 선생님을 창작 속에서 매일 만난다. 창작의 세계에서는 상상 속에서도 만남이 가능하다."

개인적으로도 이 작가에게는 드라마틱한 만남의 장소가 생겼다.

그곳은 2015년 담양 세계 대나무박람회를 계기로 탄생한 담양 죽녹원의 '이이남 아트센터'이다. 이곳은 40여 년 전 그의 어머니와 함께 거닐던 담양 5일장, 대나무 시장 자리이다.

---

* 신현중 교수: 1988년부터 1994년까지 조선대 조소과 교수였으며, 현재는 서울대 조소과의 교수이다.
** 백남준(1932~2006)작가: 한국 출신의 비디오 아티스트. 1960년대 플럭서스 운동의 중심에 있으면서 전위적이고 실험적인 공연과 전시로 센세이션을 일으켰다. 비디오 예술의 선구자이며 다양한 매체를 통해 예술에 대한 정의와 표현의 범위를 확대시켰다. [출처: 두산백과]

담양죽녹원의 이이남아트센터

"나에게는 늘 어머니 생각이 나는 장소"라고 의미를 부여했다.

그리고 이 자리에 자신의 작품을 넣었으면 좋겠다고 제안했는데, 담양군이 이를 흔쾌히 승낙했다. 담양군의 요청이 아니라 이 작가의 제안으로 탄생한 곳이 이이남 아트센터이다.

그의 삶은 늘 도전의 연속이다.

이를 두고 레프 마노비치(Lev Manovich) 캘리포니아대학교 교수는 "이이남은 일반 화가나 조각가와 다르다. 그의 작품에서는 서양화, 동양화, 조각, 영화, TV, 금속, 물, 빛 등 다양한 매체의 융합을 통해서 그만의 작품세계를 만날 수 있다. 이것이 그가 세계적인 미디어 아티스트인 이유이다. 그의 작품을 즐기려면 그것들을 이분법적으로 보지 말고, 그가 만들어내는 다양한 세계를 있는 그대로 받아들이길 바란다."

마지막으로 이 작가에게 창의란 무엇인지 물었다.

그는 "창의란 관계를 맺어주는 만남과 융합이다."고 정의했다.

그것은 동양과 서양의 만남, 디지털과 아날로그의 만남, 과거와 미래의 만남, 그리고 인간과 인간의 만남으로 풀이된다.

아름다운 풍경을 보면 한 폭의 그림 같다라고 하듯이, 앞으로 멋진 미디어 아트를 보면 "이이남의 미디어 같다"라는 말이 나오길 기대해본다.

'제2의 백남준' 이이남 작가의
지역작가에서 세계작가로 인정받은 창의?

관계를 맺어주는 만남과 융합

◆ 아날로그 아트를 디지털과 한국적 아트로 융합
◆ 기존의 난해한 아트를 대중적인 미디어 아트로 융합
◆ 장르에 얽매이지 않는 남다름과 다양한 작품에 대한 도전정신

이이남은 대학 시절, 현대조각론이란 수업을 통해 현대미술을 접하고 이를 가르친 교수님을 동경하면서, 지속적으로 공모전에 도전하였다. 공모전 상금으로 유럽 배낭여행을 선택하고, 그곳에서 관객이 작품 앞에 오랫동안 머무를 수 있는 작품을 꿈꿔왔다.

시간강사 시절, 학생들의 애니메이션 작업 과정에서 움직이는 그림을 발견하고, 30대의 나이에 디지털 기술을 배우면서 자신의 주 전공인 조소를 디지털에 융합하여 '클레이 애니메이션 개인전'을 개최했다.

무명작가 시절, 1인 창조기업인 '이이남 스튜디오'를 설립하고 미디어 기술인들과 교류하는 한편, 다양한 디지털 기법의 실험예술에 도전하였다. 이때 우연히 병풍 아이템을 발견하고, 〈디지털 8폭 병풍〉에 자신의 모든 것을 걸었다. 이를 자신만의 미디어 아트로 실현하기 위해 1년 넘게 사투를 벌이면서 김홍도, 정선, 김정희, 허백련 등 천재 화가들의 한국화를 디지털 병풍에 융합하여 미술계에 파란을 일으켰다.

그는 한 번의 성공에 만족하지 않고, 동양화와 서양화의 융합, 디지털과 아날로그의 융합, 명화와 모니터의 융합, 한국화와 웹포털의 융합, 앱과 플랫폼의 융합 등의 도전을 멈추지 않았다. 무명의 어려움은 국보급 한국화와 세계적인 명화 등의 차용으로 돌파하고, 경제적인 어려움은 삼성, 애플 등 굴지 회사의 디지털기기에 자신의 작품을 넣는 대신 기업을 홍보해주는 맞교환식 협찬을 통해 극복하였다.

특히, 국보급 한국화를 차용한 그의 작품은 대한민국 정부의 공식행사에 적합한 1순위 초청작품이 되었다. 이는 그가 한국을 대표하는 그림, 음악 그리고 한국의 IT 기술을 알릴 수 있는 소재들을 융합한 결과이다.

지금 이 순간도 그는 장르나 매체에 얽매이지 않는 아이디어 발굴과 새로운 작품에 대한 도전을 멈추지 않고 있다. 이것은 이이남의 길이자 미디어 아트 창의도시인 광주가 나아갈 길이다.

제2부

농업人의
농사 패러다임을 바꾼
창의

● '광양청매실농원' 홍쌍리 여사

● '영동농장' 김용복 회장

3장

홍
쌍
리

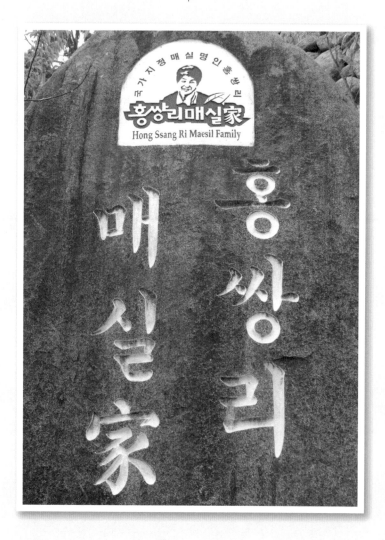

매실로
농업의 패러다임을
창조하다!

FTA(Free Trade Agreement; 자유무역협정)로 인해 수입 농산물이 크게 증가하면서 우리 농업은 침체의 늪에서 벗어나지 못하고 있다. 농업 강대국의 농산물이 관세 없이 수입되어 우리 농산물의 경쟁력이 약화되었기 때문이다.

이에 대한 대응책은 고품질의 안전한 농산물 즉, 친환경적 유기농법 및 생산이력제 도입 등을 통해 품질 경쟁력을 높이는 것이다. 전문가들은 기존의 농업만으로는 한계가 있다고 지적한다. 단순 식량 생산을 뛰어넘어 농촌 고유의 가치와 정체성을 보여주는 문화·관광과의 융합이 필요하다는 것이다. 정부에서는 이를 실현하기 위해 '6차 산업'을 국정과제로 채택하였다.

------

* 6차 산업: 1, 2, 3차 산업을 복합해 농가에 높은 부가가치를 발생시키는 산업
1차 산업_농업×2차 산업_제조·가공업×3차 산업_서비스업·문화체험관광 = 6차 산업
[출처: 네이버 학생백과 및 시사상식사전]

그런데 이미 수십여 년 전에 이를 준비해서 6차 산업을 달성하고, 농업의 패러다임을 창조한 농민이 있다.

홍쌍리, 이 이름 석 자는 세계 최고의 매실 브랜드로 통한다.

홍쌍리 여사는 대한민국 식품명인 제14호이자 국내 최초의 식품명인이다. 그녀는 광양시 다압면 4만 7천여 평의 산비탈에 4,500여 그루의 매실나무를 심고, 매실장아찌, 매실농축액 등 30여 가지의 매실 제품을 개발하여 대통령상 수상(1998), 석탑산업훈장 수훈(1998), 한국전통식품베스트5 선정(2004), 백만 불 수출의 탑 수상(2008), 농촌 융복합 산업사업자 선정(2015), 도전한국인 10인 대상(2016) 등 농업과 제조업, 문화관광 분야를 넘나드는 6차 산업의 성공모델을 제시하였다.

1966년 그녀 홀로 시작한 매실농사는 섬진마을에 이어 다압면으로 확대되고, 급기야 광양 전체로 파급되어 매실농사 비중이 지역 농사의 전체 소득 중 20%를 넘어서게 되었다. 이에 광양 시는 '매실원예과'를 신설하는 한편, '매실 지리적 표시제'와 다수의 매실 특허 등록 등의 매실 특성화 정책으로 2008년 국내 최초의 매실산업특구로 지정되었다.

이로 인해 섬진마을은 〈매화마을〉이란 새 지명이 생기고, 매실농사는 하동, 순천, 구례, 남해, 해남 등 남해안 전역으로 파급되었다. 한 여인으로부터 시작한 매실농사가 대한민국 농업의 패러다임을 바꾼 것이다. 뿐만 아니라 1995년 시작한 〈광양 매화축제〉는 전국에서

홍쌍리 청매실농원 전경

관광객들이 참여하는 축제로 발전하여, 민간축제 사상 한 달 최다 관광객(65만여 명)이라는 진기록을 세웠다. 축제를 시작한지 2년 만의 일이다.

2000년대부터는 연간 100만 명 이상이 방문하는 전라도 대표축제로 성장하였다. 이는 광양시 추산 281억 원의 경제적 파급효과와 2,000여 명의 고용창출 효과에 달하는 성과이다.

건강,
자연에서 답을 찾자
|

"기름 묻은 그릇은 세제와 수세미로 닦을 수 있지만, 기름진 음식을 먹은 네 뱃속은 무엇으로 청소할래?"

홍쌍리 여사가 현대인들에게 던진 질문이다.

도시 사람들이 즐겨 먹는 치킨, 피자, 아이스크림, 초콜릿, 케이크 등을 손으로 만지면 끈적끈적한 유지방이 비누 없이는 잘 씻어지지 않는다. 그런 음식들이 뱃속에 차곡차곡 쌓인다.

당뇨, 뇌졸중 등 병에 시달리며 사는, 몸은 커졌지만 속은 썩어가고 있는 현대인들의 그릇된 식생활습관에 대한 질책이다.

홍 여사는 "아이 몸에 해로운 것이라면 차라리 굶겨라."고 말한다.

홍쌍리의 저서 『밥상이 약상이라 했제, 2008』

홍 여사는 "밥상이 바뀌어야 한다."고 주장한다. 자신의 저서 『밥상이 약상이라 했제』에서 빵과 우유, 커피 등 서양 식단보다 잡곡밥, 된장, 풋고추가 있는 우리 식단을 추천한다. 그 이유는 채소 밥상의 식이섬유가 우리 뱃속의 기름기들을 청소하기 때문이란다. 특히 매실에는 우리 몸의 노폐물을 씻어주는 강력한 해독 기능이 있다고 소개했다.

홍 여사가 밥상과 매실을 강조하는 이유는, 그녀의 파란만장한 삶

속에 있다.

홍쌍리는 1943년 경남 밀양 출생으로 3남 5녀 중 셋째로 태어났다. 14살에 어머니를 여의고, 딸이라는 이유로 중학교에 가지 못한 그녀는 1958년 16살에 부산 국제시장에서 도매상을 하는 작은아버지 가게로 거처를 옮겼다. 그곳에서 홍쌍리는 7년 동안 밤(栗)과 과일, 건어물 등을 파는 일을 도우며 살았다.

그녀의 인생이 바뀐 건, 1965년 12월 23일. 작은아버지의 밤 거래처인 광양의 밤나무골 김 영감님의 아들(김달웅)과 혼례를 치른 일이다. 혼잡한 부산 국제시장 23살의 도시 처녀가 전기도 들어오지 않는 산골짜기로 시집을 갔으니, 홍쌍리에게는 시련의 서막과도 같았다.

홍쌍리의 부산 시절과 결혼식 (1965년)

당시 지리산과 백운산 사이에 섬진강을 앞둔 산비탈에 자리한 시댁은 논농사는 고사하고 밭농사도 짓기 어려운 척박한 곳이었다.

경상도에서 전라도로 시집을 왔으니 말투가 달라서 이방인 취급을 받고, 도시생활을 하다 농사일을 처음 해보았으니 하는 일마다 실수투성이였다. 홍쌍리는 하루에도 수십 번 산비탈을 오르내리고 손이 호미가 되도록 일하며 눈물로 나날을 보냈다.

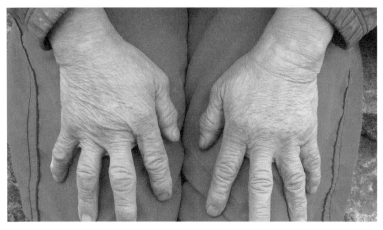

홍쌍리의 '호미손'

농사일이 전부가 아니었다. 시부모를 모시는 일, 남편 병을 수발하는 일, 2남 1녀를 낳고 아이를 키우는 일 등으로 그녀는 쉴 틈이 없었다. 또한 밤이 되면 편히 잠을 이룰 수 없었다. 칠흑 같은 어둠 속에서 몸이 아파서 울고 외로움에 지쳐서 울던 나날의 연속이었다.

본격적인 시련은 1971년부터였다. 과로가 일상이 되어 건강이 악화된 그녀는 막내아들(김기수)을 낳고 자궁에 큰 혹이 생겨 첫 번째 수술을 받게 되었다. 그 후로 넉 달 동안 하혈이 멈추지 않아 자궁과 난소를 들어내고 장의 일부까지 잘라내는 큰 수술을 받았다. 그로부터 3년간 그녀는 붕대를 감은 채 아픈 몸을 이끌고 농사일을 계속했다.

설상가상으로 1974년 남편과 시숙부가 동업으로 벌인 광산산업이 망하여 45만여 평 땅이 남의 손에 넘어갔다. 당시 빚쟁이들은 매일 집에 찾아와 그녀의 머리채를 쥐어뜯고 협박하기 일쑤였다. 이때 병약했던 남편은 건강이 더욱 악화되어 평생을 병석에서 누워 지내게 되었다. 33년간 이어진 남편의 투병생활은 이때부터 시작이었다. 그녀의 나이 겨우 34살이었다.

매실과의 첫 인연은 밤나무골 김 영감님으로 불리는 홍쌍리의 시아버지, 고(故) 율산 김오천(1902~1988)으로부터 시작되었다.

밤나무골 김 영감님은 17살에 일본으로 건너가 13년간 광부로 일하며 모은 돈으로 1931년 밤나무 1만 주와 매실나무 5천 주를 광양으로 들여왔고, 일본에서 배운 접목 기술로 우량 묘목을 전파했다. 이 공로로 그는 1965년에 대통령상을 수상하였다.

홍 여사는 시아버지에 대해 "보통 분이 아니셨다. 많이 배우지는 못했지만, 세상을 너무도 앞서 가신 분이었다."고 소개했다. 이어서 "나는 지금도 친정아버지보다 시아버지가 더 많이 생각난다. 이 세상에서 나를 자식같이, 딸같이 잘 키워준 건 우리 시아버지이셨다. 시아버지는 철없는 나에게 매실나무의 특성부터 접목하는 법, 가지 치는 법, 그리고 일군을 대하는 태도 하나하나에 이르기까지 모든 것을 가르쳐 주셨다."며 시아버지가 가장 큰 스승이었음을 얘기했다.

또한 시아버지는 정(情)이 넘치는 분이셨다고 한다. 한 예로 밤중에 수앙(화장실)에 가는 게 제일 무서웠던 며느리 홍쌍리에게 등불을 밝혀주며 먼발치에서 말을 걸어주셨고, 농사일에 피곤한 며느리를 위해 병든 아들과 손주들을 당신이 데리고 잘 정도로 자상하였다.

하지만 그렇게 사이가 좋던 시아버지와 며느리 사이에 유일한 갈등이 있었으니, 그것은 밤나무와 매실나무의 다툼이었다. 홍쌍리는 밤나무를 베어내고 매실나무를 심자고 주장하고, 시아버지는 밤나무를 지켜야 한다며 맞섰던 것이다.

매실(梅實)

당시, 매실나무를 심자고 주장하는 이는 홍쌍리밖에 없었다. 그때 밤 한 가마는 쌀 두세 가마와 교환할 수 있는 가치가 있었지만, 매실은 배앓이약 대용 외에는 쓸모없다고 여기던 시절이었다. 하지만 그녀는 밤농사와 매실농사를 지으면서 터득한 것이 있었다. 매실물로 손을 씻으면 그 더럽고 거칠은 손이 뽀얗게 씻어지는 것을 자세히 관찰한 후,

"매실은 체내 독소를 없애주는 천연 청소기다. 매실로 뱃속을 깨끗이 씻을 수 있다."

이를 더욱 확신한 것은 1978년 36살에 찾아온 류마티스 관절염 치료였다. 그때 홍쌍리는 목발을 짚고 겨우 걸을 수 있었고, 손가락이 구부러지지 않아 밥을 떠먹을 수 없었을 정도로 통증이 심한 고통

받는 환자였다. 그 시기에 어느 한의사에게 매실 발효액을 추천받았다. 매실은 자신이 농사를 짓고 있었지만 매실이 그런 효과까지 있을지 반신반의했다. 자신이 농사짓는 밭에서 무한정 제공받을 수 있는 매실을 하루 2리터씩 2년 반 동안 꾸준히 복용했더니 거짓말처럼 병이 나은 것이다.

1989년 오토바이 사고로 허리를 심하게 다쳤을 때도 마찬가지이다. 전주예수병원에 입원해서 대소변을 받아낼 정도로 중상을 입었는데 다시 한 번 매실의 효능을 스스로 경험했다. 그녀에게 있어 매실은 만병통치약이었다. 그녀는 주변 사람들에게도 매실을 추천했다. 이러한 직·간접적인 매실 체험을 통해 홍쌍리는 매실나무에 자신의 명운을 걸었다.

그렇다면 매실은 만병통치약인가? 매실(梅實)의 효능에 대해 살펴보자.

『동의보감(東醫寶鑑)』에서 매실은 배앓이, 가슴앓이를 없앨 뿐만 아니라 마음을 편하게 하고, 갈증과 설사를 멈추게 하며, 근육과 맥박이 활기를 찾게 한다고 기록되어 있다.

현대 의학에서 매실은 크게 4가지 효능으로 구분한다.

첫째, 해독작용.

매실의 피루브산(Pyruvic acid)이 물 해독, 피 해독, 음식 해독 등 3독을 해결하며 염증을 제거하고 열과 뼈 쑤시는 것을 다스리며 주독을 푼다.

둘째, 간(肝) 기능 회복.

매실의 유기산(Organic acid)은 신진대사를 활발히 하고 피로 회복을 돕고, 구연산(citric acid)과 사과산(malic acid)은 칼슘 흡수를 도와서 숙취해소와 간 기능 회복에 좋다.

셋째, 빈혈에 효과적이다.

매실의 풍부한 칼슘(Calcium)이 빈혈이나 생리불순, 골다공증 예방을 돕고 피부미용에 도움을 주기 때문에 특히 여성에게 좋다.

넷째, 위장 건강. 매실에는 카테킨(catechin)이 함유되어 있어서 강력한 항균·살균 작용을 하여 장(腸) 속의 유해 세균 번식을 억제하고, 위장의 작용을 활발하게 하여 식욕을 돕는다. 또 정장 작용이 뛰어나서 설사와 변비 등 식중독 예방과 치료제로도 쓰인다.

한방에서는 매실을 한약재로써, 오매(烏梅) 또는 푸른 보약이라고도 한다. (출처: 네이버 지식백과, 파워푸드 슈퍼푸드)

홍 여사의 몸이 왜 나았는지 짐작할 수 있는 의학적 근거이다. 다만, 농약을 사용한 매실은 위험하다. 이 사실을 모를 리 없는 홍 여사는 매실 재배에서 농약 대신 매운 고춧가루물을 자신만의 전통농법으로 고수하고 있다.

매실의 효능을 직접 경험한 홍쌍리는 매실을 약으로만 사용할 게 아니라, 어떻게든 밥상에 올려야겠다라는 다짐을 한다.

그 첫 번째 도전은 〈매실장아찌〉였다. 그러나 당시에는 매실을 반찬으로 사용한 전례가 없었고, 생전 들도보도못한 상차림에 대한 시어머니의 반대까지 겹쳐 아무도 모르게 실험하는 방법을 선택했다.

틈날 때마다 별별 가지 재료와 방법으로 시도하기를 4~5년. 실패를 거듭하던 그녀는 시아버지가 아끼는 설탕을 훔쳐서 실험한 끝에 매실장아찌 개발에 성공하기에 이른다.

매실장아찌의 최초 개발자 홍쌍리의 탄생이다.

그 이후로 홍 여사는 〈매실고추장〉, 〈매실된장〉, 〈매실절임〉, 〈매실발효액〉, 〈매실농축액〉, 〈매실아이스크림〉, 〈매실초콜릿〉 등 30여 개의 매실

홍쌍리의 첫 번째 창작품 〈매실장아찌〉

제품을 개발하고, 제조법을 특허출원했다. 또한 〈매실씨 베개〉, 〈매실씨 삽입 요〉 등의 실용신안등록을 냈다. 지구상 어느 곳에서도 흉내 낼 수 없는 홍쌍리의 창의 작품이다.

그녀는 국내 최초로 전통식품 명인에 지정(1997)되었다.

홍쌍리 청매실농원의 매장과 매실 주요상품

먹거리(매실)에
볼거리(매화)와 스토리(詩)를 융합하다
|

대한민국 제14호 식품명인 홍쌍리는, 기존의 제1호 명인(조영귀, 1994년, 송화백일주)부터 제13호 명인(남상란, 1997년, 가야곡왕주)까지 모두 전통주 분야의 식품명인이었는데, 최초로 음식(매실농축액) 분야로 식품명인에 지정된 것이다.

대한민국 식품명인 제14호 홍쌍리 지정판

그러나 이보다 더 본질적인 차이점은, 지금까지 식품명인들은 먹거리가 최종 목적지인 반면, 홍쌍리 명인은 먹거리(매실)에 볼거리(매화축제)와 이야깃거리(詩)를 추가한 점이다. 다시 말해서 그녀는 농사=관광=스토리텔링이라는 새로운 등식을 만든 최초의 농민이다. 이것은 2010년대 새로운 국정과제로 떠오른 6차 산업과 맥을 같이 한다.

홍 여사는 평소 농사는 문화라고 주장한다. 국내 최고의 꽃축제인 〈매화축제〉에서 자신을 소개할 일이 있으면 자신을 '흙 묻은 천사', '인간 울타리 백만장자'라고 소개한다. 그리고 자신을 매화 천국으로

〈광양 매화축제〉 풍경

안내한 사람은 자신이 아니라 『무소유』의 저자 불임암의 법정 스님이라며 그 사연을 소개했다.

"보살아, 저 산꼭대기에 매화나무를 많이 심어서 이곳을 꽃 천국으로 만들어라." 이에 홍쌍리는 손사래를 치며, "스님, 산꼭대기는 오르내리는 것조차 힘든데, 매화를 심어놓으면 어떻게 그곳까지 무거운 거름을 이동하고, 또 매실을 따가지고 내려올 수 있겠습니까. 제가 그 일을 해낼 수 있을까요?"

법명 높은 스님의 조언에 창의적인 홍쌍리는 스님의 선견지명을 곰곰이 되새겨보고, 고통 속에서도 저 악산을 꽃 천국으로 만들어보겠다고 다짐했다. 그로부터 그녀는 밤나무를 모두 베어내고 그 자리에 매화나무를 심었다. 꼬박 4년 7개월이 걸렸다.

홍쌍리가 매화나무를 심었던 데에는 또 다른 이유가 있다. 그것은 사람에 대한 그리움 때문이었다. 부산 국제시장에서 7년을 살았던 도시 처녀가 어느 날 갑자기 귀신만 살 것 같은 산골에 시집을 왔으니, 대도시의 장터에서 사람들이 와자지껄 살던 모습이 그리웠던 것이다. 부산 국제시장처럼 사람들로 북적이는 매화마을을 상상하는 것만으로도 설레이는 일이었다.

홍쌍리는 "일주일간 피고 지는 〈벚꽃축제〉에도 수많은 사람들이 모여드는데, 한 달 가는 〈매화축제〉에 왜 안 오겠냐?"고 스스로 반문했다.

더욱이 그즈음의 섬진강변은 꽃축제 시즌이다. 매화축제(3월 중순)를 필두로 산수유꽃축제(3월 중하순) → 벚꽃축제(4월 초순) → 진달래축제(4월 초순)〉 → 철쭉제(4월 말) 등 꽃축제의 파노라마이다.

여기에서 한 가지 주목할 점이 있다. 다른 꽃축제들은 모두 자연 서식지 중심이지만, 매화의 애초 서식지는 '순천'이라는 사실이다. 광양이 매화의 본고장이 된 것은 온전히 홍쌍리가 산꼭대기까지 오르내리며 50년 이상 매화나무를 심고, 주변 마을까지 확산시킨 결과이다.

홍 여사의 레퍼토리 중 하나는 "나는 인간 불도저", "내가 제일 큰 머슴", "여자라고 안 될 일이 어디 있어?", "밀어붙이면 다 되지", "안 될 일이 없다." 등 매우 저돌적이다.

그녀는 늘 1등을 강조한다. "나는 공부로 1등을 하지 못한다 해도 인생만큼은 2등 인생이 되지 말라고 강조하고 싶다. 농사를 지으면 최고로 농사를 잘 짓는 사람이 되고, 피아노를 치면 피아노를 최고로 잘 치는 사람이 되라는 것이다. 한 가지만이라도 잘해서 그 사람이 필요한 곳에서 그 능력을 발휘하면서 살면 된다."고 말하며 "한 우물을 파는 게 중요하다. 예를 들어 바둑기사 이세돌, 피겨스케이터 김연아, 가수 싸이가 그렇다. 세계적으로 존경받는 사람이 되기 위해서는 국·영·수 성적만 강조할 게 아니라 아이가 진정 무엇을 잘하고 어디에 소질이 있는지 찾아서 키워야 한다. 진정 성공하고 싶다면 공부 1등이 아니라 인생 1등을 만들어야 한다."

홍 여사의 이러한 마음가짐이 있었기에 오늘날 〈매화축제〉가 1등 꽃축제가 되고, 그녀가 매실의 일인자가 된 것은 아닐까.

그녀에게는 취미가 있다. 그것은 예쁜 것을 모으고 가지런하게 정리하는 습관이다. 그녀는 2,500여 개가 넘는 항아리를 수집했다. 이유는, 매실은 해마다 열리며 오랜 기간 숙성이 필요하다. 또한 새로운 매실 제품들을 계속 만들어야 하기 때문에 많은 항아리가 필요했다.

홍 여사의 말에 의하면 "1930년 이전에 만든 항아리는 항아리에 장을 넣고 물을 붓고 기다리면 간장이 나오는데 요즘 항아리는 아무것도 나오지 않는다. 요즘 항아리들은 숨을 쉬지 않는다."

그래서 1930년 이전의 항아리들을 구하기 위해 그녀가 직접 전국을 돌아다니며 모으다 보니 2,500개가 넘게 된 것이다. 항아리와 관련된 에피소드도 있다.

"나는 하루에 마흔 개씩 큰 항아리를 씻었는데, 얼마나 허리가 아픈지 허리가 펴지질 않더라. 그런데 그날 밤 달빛에 비친 항아리들이 너무 예뻐서 밥 먹다 말고 달려가서 항아리를 끌어안았다. 그리고 이렇게 말했다. 더워도 덥다 소리 없고, 추워도 춥다 소리 없이 장을 보듬어주는 고마운 항아리들아, 우리 죽을 때까지 같이 살자."

홍 여사는 "어디에 둬도 쓰임새가 있고 예쁜 것이 바로 우리 조상들이 만든 항아리다."며 각별한 애정을 표현했다.

이렇게 해서 탄생한 항아리 전시장은 청매실농원을 찾은 관광객들이 반드시 한 번씩 사진을 찍고 가는 사랑받는 포토 존이 되었다.

그런데 필자가 곰곰이 생각해보니, 전통 항아리들을 수집하는 일 못지않게 외부사람들에게 오픈하는 일도 많은 신경을 쓸 일이라는 생각이 들었다. 항아리들은 파손되면 복구가 불가능하다. 파손을 막기 위해서는 외부인과의 차단이 상식이다. 하지만 홍 여사는 늘 오픈 마인드다. 덕분에 이곳은 30여 편의 드라마·영화 촬영지가 되었다.

다모, 돌아온 일지매, 취화선, 북경반점, 천년학. 바람의 파이터, 흑수선, 봄의 왈츠 등, 그러다 보니 배용준, 이서진, 최불암, 고두심, 김혜영 등의 스타들이 홍 여사의 지인이 되어 자연스럽게 청매실농원의 홍보를 이끌었다.

꼬리에 꼬리를 물고 입소문(Viral Marketing)의 진원지가 된 청매실

청매실농원의 〈전통 항아리 전시장〉 풍경

노무현 대통령 내외와 함께 (2008)

농원은 대법관 등 고위공직자는 물론 대통령의 방문지로도 유명하다. 특히 노무현 전 대통령은 임기 전후로 세 번을 방문했다.

김대중 대통령은 "홍 여사 같은 농사꾼이 군마다 한 사람씩 있으면 얼마나 좋겠냐."고 했고, 어느 도지사는 "한 여인이 만든 매화축제에 매년 100만여 명의 방문객이 찾는 광양시가 너무 부럽다."고도 했다.

그녀는 늘 높은 사람(?)에게 당당했다고 한다.

홍 여사의 저서 『인생은 파도가 쳐야 재밌제이』에는 이러한 글이 있다.

나는 배포가 크거나 담력이 세서 높은 이들에게 당당한 것이 아니다.

나는 사람에게 높고 낮음이 있다는 생각을 하지 않는다.

나는 시어머니 앞에서는 말 한 번 크게 못 해본 며느리였다.

그러나 이명박 대통령에게는 "우리 농민이 아프고 힘들다, 어디가 아프고 어디가 곪아 터졌는지 살펴서 어찌 치료해줄 것입니까? 이대로 둘 것입니까?"라며 대들듯이 따져 물었다.

안 떨렸냐? 안 무서웠냐? 라는 사람들의 질문에,

"뭐가 무섭냐. 흙을 밥으로 알고 사는 농민은 더 이상 높아질 일도 없고 낮아질 일도 없으니 무서울 게 없다."

2011년 그녀는 '서울 문학인' 시 부문에서 신인상을 수상하고, 69세의 나이에 시인(詩人)에 등단하였다.

또한 그녀는 『매실박사 홍쌍리의 매실 미용건강이야기, 1995』부터 『홍쌍리의 매실 해독 건강법, 2004』, 『밥상이 약상이라 했제, 2008』, 『인생은 파도가 쳐야 재밌제이, 2014』 등 4권의 저서를 집필하였다.

어두울 때 나가고, 어두울 때 들어와서 내 집은 여관이라고 말할 정도로 바쁜 그녀가 어떻게 이렇게 책까지 펴낼 수 있었을까?

홍쌍리 여사의 저서 4권

서울문학인 시 부문 '신인상' 당선통지서 (2011)

학처럼 날고 싶어라

- 홍쌍리

이 여인 밭 매던 호미 놓고

섬진강 새벽 안개속의 학처럼

아름다운 오색 무지개 우산을 쓰고

그윽한 꽃 향을 한 아름 보듬어서

마음이 아픈 가정마다 다 나누어 주고 싶어라

이 여인의 향을 나눌 수만 있다면

마음의 찌꺼기를 다 버리고 갈 수 있는

이 여인의 향이 외로운 분들께 약이 될 수 있다면

우리 다 같이 손잡고 저녁노을 황혼에 불붙는

섬진강 굽이굽이 아픈 마음 다 버리고 보석 같은 모래위로

한 쌍의 학처럼 훨훨 날고 싶어라

청매실농원의 정유인 부사장이 답을 주었다.

"홍 여사님은 틈나는 대로 책을 읽는다. 그리고 홍 여사님이 매일 저녁 잠들기 전에 쓰는 일기(日記)와 시(詩)가 그 비결이다."

자신의 책에 대해 얼굴을 붉히며 홍 여사는 탤런트 최불암이 자신에게 조언한, "홍쌍리 같은 사람, 홍쌍리 같은 글은 이 세상에 없다. 글 쓰는 것을 멈추지 마라."는 격려가 큰 힘이 되었음을 소개했다.

그리고 "글은 누구나 쓸 수 있다. 글을 쓰는데 꼭 국문과를 나와야 되나?"고 반문했다.

그녀는 "다시 태어난다면 다른 거 안 하고 글만 열심히 써보고 싶다."며 평소 글쓰기에 대한 로망이 있었음을 내비쳤다.

홍 여사에게 시는 생활 그 자체이다. 틈날 때마다 즉흥 자작시를 청산유수처럼 뽑아낸다. 한 예로 그녀의 시 한편을 소개한다.

콩이 얼마나 불쌍한 줄 아나?

가장 많이 두드려 맞는 게 콩이더라. 얼마나 아플까?

콩을 삶을 때 나오는 김은 '나의 한숨',

솥 밖으로 흘러나오는 뜨거운 물은 '나의 눈물',

이 콩으로 만든 메주의 갈라짐은 '나의 주름살',

메주의 곰팡이는 '내 얼굴의 검버섯'

특유의 경상도 사투리에 말까지 빨라서 메모를 못했지만, 그녀는 필자에게 A4 용지에 자작시를 선물해 주었다.

매화 꽃길

매화 꽃길 언덕을 혼자 넘자니
옛님이 그리워 눈물 납니다.
매화나무 뒤에서 기다리던 님
님은 가고 없어도 잘도 피었네.

매화 꽃길 언덕을 혼자 넘자니
매화 꽃은 엄마 품에 눈물 흘리면
46년 머슴살이 하도 서러워
매화꽃 안고서 눈물집니다.

홍 여사는 평소 "매실은 아들, 매화는 딸 같다."고 말한다.

먹거리를 주는 동글동글한 매실은 아들 같고, 볼거리를 제공하는
화사한 매화는 딸 같다는 뜻으로 이해된다. 그런데 여기에는 그녀의
한 맺힌 삶이 고여 있다.

"내가 가장 힘들고 서러웠던 시절, 매화가 엄마처럼 나를 반겨주
며 엄마 울지마, 나랑 같이 살자며 위로해주는 존재였다."

그 애틋한 마음이 「하얀 매화꽃」이란 시에 엿보인다.

엄마 일 가는 길에 하얀 매화꽃

홍쌍리 여사의 아들 '매실'과 딸 '매화'

매화꽃 하얀 얼굴 곱기도 하지
3월이면 엄마 찾아 먼 길 오면서
엄마 엄마 부르며 품에 안기네.

밭매던 호미 놓고 엄마 혼자서
매화꽃 오솔길로 내게 오시네.
밤마다 보고 싶은 하얀 엄마 꿈
매화꽃길 너머로 흔들리는 꿈

꽃뿐만이 아니다. 그녀는,

야생화는 내 심장, 실개천은 내 핏줄, 흙은 내 밥, 산천초목은 내
반찬, 산골짝에 흐르는 물은 내 숭늉, 아들딸이 너무 많아서 나는 늘
열아홉 살 바람난 가시나 같다고 표현한다.

자신이 바라보는 이 자연이 상상력과 창의력의 원천이었음을 알 수 있다.

여기서 주목할 점은, 그녀가 여유로운 일상이 아닌 힘겨운 농사일 중에 많은 시를 지었다는 점이다. 아래의 시에서 홍쌍리의 자연을 바라보는 긍정을 추출하면 그것을 이해할 수 있다.

흙을 밥으로 삼고 산천초목을 반찬으로 삼고
흐르는 개울물을 숭늉으로 끓여 먹으려고 하니까
농사가 작품이더라.

내 넓은 가슴이 흙이고 산속 개울물이 나의 핏줄이고
산천초목이 나의 심장이네, 하니 농사가 작품이더라.

이렇게 농사를 지어보니 호미, 삽이 되기도 하는
내 손이 신선이더라.

홍쌍리는 평생 농사일로 고생한 자신의 처지를 원망하거나 한탄하기보다는 자연과의 소통과 시의 표출을 통해 스스로 힐링하는 방안을 터득한 것이다. 이것은 부정을 긍정으로 바꾼 홍쌍리의 지혜로움이자 창의가 아니겠는가.

보고 싶은 사람이 되라!
남과 다른 길을 가라!

홍 여사의 또 다른 창의는 자신이 50년 이상 일군 매화꽃과 매실을 모든 사람들에게 사시사철 무료개방한 일이다. 일반 사설 관광지에서는 부분 개방 또는 축제 기간 개방 아니면 축제 입장료 또는 주차료라도 받지 않던가. 이에 대해 홍 여사는 "그런 생각조차 해 본 적이 없다"고 잘라 말한다.

한 해 100만여 명 이상이 방문하는 관광객들로 인해 피해나 손해가 없지는 않을 터이겠지만. 이에 대해 홍 여사는 "별별 사람들 다 있지. 특히 사람들이 매화꽃을 꺾어갈 때 너무 속상해요. 누구나 꽃을 꽃으로 바라보며 행복하기를 바라지요. 그것이 조금 손실이 있더라도 개방하는 목적이고요. 그 아름다움을 바라보며 여기에 오는 사람들이 미움이나 증오의 찌꺼기를 다 버리고, 가실 때는 천사가 되어 가길 바래요."라고 말했다. 그녀가 왜 "내가 다 보듬어줄게."라는 말을 자주 하는지 이해가 간다.

정유인 부사장은 "결과적으로 보면 이러한 일들이 손해는 아니다. 청매실농원은 축제기간 동안 방문하는 관광객에게 각종 먹거리, 매실 제품 무료시식 등을 통하여 오히려 큰 수익을 창출한다. 요즘 기업들이 상식파괴라며 시도하는 프리마케팅(Free Marketing) 경영이론을 홍 여사는 30여 년 전에 시도한 것이다."

이것은 돈만 벌려고 하면 돈이 벌리지 않는다라는 말과 다름없다. 정 부사장은 이를 "퍼주기 마케팅"으로 요약했다.

청매실 농원 직원들이 바라보는 공통된 의견은 "홍 여사님은 주변 사람들에게 지나칠 정도로 베풀고 나누기를 좋아한다."는 것이다.

홍 여사의 아들인 김기수 선생(여수공고 교사)은 "어머니가 이제까지 손님이 오셨을 때 빈손으로 돌려보내는 모습을 보지 못했다. 한마디로 사람을 너무 좋아하시는 분"이라고 압축했다. 필자 역시 이 말을 100% 경험한 증인이다.

MBN의 알토란에서 받은 '퍼주기상' (2015)

또 그녀와 30년 넘게 인연을 맺은 탤런트 고두심은 필자와의 통화에서 "지금도 1~2주일에 한 번씩은 통화한다. 나에겐 친정엄마 같은 분이고, 고향 같은 분이다. 하지만 말로 어떻게 설명할 수 있는 분이 아니다. 그분의 활처럼 휜 허리를 만져보면 말로 표현할 수 없는 우주 같은 에너지를 느낄 수 있다. 한마디로 큰 산 같은 분이다."

그렇다면 다압면 이웃들은 홍 여사에 대해 어떻게 생각하고 있을까?

광양매화축제의 청매실농원 길과 상인 풍경

　매화마을 이웃인 방숙자 할머니(69)는 "홍쌍리 여사님은 남자도 못할 일을 했어요. 예전에는 없던 매화 덕분에 우리 마을이 다 잘 살잖아요. 홍 여사님 욕하면 천벌 받지요. 말없이 도와주는 사람이니까."라며 오히려 필자에게 "홍 여사님 좀 많이 도와주세요."라고 당부했다.

　이순덕 님(56)은 "저는 축제 기간에 청매실농원 길에서 천리향을 파는데, 홍 여사님이 무료로 개방해주시는 것에 늘 감사하고 있어요. 또 밥도 주시고 사탕도 주시며 "어려운 것 없냐?"고 물어보시고. 장사하는 이웃들이 50~60여 명쯤 되는데 그 많은 사람들 다 챙겨주시는 모습에 감동을 받았어요."

　이정덕(89), 이두선 할머니(78)는 "홍 여사님은 우리 같은 꼬부랑 할머니들이랑 같이 매년 초겨울 목욕탕에 데려가 주는 일이 너무 고마

위요. 혼자 사는 노인들, 부모 없는 아이들, 장애인들, 이런 불쌍한 사람들에게 꼭 김치 주고, 쌀 주고, 그런 분이 세상에 어디 있습니까? 이 분이랑 한마을에 살고 있다는 게 행운이지요."

이에 대해 홍 여사는 "내가 나무에서 떨어져 허리가 다치고 나니, 특히 장애인들에게 마음이 가더라. 그래서 꽃축제 때 장애인들을 먼저 챙긴다. 세상에는 힘든 사람들이 너무 많다. 언제까지 할 수 있을지 몰라도 힘닿는 데까지 어려운 사람을 돕고 싶다."

그녀 자신이 아프고 고된 인생을 살아왔기에, 그러한 사람들을 보면 과거 자신의 처지에서 이해하고 눈물 흘리며 도와주려는 애틋한 마음의 표현이 아니겠는가라는 생각이 든다.

그래서인지 그녀는 돈에 대한 개념이 일반인들과 다르다. "이제까지 평생 은행 한 번 안 가봤다. 경제적으로 어려움을 겪을 때에도 돈을 좇지는 않았다. 돈은 직원 월급 줄만큼만 있으면 된다."고 정리했다. 그녀의 삶의 방식은 사람중심이다.

홍 여사는 "세상에서 돈으로 환산할 수 없는 게 사람이다. 계산하지 말고, 먼저 내 허리띠를 풀어라. 마음의 문을 열어라. 보고 싶은 사람이 되라, 그러면 결국 세상 사람들이 다 베풀게 되어 있다."

또한 공직자에 대한 자신의 생각을 말했다.

"공직자는 현직에 있을 때보다 퇴임 후에 좋은 평가를 들어야 한다. 좋을 때는 나를 찾지 않아도 되지만, 힘들고 외로울 때는 나를 찾아오라. 이 자연에서 내가 모두 보듬어 줄게.”

　이것은 그녀가 지난 50여 년 동안 자연을 사랑하며 살았기에, 그녀 자신도 아낌없이 베푸는 자연과 닮아가는 게 아닐까.

　홍 여사에게 이제까지 사업을 하면서 도움을 받은 분들을 물었더니 지체 없이 세 명의 은인(恩人)을 꺼냈다.

1. 담당 공무원들은 안 될 거라던 허가를 내주고 전통식품업체 지정까지 적극적으로 도와준 이병훈 전 광양 군수(전 아시아문화 중심도시 추진단장).

2. 공짜로 나누어주는 것은 그만하고, 상표를 달아서 사업 해보라는 권유를 해주고 홍쌍리의 얼굴이 실루엣으로 들어간 CI(Cooperate Identity) 개발까지 도움을 준 김상옥 전 MBC 실장(전 방송문화진흥회 사무처장).

홍쌍리 얼굴이 들어간 '홍쌍리매실家' CI

3. 어려울 때 당시 거금 3,000만 원의 사업자금을 지원해 준 김상철 대광출판사 사장.

　힘들 때 자신을 도와준 사람을 기억하는 것은 인지상정이자 인간의 덕목이다. 하지만 은인이 누구냐는 질문에 막힘없이 술술 대답하는 사람은 그리 많지 않다. 그것은 그만큼 절실한 인생을 살았다는 의

미이고, 그래서 더욱 그 고마움을 깊이 간직하고 살고 있다는 뜻이 아닐까.

홍 여사는 스스로 "나는 인복이 많은 사람이다. 많은 사람들과의 좋은 인연 덕분에 꽃동산을 이룰 수 있었고, 직원들 덕분에 청매실농원이 되었으니 이 얼마나 고마운 인생이냐."며 감사해 했다. 그리고 "이 세상에 독불장군은 없다. 나 혼자 고생한 게 아니다."라며, 청매실농원 직원들을 "내 새끼"라고 표현했다.

청매실농원의 고유석 상무, 오병철 차장, 강복순, 이미선 사원 등은 "홍 여사님은 어머니 같으신 분"이라고 입을 모았다. 서로가 서로를 내 새끼, 내 어머니라고 불렀고, 무엇보다 감사를 자주 표현했다. 청매실농원 사무실 벽에 걸려 있는 〈일상의 다섯 가지 마음〉이란 사훈이 이를 뒷받침하였다.

고맙습니다 미안합니다 덕분입니다 제가 하겠습니다 네 그렇습니다

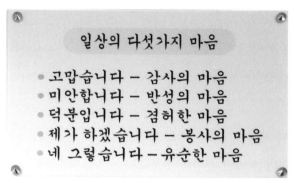

청매실농원 사훈 일상의 다섯 가지 마음

홍 여사도 그러한 말들이 습관처럼 입에 배었다. "나는 산에 오를 때마다 고맙다. 흙이 있어서 고맙고, 열매가 있어서 고맙고, 물이 있어서 고맙다."

또한 홍 여사는 "나는 74살까지 살면서 싸움이란 걸 안 해봤다."

그게 정말 가능한 일일까?

이에 정유인 부사장은 "여사님의 실제 모습이다. 홍 여사님은 앞과 뒤가 다르지 않은 분이다. 고집이 세 보이지만, 직원들 이야기를 다 들어주신다. 자신이 잘못한 것은 없는지 반성하고 물어보신 후, 아랫사람에게도 진심으로 사과하시는 분이다."

여인 혼자서 어떻게 이 많은 일들을 감당할 수 있었을까?

이에 홍 여사는 "나는 눈이 6개다. 앞도 둘, 옆도 둘, 뒤도 둘이다. 나의 일생은 출근도, 퇴근도, 정년퇴임도 없는 52년 머슴살이"라고 규정했다. 하지만 "농사가 참 행복하다. 내가 90살까지 살 수 있다면 진정한 매화 천국을 만들고 떠나고 싶다. 나를 농사꾼으로 만들어준 시아버지 은혜에 늘 감사한다."

이어서 홍 여사는 현대 경쟁사회에서 힘들어하는 젊은이들에게 다음과 같이 조언했다.

"지금 많은 사람들이 너무 힘들다고 하는데, 이때 남과 생각을 조금만 달리하면 인생의 큰 파도를 넘을 수 있다. 어려운 여건에서도 성공한 사람들은 모두 남과 다른 길을 걸었다. 나는 음식 하나를 만들어도 평생 엉뚱한 음식만 만들었다. 남과 다른 길을 가라. 남들이

하지 못하는 일을 해라. 젊음을 불태우라."며 남과 달라야 성공하는 길임을 연신 강조했다.

학생 모집과 졸업생 진로 지도 때문에 갈등하고 있는 필자에게도 "내가 젊었을 때는 배가 터질 정도로 욕을 얻어먹었다. 김 교수도 40대 나이에 어려운 것들을 다 맛봐라. 그러면 반드시 성공한다."며 용기를 주었다.

그녀의 저서 『밥상이 약상이라 했제』에서는 요즘 부모들이 꼭 가르쳤으면 하는 교육이자 자신의 세 가지 결심이 나온다.

첫째, 우리 아이를 가슴이 따뜻한 인간 불도저로 만들겠다.
둘째, 일기를 쓰는 모습을 아이들에게 보여주겠다.
셋째, 아이의 표정을 밝게 만들어주겠다.

이 중에서도 표정의 중요성에 대한 설명이 장황하다.
- 온통 즐거운 일들로 가득해야 할 아이들이 마치 피곤에 찌든 중년처럼 지친 표정을 짓는 게 말이 되는가?
- 아이들이 화를 내거나 짜증을 내면 거울을 내밀어 보여주라. 얼굴이 아무리 예뻐도 찡그린 얼굴, 화내는 얼굴은 세상 사람들에게 인정받지 못한다. 스스로도 불행하고 행복을 느끼지도 못한다. 매사에 의욕도 떨어진다.

이에 대해 홍 여사는 "아이들이 밝고 건강하게 자라기 위해서는 어른들이 먼저 솔선수범한 후에 아이들을 교육하는 것이 중요하다."

그리고 "나는 직원을 뽑을 때 다른 거 안 보고 얼굴 표정을 보고 뽑는다. 표정이 밝은 사람은 힘든 일이 있어도 잘 헤쳐 나가고, 주위 사람들에게도 좋은 기운을 주기 때문이다."며 표정의 중요성을 거듭 강조했다.

또한 "먹는 음식에 따라 사람의 성격도 바뀐다. 그래서 밥상 위에는 꼭 김치, 된장, 고추장, 간장을 올려야 한다. 그리고 이를 담그는 법을 가르쳐주면 좋겠지만, 적어도 그 맛이 무엇인지를 알려주길 바란다. 그 이유는 음식 하나에 세상의 이치가 고루 담겨 있다. 그 발효식품이 바로 조상들의 철학이고 후손들에게 물려주는 밥상의 지혜가 담겨 있기 때문이다."

또한 홍 여사는 역설적으로 표현했다. "나는 못 배운 농사꾼이오. 도시 사람들이 봤을 때는 내가 촌놈이겠지만, 나는 이렇게 말하고 싶다. 사실은 네가 촌놈이다. 도시 사람들은 화려한 것만을 좋아하지, 화려한 것보다 자연이 더 귀한 것도 모르고…."

인간의 지식보다 자연의 지혜에서 배울 것을 주문한 것이다.

홍 여사는 자신의 저서 『인생은 파도가 쳐야 재밌제이』의 「쌍리가 쌍리에게 보내는 편지」에서 다음과 같은 창의적인 글을 남겼다.

출근도 퇴근도 정년퇴임도 없는 농사꾼이 되었으니, 정말 다행이다. 너를 농사꾼으로 만들어주신 시아버지 은혜 언제나 기억하리라. 너의 몸은 주인 한 번 잘못 만나 고생이 많다. 그렇게 몸을 혹사하면 네 몸

홍쌍리 여사가 자연의 지혜가 담겼다고 강조한 '흙'

이 어떻게 건디겠니. 가끔 너의 활처럼 휜 허리와 거칠어진 두 손을 보면서 미안한 마음 가져라. 아흔 살까지만 일 잘하는 여왕벌로 살다가 아흔한 살이 되면 하루만이라도, 그게 안 되면 한 시간만이라도 여자로 한 번 살다 가자. 알았제? 앞으로는 눈물보다 웃음 많은 날들을 스스로 만들어가며 살아라. 사랑한다. 쌍리야.

홍 여사는 창의에 대해 "인생의 다양한 파도를 넘고, 고향 같은 사람이 되는 것이다."고 정의했다.

시부모를 모시고, 병든 남편을 수발하고, 아이 셋을 키우면서, 또 빚에 시달리고 매일 아픈 몸과 싸우면서, 밤나무를 베고 매화나무를 심고 수천만 번 산비탈을 오르내리면서, 매화를 꽃 피우고, 매실 먹거리를 개발하고, 시를 쓰고, 지인들과 동네 노인들과 어려운 어린이들까지 보살피는 삶, 그 삶이 파도와 같은 인생이 아니겠는가.

홍 여사는 마지막으로 한 가지 당부를 남겼다.

"정부가 지역의 토질과 기후 특성에 맞는 문화작품으로 농사를 유도해야 하는데, 그때그때 정책에 따라 무분별한 보조를 해주어서 오히려 농민들의 가슴을 아프게 하고 있다. 정부와 공직자들이 우리 농민들이 어디가 아프고 어디가 곪아 터졌는지 정성스럽게 살펴달라."

진정 농민을 보듬을 수 있는 정책을 펴달라고 힘도 없는 나에게 신신당부했다. 나는 알았다고 했다.

온갖 역경과 시련을 통해 인생의 파도를 맛보았던 홍쌍리,

그녀는 꽁꽁 얼어붙은 눈 속에서 피어난 매화처럼, 경쟁 속에서 자연의 위대함을 잊고 사는 도시 사람들에게 매실 건강과 매화 천국을 선사한 아름다운 농사꾼으로 남을 것이다.

청매실농원 홍쌍리 여사의
매실로 농업의 패러다임을 창조한 창의?

인생의 파도를 넘어 고향 같은 사람이 되는 것

◆ 건강, 자연(매실)에서 답을 찾자
◆ 먹거리(매실)에 볼거리(매화)와 스토리(詩)를 융합하다
◆ 돈보다 인정, 보고 싶은 사람이 되라! 남과 다른 길을 가라!

　　홍쌍리의 삶은 시련의 연속이었다. 딸이라는 이유로 중학교에 진학하지 못하고 친척집의 가게 일을 도우며 살았던 그녀는 결혼 이후 산비탈의 험한 농사와 경제적인 압박, 남편 병수발, 그리고 두 번의 대형 수술로 인해 절망적인 상황에 이르렀다. 이러한 악조건 속에서 홍쌍리는 매실의 뛰어난 효능을 발견하고 매실에 자신의 명운을 걸었다.

　　아무도 매실을 거들떠보지 않던 시절, 홍쌍리는 '건강→음식→밥상'을 실현하기 위해 세계 최초의 〈매실장아찌〉를 개발하고, 30여 가지의 매실 제품을 추가로 개발하며 각종 특허와 수상, 식품명인 지정, 그리고 백만 불 수출의 탑 등의 고부가가치를 창출하고 매실 농사라는 새로운 농업의 패러다임을 이끌었다.

그러나 홍쌍리는 매실을 먹거리로만 끝내지 않았다. 산꼭대기까지 매실나무를 심는 도전으로 〈매화축제〉라는 볼거리를 제공하여 연간 100만여 명이 찾아오는 지역 대표축제로 만들었다.

한편 매실 숙성을 위해 2,500여 개의 전통 항아리를 수집하고, 정갈한 디스플레이를 통해 항아리 전시장을 조성하여 영화·드라마 촬영지로 제공하고, 유명 연예인부터 대통령까지 찾아오는 명소로 만들었다.

특히 그녀는 청매실 농원을 모든 사람들에게 사시사철 무료개방함으로써 매화농사=문화관광이라는 등식을 창출하였다.

뿐만 아니라 69세의 나이에 시인에 등단하고, 자신의 경험을 저서로 출간하여 현대인들에게 자연 속에서 답을 찾으라는 힐링을 제안함으로써 홍쌍리 스토리를 구축하였다. 이것은 매실이라는 먹거리에 매화라는 볼거리, 시와 책이라는 이야깃거리를 융합한 6차 산업의 창조적인 모델이 되었다.

홍쌍리의 창의가 더 값진 이유는 농부 일 외에 아내 일, 며느리 일, 엄마 일, 가장 일, 사장 일 등 1인 다역을 실천하면서도 직원은 물론, 마을 주민과 독거노인, 불우 어린이, 장애인 등 사회적 약자를 배려하는 일을 멈추지 않는 인정(人情) 때문이다. 결국 홍쌍리의 창의는 남과 달라야 한다. 어떤 분야든 1등을 해야 한다라는 냉철함과 이해타산을 따져 계산하지 말고 먼저 내 허리띠를 풀어라. 보고 싶은 사람이 되라는 따스함의 조화라고 할 수 있다. 이것은 인생의 다양한 파도를 넘어, 고향 같은 사람이 된 홍쌍리의 아름다운 '창의'이다.

4장

김용복

3가지 굶주림의 한(恨)을
3가지 농사의 성공신화로

인간은 누구나 큰 부자가 되어서 사랑하는 가족 친지, 어려운 처지에 놓인 이웃들에게 베풀며 살기를 꿈꾼다. 그러나 그 꿈을 이루는 이는 많지 않다. 부자가 되기도 어렵지만, 부자가 되더라도 어려운 사람들까지 베푸는 일은 절대 쉽지 않은 일이기 때문이다.

이 책에서 소개하는 영동농장의 김용복 명예회장은, 이 꿈을 체계적으로 실현한 인물이다. 고아나 다름없던 그는 소년기와 청년기의 숱한 고난과 좌절을 겪고, 중년기에 사우디아라비아에서 '사막 농사'에 도전하여 억만장자가 된 이후, 장학재단과 농촌문화재단, 그리고 어린이복지재단의 단계적 설립을 통해 노년기까지 어려운 이웃들을 돕고 있다. 과연 그는 어떠한 창의로 이러한 꿈들을 실현했을까?

김 회장의 드라마틱한 삶 속에 그 해답이 있다.

굶주림의 한(恨)을
꿈으로 바꾼 간절함

김용복 회장은 음력 1933년 5월 26일 전남 강진군 군동면 석교리에서 5남매 중 막내아들로 태어났다. 아버지는 가난한 농부였고, 어머니는 그가 세 살 때 세상을 떠났다. 그의 누나들은 하나둘 시집을 가고, 하나뿐인 형(영복)은 여순사건* 때 쌀 한 가마가 없어서 억울하게 총살을 당하는 아픔까지 겪었다.

김 회장은 필자와의 인터뷰에서 "외토리가 된 나는 배고픔에 대한 굶주림, 가족 사랑에 대한 굶주림, 배움에 대한 굶주림. 세 가지의 굶주림에 대한 한(恨)이 있었다."고 술회했다.

고향 강진에서 김용복 명예회장

1949년 중학교 시절, 김용복은 수석입학을 하고 반장을 놓쳐본 적이 없을 정도로 공부를 잘하는 학생이었지만, 가난 때문에 월사금(등록금)을 내지 못해 2학년 1학기 때 학교에서 쫓겨나는 신세가 되었다.

그해 15살이던 소년 김용복은 반드시 땅 부자가 되어서 돌아오겠다고 결심하고 눈물을 흘리며 고향을 떠났다. 이후 소년 김용복은 부산에서 꿀꿀이죽을 구걸하며 삶을 이어나가야 하는 거지 생활을 해야만 했다.

"그때 나는 배가 고파서 울고, 외로워서 울고, 서러워서 울었다."며 70년이 지난 지금까지도 그때의 기억을 잊지 못하고 있다.

그렇게 생활을 하던 김용복은 미군들 앞에서 "아임 어 컨츄리보이, 아임 헝그리. 헬프미"를 외치며 오로지 삶을 연명하기 위해 발버둥 쳤다. 그러던 중 한 미군 병사의 눈에 띄어 부산 범일동에 있는 미군 부대의 청소와 구두닦이 등 허드렛일을 하는 '하우스보이(houseboy)'로 일하게 되면서 인생의 전환점을 맞는다.

미군 부대 하우스보이 시절 (1952)

---

* 여순사건(여수·순천 사건): 1948년 10월 일련의 남로당 계열 장교들과 제주 4·3 사건 진압 명령에 반대한 군부대가 주동하여 2,000여 명의 군인이 전라남도 여수에서 봉기함으로 인해 이를 진압하는 과정에서 좌·우익 세력으로부터 전라남도 동부 지역의 민간인들 최소 439명이 학살된 사건. [출처: 위키백과]

그가 평범한 소년이었다면, 이 일은 그저 먹고사는 문제를 해결하는 일 정도로 끝났을 것이다. 하지만 소년 김용복은 배움에 대한 간절함이 있었다. 자투리 시간을 활용해 영어와 운전 기술을 배웠다. 영어는 그의 경쟁력이 되었다. 만 3년간의 그의 노력은 미군들과의 자유로운 언어소통으로 미국 유학을 간 것과 같은 효과를 거둔 것이다.

1953년 김용복은 3년 만에 고향 강진으로 돌아왔지만 전쟁 통에 민심이 흉흉한 시절이었다. 그는 어른들의 놀음판에 휘말려 힘들게 번 돈을 모두 탕진하고 말았다.

그해 김용복은 다시 돈을 벌기 위해 광주의 미군 부대 통역관을

김용복의 군대 운전병 시절 (1958)

거쳐, 이듬해에 서울 영등포의 미군 공병단 트럭 운전사로 취직했다. 그리고 1955년 24살에 군대에 자원입대하여 고위급 장교의 운전병 및 통역관 일을 맡았다. 이 모든 것이 영어와 운전 기술이 있었기에 가능한 일이었다.

1958년 군 제대 직후 김용복은 미국의 국방성 기술용역회사인 빈넬(Vinnell Corp.) 회사의 서울지사장 운전사로 취직했고, 이듬해에 서

울 출신의 이순례 여사와 결혼했다.

그리고 배움에 대한 간절함으로 1960년에 건국대학교 정치외교학과 야간대학에 입학했다. 이때 김용복은 낮에는 대방동의 빈넬 회사 정비공장에서 일하고, 저녁에는 낙원동에 위치한 건국대로 등교하며 주경야독을 이어갔다. 하지만 자신의 몸을 돌아볼 겨를 없는 삶이 지속된 결과, 대학교 3학년 때 폐결핵에 걸려 회사에서 쫓겨나면서 학업을 중단해야 할 위기에 처했다. 그러나 김용복은 어떤 일이 있어도 학업만은 절대 포기할 수 없다는 신념으로 단 한 번의 결강 없이 공부하여 4년 만에 대학 졸업장을 받았다.

건국대 장안캠퍼스 학위수여식 (1964)

아내의 꾸준한 내조 덕분에 건강도 회복되었다. 당시 아내는 넉넉하지 못한 살림을 위해 빵장사, 밥장사 등 온갖 고생을 마다하지 않았다고 말하며 김 회장은 눈시울을 붉혔다.

이후, 건강을 회복한 김용복은 미군 7사단 행정 중대 도서관 관장 보좌관에 이어 미8군 사령부 교육처장 보좌관으로 승진했다. 그러나 그는 이에 안주하지 않았다.

1965년 베트남 전쟁이 발발했을 때, 파월 기능공 모집 공고를 보고 베트남 행을 결심한다. 그때 김용복의 월급은 100달러였지만, 베트남에서는 350달러를 줬기 때문에 가지 않을 수 없었다.

베트남 캄란베이의 미국 빈넬회사 한국인 협의회장 시절 (1968)

34세의 김용복은 베트남 캄란베이에서 빈넬 회사의 보급 행정 감독관과 캄란 공립 중고등학교 명예교사, 한국인 협의회 회장 등의 여러 가지 일을 하며 돈을 벌었다. 역시 영어 실력이 자산이 되었다.

필자는 김 회장의 첫 월급 사용처를 보고 놀라지 않을 수 없었다. 그의 저서 『더도 아니고 덜도 아니고』에 나온 글이다.

내가 파월 기술자로 미국 빈넬 회사에 고용되어 베트남 캄란만에서 생활할 때였다. 나는 15살 나이에 굶어죽지 않기 위해 정든 고향 강진을 떠났지만, 한시도 고향을 잊은 적이 없다. 목숨을 걸고 전쟁터로 돈을 벌러 왔지만, 고향의 불우한 환경의 후배들에게 도움을 주는 데 써달라며 강진군수(당시 김문수 군수)에게 첫 월급 350불 전액을 편지와 함께 송금했다. 그것이 나의 기부의 첫 씨앗이었다.

황주홍 전 강진군수(현 국회의원)가 이 사실을 증언해주었다. 필자와의 통화에서 황 전 군수는 "김용복 회장은 베트남의 노무자 신분으로 받은 첫 월급을 전액 고향 강진에 기부한 분이다. 보통사람이라면 자신이 힘들게 일하고 받은 첫 월급을 고향을 위해서 몽땅 바칠 수 있겠느냐?"며 김 회장의 남다른 고향사랑을 자랑스러워했다.

1970년 베트남에서 귀국한 김 회장은 서울 창동에 국제수출포장 공업사를 창업했다. 그런데 사업이 성장할 무렵, 청천벽력과 같은 일이 발생했다. 1973년 공장에서 숙식하던 직원 5명이 연탄가스에 중독돼 2명이 사망한 사건이다. 이때 3명의 직원은 살아났지만, 남은 치료비와 보상의 한계에 부딪쳐 회사는 결국 문을 닫게 되었다. 뿐만 아니라 베트남에서 힘들게 번 돈으로 구입한 강남 말죽거리의 9천여 평의 땅(현재 8천억 원 상당)도 일순간에 사라지고 말았다.

불행은 어울려서 몰려온다 했던가. 1974년 회사를 정리한 얼마 남지 않은 돈으로 고향 강진에서 시작한 실뱀장어 양식사업과 경기도 성남의 150원짜리 설렁탕 가게까지 연거푸 실패하고 말았다.

그는 이때의 실패에 대해 "어느 한순간 무너지더라. 지금 생각해보니 40대의 성공은 쭉정이 성공이었다."

평범한 사람이었다면 절망의 늪에서 헤어나지 못할 상황이었지만, 김 회장은 이때 온갖 탈출구를 찾으며 동분서주했다. 특히 그는 영어신문과 BBC방송 등을 뒤지고 또 뒤졌다. 절대로 이대로 무너질 수는 없었다. 이러한 모색 끝에 찾아낸 곳이 중동의 사우디아라비아였다.

1975년 사우디 정부의 경제개발 5개년 계획에 발맞추어 한국 기업들이 대거 사우디에 몰릴 것이라는 정보와 함께, 빈넬 회사에서 사우디 파견 기술자 123명을 모집한다는 공고가 뜬 것이다.

　　김 회장은 사우디를 새로운 희망으로 여겼다. 출국 전날 가족들에게 "죽어 돌아올망정 성공하지 않으면 돌아오지 않겠다."고 눈물로 다짐하며 출국했다.

전인미답(前人未踏)과
포기하지 않는 돌파 정신

　　1975년, 43세의 김용복이 새롭게 시작한 일은 사우디아라비아의 민병대 행정보조원이었다. 그러면서 그는 김식품(TAKICO)이라는 식품 납품업체의 사장과 무·배추 채소 재배 연구자의 두 가지 잡(job)을 추가로 병행했다. 대학 시절에도, 베트남 시절에도 그는 늘 1인 3역 이상의 일을 자청했다.

　　김용복의 최대 관심사는 김치의 주원료인 무·배추 재배였다. '한국인은 김치 없이 살 수 없다'는 아이템으로, 이 농사에 성공한다면 15만여 명의 한국 근로자와 그 가족들에게 필수 식량이 될 것이라고 확신했던 것이다.

　　그러나 이 계획에 찬성하는 이는 없있다. 심지어 가족들마저도 매달리다시피 만류했다. 연중 비 한 방울 내리지 않는, 50도가 넘는 살인적 더위의 사막에서 채소 농사가 가당키나 한 말인가.

　　하지만 불가능한 일에 그가 도전한 것은 나름대로 근거가 있었다. 기후가 비슷한 이스라엘에서 농사에 성공했다는 기록을 책을 통해 확인했기 때문이다. 그 이후로 김 회장은 빈넬 회사에서 6개월마다 보내주는 2주간의 휴가기간을 이용하여 사우디에서의 성공적인 채소농사에 대한 분석 및 연구를 하였다. 한국의 국립중앙공업연구소에 사우디의 흙과 물의 성분검사 의뢰를 하는 등 과학적인 검증도 하였다.

하지만 1977년 뜻하지 않은 곳에서 악재가 터졌다. 김식품 납품사업이 성공적으로 진행될 무렵, 서울에서 함께 온 16명의 직원 중 두 명이 식품을 훔치고 사우디의 국법을 어기며 술을 판매하였다는 죄목으로 책임자인 김 회장과 함께 강제추방명령이 내려졌다. 이로 인해 김 회장은 1978년 빈넬에서 받은 30개월 치 월급을 몽땅 추징당한 채 강제 추방되는 수모를 겪어야 했다.

김 회장은 당시의 상황을 자신의 생애 가장 혐오스러웠던 일이라고 말했다.

"그때 나는 피눈물을 흘렸다. 그 후로 나는 직원 채용 시, 능력보다 성품을 먼저 본다."

참담한 가운데 값비싼 교훈을 얻은 셈이다.

강제추방이라는 수모를 당한 김 회장은 당분간 사우디로 들어가기 어려운 신세가 되었다. 귀국 후에 참담한 마음에 삶을 포기할까 고민도 했지만 그럴 수는 없었다. 사랑하는 아내와 주위 사람들에게 죽는 한이 있더라도 성공하겠다고 약속하지 않았던가. 한편 그즈음 친척의 안내로 돈암동의 벧엘교회에서 안수기도를 받고 믿음의 생활을 시작했다.

1978년 6월 김 회장은 지인의 도움을 받아 사우디에 다시 들어갈 수 있었다. 사우디에 도착한 그는, 지난 시간이 아깝다는 생각에 마음이 급했다. 우선 AI-Mutref 그룹의 농장주와 농장합작계약을 하는 한편, 한국인 농부 9명을 사우디로 입국할 수 있는 송출허가서를 발급받으려 했다. 척박한 기후환경의 사우디에서 농업이 성공하기 위해서는 끈질기고 근면한 경험 많은 한국 농부는 필수적이었다. 그러나 사우디 한국대사관은 허가서를 내주지 않았다. 이에 김 회장은 대사관 관사로 찾아가서 "농부 송출허가를 해주지 않으면 죽어버리겠다."며 응접실에 드러눕는 승부수를 띄웠다. 이에 기겁을 한 노무국장은 다음 날 허가서를 내주었다. 농장 계약과 한국인 농부 송출허가서를 받는 데 꼬박 3개월이 걸렸다. 그는 다시 귀국하여 집을 팔고 빚을 내서 무·배추 씨앗과 비료를 사고, 함께 일할 농부들을 모으며 재도약을 준비했다.

1979년 2월 4일, 이날은 김용복이 한국인 농부 8명을 이끌고 사우디에서 새 출발을 시작한 날이다. 영동농장의 시작이었다. 이때 그의 재산은 단돈 7달러와 삽 4자루가 전부였다.

사막 한낮의 날씨는 섭씨 50도가 넘었다. 뿐만 아니라 낮과 밤의 기온 차는 40도였다. 바람이 한 번 불면 앞을 분간할 수 없을 정도로 모래폭풍이 거세져서, 풀 한 포기 생존할 기미조차 보이지 않는 환경이었다. 게다가 경제적인 어려움까지 가중되어 라면 한 개로 하루를 때워야 할 때도 있었다.

사우디 사막의 김용복 회장(왼쪽에서 두 번째)과 한국인 농부들 (1979)

김 회장은 "상상을 초월하는 비참한 상황이었다."고 표현했다.

이러한 난관으로 인해 한국인 농부들 사이에 불가능한 일이라는 패배의식이 독버섯처럼 퍼지는 상황에 이르렀다. 이때 영동농장의 이모 생산과장은 김 회장을 찾아와서 "모두가 불가능하다고 생각하고 있습니다. 한국으로 돌아가게 해주십시오."라며 작업을 거부했다. 생산을 독려해야 할 생산과장이 오히려 직원들의 사기를 꺾고 있으니 절망적인 상황이었다.

생산과장을 해고할 것인가? 아니면 그를 위로하고 타이를 것인가?

그의 선택은 해고도 위로도 아닌 사즉생(死卽生)이었다. 8명 전 직원을 불러 사막에 일렬로 세운 뒤 삽자루를 든 김 회장은 소리쳤다. "너희들 여기 관광 왔어? 나는 목숨 걸고 왔다. 해보기도 전에 불가능하다고? 차라리 너희를 이 삽으로 다 죽이고 나 또한 죽겠다. 맨끝에 서 있는 제일 어린 조OO, 네가 살아서 한국에 돌아가 이 처참

한 사건을 전하도록 하라."며 들고 있던 삽을 치켜들자 8명 모두가 혼비백산이 되어 도망갔다. 그날 밤 직원 모두 김 회장에게 찾아와서 무릎을 꿇고 용서를 빌며 다시 도전해보겠다고 다짐했다. 이 일은 직원들이 농사에 집중하는 계기가 되었다.

필자는 이 일화를 협박이나 구타 등의 부정적인 시각보다 죽기를 각오하면 산다는 사즉생의 관점에서 찾고자 한다. 때로는 상식적으로 이해할 수 없는 간절함이 더 큰일을 해내는 사례를 우리는 역사 속에서 발견하지 않던가.

위기 때마다 김 회장은 늘 이렇게 정면 돌파를 선택했다.

그는 "이 세상에는 세 가지 유형의 인간이 있다. 그것은 돌파형, 무마형, 회피형 인간이다. 나는 돌파형 인간에 가깝다."

지성이면 감천이라고 했던가. 모래사막에서 한 줄기 싹이 돋아났다. 직원들은 환호성을 지르며 기뻐했다.

1979년 4월 20일, 500kg의 배추를 첫 수확해서 2,500리얄(당시 50만 원)을 손에 쥐었을 때, 영동농장의 식구들은 벅찬 감격의 눈물을 흘렸다. 김용복 회장은 이 날을 영동농장의 창립기념일로 지정하고, 배추, 무, 고추 등 16종의 청정채소를 재배하여 사우디의 한국 근로자는 물론 쿠웨이트, 바레인 등에 수출하였다.

사막 최초의 채소 재배 성공 소식에 사우디 정부는 큰 관심을 보였고, 김 회장에게 밀농사까지 제안하게 되었다. 사우디 정부의 협조

〈사우디아라비아 영동농장〉 김용복 회장의 무 수확 (1979)

아래 농장을 5개 농장 체제로 확장하는 한편, 대규모의 밀 경작까지 성공을 거두어 11만kg의 밀을 사우디 농림부에 납품하였다. 연이은 농사의 성공은 각종 뉴스에 사막의 기적이란 타이틀로 소개되었고, 그에게는 녹색혁명의 기수라는 별칭이 생겼다.

김 회장은 1979년부터 1989년까지 만 10년 동안 사우디 영동농장의 면적을 250만 평까지 확대했고, 농작물 3,668만kg 생산으로 당시 582억 원 매출이라는 전무후무한 기록을 세웠다. 이로 인해 김 용복 회장은 1980년대 초 대한민국 개인 외환보유고 1위의 억만장자로 등극하였고, 기능공 신분으로는 최초로 석탑산업훈장을 수상하였다.

1989년 12월 31일, 김 회장이 14년간의 사우디 생활을 정리하고 고국으로 돌아온 날이다.

근로의 날 석탑산업훈장 수상 (1982)

이 과정에서 김 회장의 창의적인 마무리에 주목할 필요가 있다.

그는 사우디 영동농장 정리에 필요한 모든 계약을 끝냈지만 새로운 농장주에게 말끔한 인수인계를 위하여 귀국 한 달 전부터 각종 농기계와 차량, 냉장고 등의 장비·집기를 모두 수리하여 새것처럼 도색하고, 고속도로의 영동농장 간판을 철거하고 새 농장주의 'Ibrahim Al-Namrah Farm' 간판을 손수 설치해 주었으며, 모든 사무실의 열쇠까지 새로 교체해주었다.

이러한 마무리에 새 농장주는 감동하여 온 가족이 공항까지 마중 나와 고마움을 표시하였고, 지금까지 자주 왕래할 정도로 우의를 다지고 있다.

곧 사우디를 떠날 사람이 이렇게까지 확실한 마무리를 한 이유는 무엇일까?

"사우디는 나에게 제2의 고향으로, 성공에 대한 깊은 감사와 코리안(korean)으로서 자긍심을 알리기 위한 표현이었다."

필자는 김 회장의 창의로 '아름다운 끝맺음'을 추가했다.

1982년 김 회장은 고향 강진군 신정면 벌정리 일대에 도작 단일면적으로는 전국에서 가장 넓은 70만 평의 땅을 사들였다. 땅 부자가 되어 돌아오겠다는 어릴 적 꿈을 실현한 것이다. 그런데 그가 산 땅은 평범한 농지가 아닌 버림받은 뻘밭, 즉 간척지였다.

이에 대해 강진 영동농장의 오경배 대표(강진군 친환경 농업연합회 회장)는 "예전에는 쓸모없는 땅을 샀다고, 또 수확이 안 될 거라고 모두가 비웃었다. 간척지는 잡초와의 전쟁이다. 하지만 수년간 토양관리 등 친환경적인 재배단지로 조성했더니, 현재 다른 농지는 병충해가 가득해도 우리 영동농장은 병충해 피해가 없을 정도로 안정적이다."며 자랑스러워했다. 오 대표는 이를 "기다리는 농업"이라는 한 마디로 압축했다. 이로 인해 오경배 대표는 2011년 전국 최초로 유기농 '명인'에 지정되었다.

"모두 회장님 덕분이다. 나 같은 평범한 농부가 회장님이 아니었다면 어떻게 명인이 될 수 있었겠느냐."

2000년대부터 강진 영동농장에서는 서울대 농대를 졸업한 아들 김태정 사장이 미생물·그린음악농법을 도입해 친환경·무공해 〈유기농 그린음악쌀〉을 생산하고 있다.

강진 영동농장의 오경배 대표와 김용복 명예회장

　김태정 사장은 "현재 이 쌀은 100% 유기농법에 연간 최대 700톤
을 생산하는 최고품질의 쌀이고, 지금도 없어서 못 파는 쌀"이라며
긍지가 대단함을 느낄 수 있었다.

　농지 전체에 40대의 스피커를 설치하여 아침에는 모차르트 음악
을, 점심에는 풍물 농악을 틀어주는 창의적인 음악재배 농작법을 사
용한다고 설명해주었다.

　음악재배 효과가 진짜 있느냐는 질문에 "농악의 파동은 병해충들
의 접근을 막는 효과가 있다. 음악이 세포를 자극하여 웃자라는 것
을 방지한다. 이 생산 법으로 제11회 친환경 유기농 무역박람회에서
은상을 수상하고, 미국 농무부(USDA)의 유기재배 인증인 국제인증을
획득하여 외국에 수출할 수 있는 길을 텄다."고 김태정 사장은 설명
했다.

2016년 8월 김 회장으로부터 '그린음악쌀 미국대륙 진출'이라는 제목의 메일 한 통이 왔다. 메일에서 김 회장은 '까다롭기로 유명한 미국 농무부에 영동농장의 그린음악쌀이 수출되어 그 기쁨과 감격을 함께 나누고 싶다. 내 평생소원을 이룬 기분'이라고 소감을 밝혔다.

이러한 성과에 대하여 김 회장은 "누구나 다 하는 농법으로는 경쟁력이 없듯이 남들이 생각하지 못하는 것을 해야 성공할 수 있고, 아름다운 결실의 삶을 일굴 수 있다. 젊은이들은 주어진 환경을 원망하지 말고, 전인미답(前人未踏)의 길을 가라."고 제언했다.

살아 숨 쉬는 현장교육과
체계적인 사랑농사

김 회장은 최근 아이 교육문제 때문에 걱정하는 부모들에게 아이 교육보다 부모 교육을 강조한다.

"자식이 잘되기를 바랄수록 더 강하게 키워야 한다, 자식에게 재산을 물려주는 것은 독약과 같다."

모든 교육은 가정에서부터 시작되는데 요즘 부모들은 자기 자식이 기죽을까 봐 바르게 가르치지 않는 데에 대한 우려였다.

김 회장은 "나는 하나뿐인 외아들 태정을 초등학교 3학년 때 사우디 국제학교에 입학시키고, 주말에는 어김없이 농장에서 2시간씩 일반 농부들과 똑같이 노동을 시키면서 그에 상응하는 노임을 주었다.

아들 김태정의 사우디 농장 현장 실습 (1980년대)

이것은 어려서부터 노동의 대가가 얼마나 신성하고 고귀한지 알려주기 위함"이었다고 말했다. 그러면서 자신의 영어 교육을 예로 들었다.

"일반적으로 부모와 아이가 함께 외국여행을 갈 때면 꼭 붙어 다니지만, 나는 일부러 아들과 멀리 떨어진 좌석으로 배정한다. 외국의 큰 도시에서도 각종 심부름을 시켜 외국인들과 많이 부딪치도록 하면서 영어를 익히도록 했다. 만약 외국을 나가지 못할 형편이라면 우리나라에 거주하는 외국인과 자주 만나려고 노력하고, 인터넷으로도 얼마든지 소통할 수 있는 세상 아니냐. 눈으로 백번 읽고 귀로 천 번 듣는 것보다 무조건 부딪치는 게 훨씬 빠르다."

김 회장은 이를 자신이 직접 경험한 살아 숨 쉬는 영어라고 했다.

"나는 중학교 2학년도 마치지 못했지만, 18세에 미군 부대에서 통역관을 했다. 나의 인생에서 영어가 큰 무기가 되었다. 영어는 만국 공통어가 아니냐. 영어를 알아야 좋은 책을 읽고 뉴스와 영화를 시청하고 세계인을 만날 수 있는 세상이다."

그리고 우리나라의 비창의적인 영어교육에 대해서 비판했다.

"말을 배우기 시작하면서부터 대학교까지 그 오랜 시간을 영어공부를 했는데도 외국인에게 말 한마디 건네지 못하는 외국인 공포증에 시달린다면 우리 교육이 무엇인가 잘못된 절름발이 교육이 아니고 무엇이냐. 모든 언어교육은 읽기, 듣기, 말하기, 쓰기가 적절히 조화를 이루어야 하는데, 우리의 영어교육은 오로지 시험을 잘 보기 위한 성적에 치중하는 획일적 교육"이라고 꼬집었다.

나아가 김 회장은 우리나라의 그릇된 교육에 대한 안타까움을 지적했다.

"대한민국이 선진국이 되기 위해서는 교육부터 바뀌어야 한다. 이제 경쟁과 성장 일변도에서 벗어나, 모두가 함께 행복할 수 있는 교육이 필요할 때이다."

모두가 함께 행복할 수 있는 교육이란 무엇일까?

필자는 그의 저서 『흙농사 사람농사 그리고 사랑농사』에서 그 해답을 찾았다.

경쟁과 이기주의에 둘러싸여 숨 가쁘게 돌아가는 세상에서 진정한 행복과 참 성공의 가치는 남에게 베푼 크고 작은 배려가 모여 결국 자신의 행복과 성공으로 돌아오는 것이다. 사람은 능력이 아니라 배려로써 자신을 지킬 수 있으며, 사회는 경쟁이 아니라 배려로 유지된다. 배려는 성공으로 가는 새로운 가치를 보여줌과 동시에 무한경쟁시대를 살아가는 우리 모두에게 따뜻한 위로를 줄 것이다.

우리 교육이 성적 지상주의에서 벗어나 인성 교육을 강화해야 한다는 뜻으로 풀이된다. 정규 교육을 받지 못한 그는 어디서 이러한 깨달음을 얻은 것일까?

김 회장은 "나는 하우스보이 시절 미군들에게 많은 것을 보고 배웠다. 그때 영어보다 더 소중한 것들을 많이 배웠다."며, 그것을 체계적으로 정리해주었다.

① 준법정신

② 항상 웃으면서 먼저 다정하게 인사하는 인사법

③ 항상 먼저 양보하고 배려하는 언행

④ 약속을 잘 지키는 예약문화

⑤ 침을 뱉거나 쓰레기를 아무 데나 버리지 않은 등의 선진문화

김 회장은 "지금은 대한민국도 많이 발전했지만, 이러한 문화들이 선진국과 후진국의 차이였다."고 말했다. 또한 그들이 자주 사용하는 가족, 가정이란 어원이 참 인상적이었다고 덧붙였다.

가족사랑, 배고픔, 배움에 대한 굶주림에 좌절했던 김용복은 미군들의 일사불란한 규칙 안에서도 서로 배려하고 사랑하는 따뜻한 문

화를 접하고 큰 충격을 받았다. 이러한 선진문화를 보고 깨달은 김용복은 자신처럼 가난 때문에 공부하지 못하는 후학들을 돕기로 결심한다.

1982년 가정 형편 때문에 대학 진학이 어려운 서울여자상업고등학교 학생 3명을 추천받아 장학금 지원을 시작으로, 1989년 사재 10억 원을 출연하여 〈용복장학회〉를 설립하고 본격적으로 장학생들을 선발했다.

김회장은 스스로 자신의 평소 생활습관을 '3덜 정신'을 기준으로 한다. 이른바 덜 먹고, 덜 쓰고, 덜 즐기고가 3덜 정신이다. 김 회장은 지금까지 10년이 넘은 구두와 가방을 신고, 들고 다닌다. 25년이 넘은 자동차를 타고 다닌다.

이에 대해 용복장학회 1기 출신이자 2대 장학회 이사장인 류재우 국민대 교수(61)는 다음과 같이 말했다.

"회장님은 강하게 보이지만, 조그마한 일에도 감격하고 타인의 어려움을 보면 금방 눈물을 보이실 만큼 아주 여리고 정이 많은 분이다. 장학사업도 어려운 학생의 사연을 보고 눈물을 흘리며 시작했다. 회장님이 장학생들의 작은 배려에도 감격하는 이유는 가슴 아팠던 자신의 과거를 아직까지 기억하고 있기 때문일 것이다."

다음과 같은 사례가 있다. 외국 출장길에서 김 회장이 비행기 안에서 신문을 읽던 중 화장실로 달려가 30분 정도 울고 나온 일이다.

재단 용복장학회 설립식 및 장학생 선발 (1989)
현재까지 배출한 장학생 수는 160명이 넘는다.
[출처: 용복장학회 홈페이지 http://www.yongpok.org]

용복장학회 정기 모임 (2001)

서울대 법대에 합격한 한 학생이 등록금이 없어서 대학에 갈 수 없다는 소식을 듣고 독지가들이 나섰는데, 그 학생이 소아마비를 앓은 장애인이라는 사실에 돕기를 거부했다는 신문기사를 봤기 때문이다. 김 회장은 그 길로 편지를 써서 그 학생이 대학을 마칠 때까지 모든 학비를 지원하겠다고 약속했다.

그 학생은 용복장학회 1기 출신인 최인규 판사(현 전주지방법원 군산지원장, 53)다.

최 지원장은 필자와의 통화에서 "회장님을 뵙고 저의 인생이 바뀌었다. 지금도 나태해지고 있다는 생각이 들 때마다 모범이 돼야 한다라고 생각하는 이유는, 회장님의 기대에 어긋나지 않도록 살아야 한다는 마음가짐 때문이다."

용복장학회 1기 출신이자 현재 용복장학회 3대 이사장을 맡고 있는 김창현 교감(현 광주 대성여고 교감)은 "용복장학회는 장학회의 새로운 패러다임"이라고 힘주어 말했다.

그 이유에 대해서 "일반적인 장학회는 받는 사람과 주는 사람이 누가 누구인지 모르는 경우가 많지만, 용복장학회는 회장님이 반드시 한 사람 한 사람의 이름을 호명하고 장학금을 직접 전달하며 그 의미에 대해서도 일일이 설명하신다. 그리고 한 번 맺은 인연을 끝까지 이어간다. 한 번 장학생으로 선발되면 학업이 끝날 때까지 지원해 주는 것도 일반 장학회와 다른 모습이다."

김 이사장은 '마음의 장학금'이라고 요약했다.

또 다른 점도 있다. 일반 장학회의 이사장은 대개 회장 본인이나 그 가족들이 맡는 경우가 많은데, 용복장학회는 용복장학회 출신들이 이사장을 맡는다. 서로에 대한 믿음이 없다면 힘든 일이다.

김 회장은 "이 장학 사업을 통해 어느 한 사람의 인생이 새롭게 열리는 것을 경험하는 일은 정말 대단한 행복이다. 또한 그들이 도리어 나 자신을 채찍질해주는 고마운 존재다. 용복장학회의 설립은 내가 한 일 중 가장 보람된 일이다."

김 회장의 자서전에는 이를 뒷받침하는 내용이 있다.

어떤 사람은 1년 앞을 내다보고 꽃씨를 심고, 또 어떤 사람은 10년 앞을 내다보고 나무를 심지만, 나는 100년 앞을 내다보고 인재를 키운다.

그래서일까?

김 회장은 "배워서 남주라"는 말을 자주 한다.

"우리가 배우는 이유는 자신을 위함이기도 하지만, 남을 위해, 이웃을 위해, 사회와 국가를 위함이다. 이를 위해서 어떤 역경이 와도 좌절하지 말고 오뚝이처럼 일어서야 한다. 이 세상에는 나보다 더 어려운 사람이 너무 많다. 나보다 우리를 생각하는 교육이 되어야 한다."

김 회장은 1989년 '용복장학회'에 이어 2004년 〈한사랑농촌문화재단〉을 설립하였다. 10년 동안 50명이 넘는 수상자를 배출했다. 장학회가 있는데 100억 규모의 농촌재단까지 별도로 설립한 이유는 무엇일까?

한사랑농촌문화재단 시상식 (2008)

　김 회장의 저서 제목이나 목차 등을 보면 농업에 대한 그의 철학을 짐작할 수 있다.

　『그래도 농자는 천하지대본(農者天下之大本)이라』, 『꿈을 심는 농자』, 『흙농사 사람농사 그리고 사랑농사』 등의 책 제목과 책 곳곳의 단원의 소제목에서도 농업에 대한 애정을 엿볼 수 있다.

　'농업은 정신이요, 혼(魂)이다', '농업은 생명산업이다', '나는 농자임을 자부하는 사람이다'.

　이것은 그가 농민의 아들로서 굶주림을 겪은 후에 깨달은 측은지심의 표현이 아닐까?

　어릴 때 쌀 한 가마가 없어서 하나뿐인 친형의 총살 그리고 40대 중반에 사막 농사와 사투를 벌인 끝에 얻은 환희의 경험을 통해 농업의 중요성에 대한 깨달음을 얻었을 것이다. 그래서 김 회장은 어려

제10회 한사랑농촌문화상 시상식 및 월정어린이복지재단 출연식 (2016.04.20.)

운 여건 속에서 농업의 명맥을 이어가는 우리 농민들에게 자부심을 갖자는 염원을 한사랑농촌문화재단에 담았을 것이다.

연어가 강물을 거슬러 고향으로 돌아가듯 김 회장 역시 마지막 사랑농사는 불우한 아동으로 향했다.

2016년, 80대 중반의 나이에 불우한 어린이들을 위해 사재 33억을 출연하여 〈월정어린이복지재단〉을 설립했다.

제10회 한사랑농촌문화상 시상식과 용복장학회 기본재산 20억 출연식 등을 겸한 이 자리에서 김 회장은 "내가 주관하는 마지막 행사"라고 말하며, 내빈 500여 분을 거의 빠짐없이 소개하였다. 내빈소개만 한 시간 반 이상이 소요되었다.

필자는 여기에서 만남의 인연을 소중하게 여기는 그 만의 '창의'를 찾았다. 필자와의 만남 또한 그러했다.

김 회장을 처음 만난 것은 2009년 초, 광컴직업전문학교의 특별강연에서였다.

필자는 당시 77세의 고령인 김 회장의 강연을 듣고 감동하여 눈물을 흘렸다. 그 후로 필자의 연구실(DDL; Digital contents Development Laboratory) 학생들에게도 그 강연을 들려주고 싶어서 DDL의 여름 수련회 장소를 강진 다산수련원으로 정하는 한편, 김 회장에게 메일과 전화로 여러 번 설득한 끝에 특강 승낙을 받아냈다. 강연을 수락한 이후부터 주객이 전도되었다. 김 회장은 강연 2주일 전부터 필자에게 10여 차례 전화를 걸어 스케줄을 체크하더니, 당일에는 DDL 학생들을 위해 숙박과 식사와 음료, 간식까지 준비를 해주었다. 특히 아이스박스 안에 일렬종대로 줄 서 있는 음료와 다과의 비주얼은 지

필자(DDL)가 김 회장에게 전한 동영상 선물과 용복(龍福) 케이크 (2009.9.5)

금도 생생하다. 뿐만 아니라 수련회 다음날에는 직접 강진 영동농장을 소개해주고, DDL 학생과 지인 20여 명에게 일일이 그린음악쌀(2kg)과 자서전 『흙농사 사람농사 그리고 사랑농사』를 선물해 주었다.

물론 필자도 수련회 이전에 김 회장의 자서전을 압축하여 동영상을 제작하고, 용복(龍福) 케이크 등을 준비해서 깜짝 선물을 전달했다. 김 회장은 작은 성의에도 크게 감격하는 분이다.

이후 필자는 김 회장의 추가 강연과 신문 기고, 동영상 전시 등의 일로 가끔 왕래하였다. 그때마다 김 회장은 1분 1초의 시각까지 가볍게 여기지 않고, 정성스럽게 배려해주었다. (김 회장을 뵌 이후 DDL에서는 식사 전에 "감사히 먹겠습니다."라고 말한 다음에 식사하는 새로운 전통이 생겼다.)

필자는 이와 같은 김 회장의 섬세한 배려가 한사랑농촌문화상 시상식에서 장시간 내빈소개와 일맥상통하는 것으로 본 것이다.

이 행사에서 사회를 맡았던 황인용 아나운서는 필자와의 통화에서 "81년도 KBS에서 회장님을 처음 만나 지금까지 인연이 되었다. 회장님이 이번에 긴 시간 동안 내빈소개를 한 것은 인연을 소중히 하는 그분의 배려라고 생각한다. 회장님과 같이 여행을 해보면 항상 먼저 짐을 챙겨 로비에 미리 나와 기다리고 계시는 모습에 감탄하게 된다. 전날 폭탄주를 마셔도 젊은이들보다 빠르게 준비하신다. 한 번 말한 것은 반드시 실천하시는 분이다. 월정어린이복지재단 설립도 마찬가지일 것이다."

김용복 회장은 월정어린이복지재단 출정식에서 "서울 영동농장

사옥을 처분해서 내 마지막 꿈을 실현하려고 한다. 오래전부터 준비한 일이다."

그가 철두철미한 계획에 의한 실천자임을 느낄 수 있는 자리였다.

2016년 설립한 월정어린이복지재단은 앞으로 전국의 양육시설 대상 영유아 분윳값과 12세 이하 결식아동의 식비, 불우 환아 및 의료 소외계층의 수술비와 치료비, 저소득가구 어린이를 대상으로 교육비 및 생활비 등을 지원할 계획이다.

이러한 나눔에 대해 김 회장은 "돈은 분뇨와 같아서 한 사람이 너무 오래 가지고 있으면 부패하고 구린내가 나지만, 적절한 시기에 필요한 사람과 나누면 향내가 나고 비료가 되어서 죽어가는 생명도 살릴 수 있다, 그동안 내 삶의 여정이 어려운 사람들을 돕는 데 돈 쓰는 것이 아깝지 않음을 배운 소중한 시간이었다."

김 회장은 그 밖에도 고향 강진 후원과 모교 건국대 후원을 비롯하여 장기기증 서약(2009년), 1억 원 이상 기부모임인, 아너소사이어티 가입(2013년), 태극기 캠페인 등 애향·애교·애국을 위한 후원을 실천하고 있다.

특히 그는 태극기에 대한 사랑이 남다르다.

강진 영동농장에 한국에서 가장 높은 태극기를 설치하는가 하면, 월정어린이복지재단 설립 이후 이사한 강남의 월정빌딩 옥상에도 대형 태극기를 게양하였다. 뿐만 아니라 그는 늘 가슴에 태극기를 달고 다닌다. 그 이유에 대하여 김 회장은 다음과 같이 설명했다.

(좌상) 강진 영동농장의 한국에서 가장 높은 태극기 게양 (2014.11.28.)
(우상) 서울 강남 월정빌딩 옥상 태극기 게양식 (2016.6.16.)
(좌하) 김 회장의 태극기 달기 캠페인
(우하) 김 회장 가슴의 태극기

"1980년대 나는 큰 부자였지만 미국에서 대한민국 여권을 내밀면 무시를 당했다. 나라가 가난하면 내가 부자라도 아무 소용없는 일이다. 젊은이들도 이 사실을 알아야 한다. 부모를 바꿀 수 없듯이 대한민국은 단 하나의 조국이기 때문에 나라 사랑하는 마음을 키워야 한다."

이 모든 이야기들은 그의 저서에 담겨 있다.

1989년『사막에 승부를 걸고』를 시작으로『그때 그 처절했던 실패가 오늘 이 성공을 주었다, 1992』, 중국어 판『作日的 慘敗 今日的 輝煌 = 黑龍江城朝鮮民族出版社, 1994』,『그래도 농자는 천하지대본이라, 1995』, 베트남어 판『Cuoc cach mang xanh tren sa mac, 2001』,

김용복 회장의 저서들

『꿈을 심는 농자 김용복의 발자취, 2003』, 『끝없이 도전하고 아낌없이 나눠라, 2008』, 『흙농사 사람농사 그리고 사랑농사, 2009』, 『모란을 가꾸는 사람들, 2009』, 『뜨거운 농사꾼, 2013』, 『더도 아니고 덜도 아니고, 2013』 등 이제까지 13권의 책과 2권의 번역서를 출간하였다. 이 저서들은 모두 자서전 형식의 글이다. 일반적인 저자들의 자서전은 대개 한두 권으로 끝나는 경우가 많지만, 김 회장은 10권이 넘는 자서전을 펴냈다. 그 이유는 대개 책의 머리말에 있다.

「고통받는 사람들을 위해」, 「나와 같은 실수를 반복하지 않기 위해」, 「사랑하는 사람들에게」, 「한국의 젊은이들에게」….

책의 뒷부분에는 그만의 특별한 기록이 있다. 개인 화보를 비롯하여 연보, 연혁, 강연, 간증과 수필, 기고문, 미디어 출연, 심지어 비행기 탑승기록까지 빠짐없이 기록되었다.

이렇게 사사로운 기록까지 책에 넣은 이유는, 그의 저서 『더도 아니고 덜도 아니고』에서 찾아볼 수 있다.

자신의 일에 성공한 사람이나 존경을 받는 사람들의 일상을 보면 그들은 기록을 잘하고 항상 메모를 잘합니다. 나는 초등학교 시절부터 일기를 써왔습니다. 일기를 쓰면 나의 하루를 되돌아보고 내일을 계획할 수 있습니다. 이 책에 수록되어 있는 강연 일자와 장소, 대상, 또 1백만 마일이 넘는 비행기 탑승기록 등의 자료는 바로 일기를 써왔기 때문에 가능했습니다. 남들이 보기에 이 기록은 참으로 하잘것없이 보일지도 모릅니다. 그러나 나에게는 지나온 세월을 헛되이 보내지 않았구나, 참으로 열심히, 열정적으로 살았다는 흔적입니다. 후손들에게 기록이 얼마나 소중한가를 알려주고 또 시간을 허투루 보내지 않았다는 것을 교훈 삼아 남겨주고자 이 책에 수록했습니다.

그의 책을 통하여 김 회장은 메모와 기록을 아주 소중히 여겼음을 알 수 있다.

"겉으로 보이는 모습은 사진이면 충분합니다. 그러나 자신 안에서 일어나는 일에 대한 느낌은 삶의 기록으로, 인생의 참모습으로 영원히 남기고 간직해야 할 일입니다. 오랜 세월 뒤에 그때를 기억하는 일은 또 다른 삶의 도전이며, 그 지혜를 배우는 사람은 또 다른 희망 속에 살 수 있습니다."

김용복 회장

필자는 이것을 초심을 잃지 않는 '창의'로 해석하고자 한다.

그의 아들 김태정 사장은 다른 관점에서 이야기했다.

"아버지는 평생 할아버지, 할머니의 사진 한 장이 없어서 안타까워하셨다. 그래서 기록에 대한 애착이 강하시고 어릴 때부터 지금까지 일기를 쓰고 메모를 하신 것이다."

김 회장의 저서에는 좋은 일, 멋진 기록만 있는 게 아니다.

『흙농사 사람농사 그리고 사랑농사』에는 가장 슬펐던 일, 가장 혐오스러웠던 일, 가장 부끄러웠던 일까지 모아서 공개하였다. 그 이유는 자서전을 통해 자기 인생을 되돌아보고, 많은 사람들에게 시행착오를 알려서 그런 일이 반복되지 않도록 하며, 또 자신 스스로도 떳떳한 인생을 살기 위한 노력이었기 때문이다.

김 회장의 기록은 저서뿐만 아니라 고향의 비석에서도 찾을 수 있다.

강진 영동농장의 김현우 부장(54)과 이현숙(51) 부부는 "회장님은 고향사랑을 진심으로 실천하는 분이다. 이러한 원천은 효(孝)에서 비롯된 것이라 생각한다. 회장님이 선친께 바친 비석을 보면 그 뜻을 이해할 수 있다."

나의 선친께서는 건실한 농부셨다. 가난했지만 그 누구에게도 피해를 주지 않으셨고 자나깨나 농사일에만 열중하신 분이셨다. 내 아버지께서는 나를 끔찍이 사랑해주셨고 나는 아버지를 지극히 존경하였다. 그리하여 나는 사우디아라비아 사막에서 농사를 지어 수확한 결실을 여기 고향의 버림

받은 뻘밭 70만 평을 농경지로 조성하여 지하에 계신 내 아
버지께 바치노라.
1986년 4월 20일. 불효자 김용복.

김용복 회장이 돌아가신 아버지께 바친 글

이 비석의 글은 15살 김용복이 고향을 떠나면서 눈물로 다짐했
던 자신 스스로의 약속이다. 또한 초심을 잃지 않고, 어떤 상황
에서도 포기하지 않고 노력한 김용복의 창의의 상징이다.

김 회장은 오래전부터 이와 같이 말해왔다.

"내가 생을 마감하고 저세상으로 갔을 때 하나님께서, '용복아, 너
는 이승에서 무엇을 하다가 왔느냐?' 라고 물으시면, 예. 저는 흙농

사, 사람농사, 그리고 사랑농사를 짓다가 왔습니다. 라고 떳떳하면서도 겸손하게 대답할 수 있기를 바랄 것입니다."

김 회장에게 창의에 대한 요약을 부탁드렸다.

이에 대한 답변으로 "끊임없이 도전하고 아낌없이 나누는 사랑이다."고 정의하였다.

또한 자신이 가장 좋아하는 사자성어 '운외창천(雲外蒼天)'을 소개했다.

"비행기를 타본 사람은 안다. 지상에서는 구름이 끼고 비가 내려도 구름 밖에는 항상 파란 하늘이 빛나고 있다는 것을."

그리고 이를 실천하기 위해서는 "첫째 작은 일에도 감사하고, 둘째 교만하지 말고, 셋째 꿈과 목표를 정하고 최선을 다해 노력하라."고 당부했다.

김 회장과의 대화 중 "남들이 하는 대로 다 누리고 살면서 성공하기를 바랄 수는 없지 않겠느냐?"는 질문이 여운으로 남는다.

어릴 적 세 가지 굶주림에 대한 한(恨)을 세 가지 사랑(장학재단, 농촌재단, 어린이재단)으로 풀어버린 김용복 회장.

그는 훗날 우리 후손들에게 흙농사, 사람농사, 사랑농사를 지은 대한민국의 참 농사꾼으로 기억될 것이다.

영동농장 김용복 회장의
굶주림의 한을 사막의 성공신화로 개척한 창의?

끊임없이 도전하고 아낌없이 나누는 사랑

◆ 굶주림의 한(恨)'을 꿈으로 바꾼 간절함
◆ 전인미답(前人未踏)과 포기하지 않는 돌파 정신
◆ 살아 숨 쉬는 현장교육과 체계적인 사랑농사

소년 김용복에게는 세 가지 굶주림에 대한 한(恨)이 있었다. 그것은 배고 픔에 대한 굶주림, 가족사랑에 대한 굶주림, 배움에 대한 굶주림이었다.

가난 때문에 학교에서 쫓겨난 15살 김용복은, 반드시 땅 부자가 되어 자신처럼 어려운 사람들을 돕겠다는 꿈을 품고 고향 강진을 떠났다.

부산에서 3년간 미군 하우스보이 일을 하면서 짬나는 시간에 배운 영어와 운전 기술은 그에게 성공의 밑천이 되었다. 그 이후 김용복은 미군 관련 회사에 취직하여 그 실력을 연마하고 선진 문화들을 흡수하였다.

김용복 회장

대학 시절, 폐결핵에 걸렸을 때도 김용복은 학업을 포기하지 않고 주경야독하여 대학을 졸업했다. 졸업 이후 베트남전에 참여하여 경제적인 부를 이루었다. 그러나 귀국 후 불의의 사고로 전 재산을 잃고, 새롭게 벌인 사업들까지 연이어 실패하는 등의 인생 최대의 시련을 맞이하였다.

하지만 그는 포기하지 않고 동분서주하여 40대 중반의 나이에 사우디아라비아에 진출하였다. 그곳에서 무·배추를 재배하는 최초의 사막 농사에 도전하였다. 연중 비 한 방울 내리지 않는 50도가 넘는 무더위의 악전고투 속에서 직원들의 배신도 있었지만, 그는 사즉생(死卽生) 정신으로 정면 돌파하였다.

그 결과 김 회장은 40대 후반에 사막 농사의 기적과 녹색혁명의 기수가 되어 귀국하였다. 그 후 그는 고향 강진에 70만 평의 간척지를 매입하여 서울대 농대를 졸업한 아들과 고향의 영농 후계자들을 육성하여 국내 최대량, 최고품질의 '유기농 그린음악쌀'을 생산하였다.

한편 그는 평생 덜 먹고, 덜 쓰고, 덜 즐기는 '3덜 정신'을 실천하는 가운데, 가난 때문에 고통받는 학생들을 위해 〈용복장학재단〉을 설립하여 인재를 육성하고, 〈한사랑농촌문화재단〉을 설립하여 어려운 환경에서도 농업을 이어가는 농민들에게 용기와 자부심을 주었다. 뿐만 아니라 김 회장은 80대 중반의 나이에 남은 재산을 정리하여 굶주린 어린이들을 위한 〈월정어린이복지재단〉을 설립하였다.

정리하면, 김용복 회장은 용복장학회를 통해 배움의 한을 풀고, 한사랑농촌문화재단을 통해 가족사랑의 한을 풀고, 월정어린이복지재단을 통해 배고픔의 한을 푼 농민이 되었다.

이것은 '세 가지 한(恨)'을 딛고서 흙농사, 사람농사, 사랑농사라는 세 가지 농사로 꿈을 이룬 김용복의 도전하고 포기하지 않는 '창의'이다.

제3부

상업人의
부자가 되는
창의

O '황솔촌' 황의남 대표

O '영암마트' 김성진 대표

5장

황
의
남

황솔촌 · 마이나인은 지역사회
어려운 분들을 돕기위하여 매월
수익의 10%를 기부하고 있습니다

2016년 05월 26일까지

총 누적 기부금액 :

₩ 1,193,715,521원

총 누적 음식제공 :

, 4,628,961인분

주요후원단체 : 서구청사회복지과, 광산구청 투게더광산
대한적십자사, 사회복지공동모금회, 서구자원봉사센터
외 12개 단체

외식업체의
통큰 리더십

서비스업 중 가장 많은 업종은 단연 식당업이다.

국세청 자료에 따르면 현재 등록된 요식업소는 60여 만 곳이다. 영업 신고하지 않고 운영하는 소규모 식당까지 감안한다면 주변에서 가장 흔히 볼 수 있는 영업장이다.

『2015 국세통계연보』에 의하면 2015년 새롭게 부가가치세를 신고한 식당은 16만 3,988개에 달한다. 모든 업의 창업 중 4명 중 1명은 식당업을 선택한다. 이 많은 식당들이 개업하기 무섭게 폐업한다.

원대한 꿈을 품고 창업한 식당 중 1년 내 45%, 2년 내 60%가 폐업신고서를 제출했다. 그럼에도 불구하고 자고 일어나면 주위에 식당이 생긴다. 다차원적으로 변해가는 고객의 니즈를 제대로 읽어내지 못하고 대처하지 못하는 식당은 폐업에 이르게 된다. 반면, 줄을 서서 순서를 기다리는 대박 식당도 분명히 존재한다. 왜 이런 양극화 현상이 있는 걸까?

광주에도 줄을 서는 식당이 있다.

어떤 '창의적인 생각'으로 이 요식업체는 고객의 사랑을 받는 것일까? 필자는 그 원인을 살펴보기로 했다.

황솔촌은 2005년 광주 1등 맛집을 시작으로 문화관광부가 선정한 한국의 100대 한식집(2007), 영국 최고권위 여행가이드북인 러프가이드(ROUGH GUIDES) 명소(2008), 프랑스 미슐랭가이드의 한국을 방문하면 꼭 가봐야 하는 식당(2011), 푸드뱅크 착한가게 1호점(2015) 등 국내외 유수 단체들로부터 맛집으로 인정받았다.

광주의 '대표 맛집' 황솔촌(구 민속촌, 무진주) 인증서

1993년 전남도청 건너편에 민속촌이라는 상호로 출발한 이 식당은 민속촌 충장점과 무진주라는 보쌈전문점으로 고객의 사랑을 받았고, 현재는 황솔촌 충장점, 황솔촌 상무점, 황솔촌 수완점 등 상호를

〈황솔촌〉으로 통합하였다.

그리고 2015년 이후에 광주 충장로의 무진주 자리에 이탈리안 레스토랑 〈마이나인〉과 수도권에 중화요리 전문점 〈챠이난〉 상암점, 서초점과 상하이짬뽕 프랜차이즈 지점들을 개점하고, 식자재 전문 유통기업 〈올그린〉과 식품가공 생산 유통업 〈예스푸드〉 등으로 외연을 확장하면서 임직원 450여 명이 넘는 중견기업으로 성장하였다.

황솔촌은 지역사회에서 정도(正道)를 실천하는 기업으로 인정받고 있다.

2009년 모범납세자로 선정되어 광주지역 개인사업자 최초로 기획재정부 장관 표창을 받았다.

2012년부터 우리 지역의 소외된 이웃을 위한 '희망플러스 찬 나눔', '행복을 드리는 밥상', '사랑 나눔 밥차' 등의 사회봉사를 실천하여 최근, 착한가게 광주광역시 1호점에 선정되었다(2015).

대한민국 나눔국민대상 보건복지부 장관 표창(2015), 광주광역시 시민 대상-사회봉사부문(2016) 수상 등 수상 실적이 증가하고 있다. 황솔촌의 대표는 황의남이다.

보건복지부 푸드뱅크 착한가게 광주 1호점(2015)　　나눔대상의 보건복지부장관 표창(2016)

위기를 기회로 만드는
시간을 활용하는 창의
|

황의남은 1965년 전남 구례군 구례읍의 작은 국밥집 5남매 중 막내로 태어났다. 구례에서 초·중학교를 다녔던 그는 도시에서 기술을 배워야 한다는 아버지의 권유로 광주시 소재의 전남 기계공고(구 광주공고)를 졸업하였다.

시골소년 황의남에게 도시생활은 기본적으로 먹고사는 문제로부터 출발하였다. 고등학교를 졸업하기 전, 18살에 화순 동복광업소의 막노동 일을 시작으로 샴푸, 비누, 칫솔 등을 천 원에 판매하는 보따리장사를 경험했다. 이어서 손수레 과일 행상을 하면서 거친 상인들과 자리다툼을 하고, 경찰단속에 쫓겨 다니다가 지쳐 손수레 밑에서 잠을 자야 하는 시절이 있었다.

1983년 청년 황의남은 해병대에 입대하여 만기 전역한 후, 1989년 고등학교 RCY(청소년적십자) 동기로 만난 전연화와 결혼했다.

그가 처음으로 투자한 사업은 1993년 초 친구 4명과 함께 동업한 〈포스트모더니즘〉이라는 레스토랑이었다. 이때 황의남은 친척들에게 빚을 내서 사업을 준비했지만, 개업 20일을 앞두고 인테리어 준비 중 화재가 나는 바람에 레스토랑은 시작도 못하고 투자한 대부분의 돈을 잃어버렸다. 앞길이 막막하여 잠을 이룰 수 없었던 황의남은 이번에는 처갓집을 담보로 대출을 받아 사업사금을 마련한 후 다시 도전했다.

그해 5월, 구 전남도청 건너편에 〈민속촌〉이라는 간판으로 개업한다. 황의남은 식자재와 물품 구입, 데스크 안내, 카운터 캐셔(counter cashier), 설비기사, 웨이터, 청소에 이르기까지 자신이 할 수 있는 모든 일을 스스로 감당했다. 그는 그 시절을 다음과 같이 회고했다.

"그때 나는 손님 한 분 한 분의 얼굴을 외우고, 매일 두세 가지의 유머를 준비해서 손님들을 끊임없이 즐겁게 유도했다. 손님이 떠날 때는 반드시 대문 밖으로 따라가서 명함을 건넸다. 잠은 계단 밑 쌀 창고에서 잤는데 그때가 유일한 휴식시간이었다."

2003년은 황 대표에게 큰 변화가 있는 해였다. 아내가 3녀 1남의 자녀를 데리고 영국으로 유학을 결정했기 때문이다. 그로부터 황 대표는 8년간 치열한 기러기 아빠 생활을 시작했다.

30대 후반의 가장이 처자식과 수년간 떨어져 산다는 것은 결코 쉬운 일이 아니었지만 이 시기에 황의남의 창의가 빛을 발한다.

첫째, 사업영역을 확장했다.

친구인 동업자와 함께 서울에 〈강강술래〉라는 한우고기전문점을 설립하고 거주지를 서울로 옮긴 것이다.

시작은 고전을 면치 못했다. 그 이유에 대해 황 대표는 "광주의 음식 문화는, 미각(맛) 〉 후각(향기, 냄새) 〉 시각(푸드데코)의 순서인데, 서울은 반대로 시각 〉 후각 〉 미각의 순서였다.

이런 사실을 깨닫는 데 3년이란 시간이 걸렸다."

그의 사업 위기는 2003년 광우병 파동사건과 함께 찾아왔다.

그는 이 시기를 "고난의 끝을 알 수 없는 나날의 연속이었다."고 회상했다. 이때 그는 직원들의 동의를 얻어 월급 30%를 삭감하는 한편, 매일 위기를 돌파할 아이디어를 궁리했다. 그중 한 아이디어가 2004년 서울의 강강술래 상계점 내에 한우 정육 코너를 신설하고, 주차장 가장자리에 건장한 한우 한 마리를 볼거리로 제공하여 '진짜 한우가 아니면 이 소를 드립니다.' 라는 마케팅을 펼친 일이다.

이 풍경은 도시의 소비자와 아이들에게 동물농장 겸 포토존이 되었다. 덩달아 한우 판매량도 급증했다. 이때 황 대표는 서울과 광주 매장을 오가며 식당 사업에 전력을 쏟은 결과, 당시 국내 육(肉)고기 외식업체 중 최고 수준인 연매출 500억 원을 넘기는 성과를 올렸다.

둘째, 윈드서핑, 수상스키 등 레저스포츠를 시작했다.

토요일 아침에 식당 점검을 마친 이후부터 동호회에서 1박 2일을 보내고 일요일 점심시간까지 회사로 복귀하는 빠듯한 일정이었다. 스스로 불필요한 유혹에 빠질 틈을 주지 않은, 자기계발 시간으로 가꾼 그의 창의적인 시간 활용으로 필자는 풀이한다.

덕분에 그는 현재 윈드서핑, 수상스키, 웨이크보드, 스노보드, 수영, 승마, 등산, 패러글라이딩, 골프, 스킨스쿠버다이빙 등의 레저스포츠를 섭렵하게 되었고 수준급의 실력을 갖추게 되었다. 잠시도 시간을 허투루 보내지 않는 성격임을 짐작케 하는 대목이다.

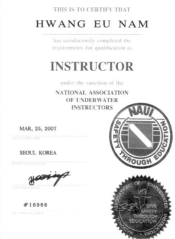

스킨스쿠버다이빙 미국강사 면허 (2007)

그 비결에 대해 황 대표는 "아마추어라도 한번 시작한 일은 끝까지 가보는 게 내 원칙이다."고 말했다.

셋째, 자신의 일을 시스템체재로 구성하여, 일을 점진적으로 직원에게 일임하면서 별도의 시간을 확대하였다.

자동차 운전면허 1종 대형(2006)과 트레일러(2006), 스쿠버다이빙 미국 강사(2007), 응급처치 심폐소생술 강사(2008), 해기사 선박 조종사(2011) 등의 자격증을 취득했다.

넷째, 공부를 하였다.

그는 남은 저녁 시간을 활용하여 고려대 언론대학원 최고위 언론과정(2004)을 시작으로 건국대 부동산 최고경영자과정(2007), 전남대 평생교육원 외식산업 최고위자 과정(2009), 성공 부동산 재테크 기초 및 심화과정(2012) 등의 비정규 교육과정을 이수했다.

다섯째, 외식 전문가로 인정받을 수 있는 학위에 도전했다.

당시 그는 광주대학교 관광학과 3학년 1학기 휴학 상태였다. 때마침 대학 은사인 임경인 교수로부터 "학업을 계속해보라"는 연락을 받고 재입학했고, 2003년 39세에 학사 졸업장을 받았다.

10여 년 전에 정년퇴임한 임경인 교수는 필자와의 통화에서 "그때 내가 황 대표에게 연락을 한 이유는 가능성이 있는 사람이라고 봤기 때문이다. 황 대표는 이해력이 남달랐던 총명한 학생이었다. 기질, 품성, 친화력이 강하고, 예의가 밝은 사람이다. 나에게 20년 넘도록 스승의 날과 명절에 한 번도 빠짐없이 반찬 선물을 보내줬다. 역시 그런 제자들이 성공하더라."

황 대표는 내친김에 대학원까지 도전했다. 2004년 경기대학교 관광전문대학원 외식산업경영 전공을 선택했다. 이곳에서 무난하게 석사과정을 마친 황 대표는 박사과정까지 이어갔다. 이때 그를 지도한 교수가 진양호 교수였다.

진양호 교수는 필자와의 통화에서 "황 대표는 시장을 보는 감각이 탁월하다. 고객의 심리를 꿰뚫는 혜안이 부드러우면서 날카롭다. 특히 고객관리를 잘한다. 꼼꼼하고 늘 메모하고 사소한 것까지 챙긴다. 나에게도 매년 명절은 물론, 결혼기념일까지 챙기는 특별한 사람"이라고 소개했다.

매년 스승의 결혼기념일을 챙기는 제자, 20여 년 동안 변함없이 스승을 잊지 않고 인사하는 제자의 모습에서 성공의 이유가 보인다. 이러한 품성을 필자는 황의남의 '창의'로 본다.

황 대표의 박사과정 중 학업을 중단할 위기도 있었다. 13년 간 친구와 함께 동업한 서울의 '강강술래' 사업을 모두 철수하고 2007년도에 광주로 다시 내려오게 된 일이다. 그 후로 황 대표는 광주에서 서울까지 비행기 통학을 해야 하는 등의 어려움이 있었지만, 한번 시작한 일은 끝까지 간다는 스스로 정한 삶의 '원칙'이 있었기에 2010년 『서비스 스케이프가 종사원의

황 대표의 박사학위 논문 『서비스스케이프가 종사원의 서비스 지향성과 생산성 향상에 미치는 영향 - 한식 갈비전문점을 중심으로』 (2009)

서비스 지향성과 생산성 향상에 미치는 영향 -한식 갈비전문점을 중심으로』라는 논문으로 관광학 박사학위를 취득하였다.

이 논문에서 그의 창의성을 엿볼 수 있다.

첫째, 음식 연구가 아니라, '서비스 환경(Servicescape)'에 관한 연구라는 점.

이는 부분보다 전체를 보는 논문이라는 의미이다.

2015년 황솔촌

1999년 민속촌, 무진주

둘째, 손님 관점이 아니라 '종사원(직원)' 관점이라는 점,

고객감동을 위해서는 무엇보다 직원이 소중하고, 직원의 서비스가 선행되어야 한다는 연구이다.

셋째, 자신이 운영한 식당 민속촌과 강강술래에서 겪은 실무 경험을 바탕으로 공조성, 심미성, 청결성, 편리성 등의 이론 연구에 적용했다.

넷째, 이 연구를 자신의 새로운 사업체 황솔촌에 적용했다.

대표적인 적용은 건축외장과 인테리어다. 선술집 분위기의 식당이 고급 레스토랑 분위기로 바뀌었다. 특히 화장실 서비스가 크게 바뀌었다. 인테리어는 물론, 청결도와 향기가 삼성 에버랜드 수준이라고 자부할 만하다. 손님이 많을 때는 10분 간격, 손님이 적을 때는 30분 간격으로 화장실 청소를 한다. 이곳에는 좌변기 히팅시스템, 구강청정제, 아기 기저귀 가는 곳과 기저귀 버리는 곳이 구비되어 있다.

항상 문전성시를 이루는 황솔촌의 입구 대기실에도 음료자판기와 한국 역사책, 잡지, 고기 냄새를 제거하는 항균탈취제가 진열되어 있다.

황솔촌의 차별화된 서비스는 따로 있다. 그것은 식사 중인 손님에게 직원들이 찾아가는 횟수다. 일반적으로 돼지갈비 2인분을 시켰을 때, 다른 식당에서는 평균 4~5회 손님을 찾지만, 황솔촌 직원들은 15회 이상 손님을 찾는다는 것이다.

필자는 황솔촌에서 식사를 하며 체크해보았다. 양념갈비 식사를 할 때, 황솔촌 직원 서너 명이 번갈아가며 총 15회~17회 방문했다.

그리고 몇 달 후에 다시 황솔촌을 방문해서 세어보니 이 횟수가 10회 이내로 줄어서 의아했다. 그 이유에 대해 황 대표는 "주방(salad bar)을 추가로 설치, 셀프서비스시스템(self service system)으로 변화를 주었기 때문이다. 직원들의 피로를 줄이고 인건비를 줄여 식당의 생산성을 높인 혁신적인 변화"라고 소개했다. 계속 생산적인 변화를 시도하고 있다는 설명이다.

아울러 그는 현재 국내 최초의 〈오토 그릴러(Auto Griller)〉를 개발하고 있다고 했다. 이것이 개발되면 국내·외 많은 식당들이 인건비를 대폭 줄일 수 있고 서비스를 향상시키는 그야말로 혁신상품이 나오는 것이라고 자부했다.

필자가 황솔촌에서 식사를 하고 나올 때마다 느끼는 것은, 식당 주인이 새로운 고민을 할수록, 또 직원이 힘들수록 고객은 편하다는 사실이다. 이것은 황 대표의 논문 『서비스 스케이프』와 다르지 않다.

황솔촌 서비스가 무엇이 다른지, 왜 이 식당에 손님이 많은지 알 수 있는 근거이다.

이상에서 살펴보았듯이, 황의남의 8년 기러기 아빠 생활은 스스로 외롭다는 생각을 할 틈조차 허락하지 않았다. 이 기간에 황 대표는 비즈니스를 확장하고, 레저 취미로 건강을 챙기고, 자격증과 교육과정을 이수하여 기술을 습득하고, 대학원에서 석·박사과정까지 졸업하면서 관광학 박사가 되었다.

이것은 일탈의 유혹이라는 위기를 자기계발이라는 기회로 바꾼, 황의남의 시간을 활용한 '창의'이다.

나눔을 통한 자긍심 전파와
창의적인 인재육성

|

황솔촌 입구에 들어서면 대형 '기부현황판'이 눈에 띈다. 2015년 10월 총 누적 기부액 10억 원을 돌파했다. 이는 황 대표가 수익의 10% 기부를 원칙으로 지역의 어려운 이웃들을 위해 2012년부터 음식을 제공한 누적 수치이다.

황솔촌 입구의 〈기부현황판〉 (2016.5.26)

이에 대해 황솔촌의 김명 기획영업본부장은 "2015년 한 해만 98만 인분의 식사를 후원했고, 올해는 100만 인분 이상을 지속적으로 후원할 계획이다.".

또 황솔촌의 류영근 조리장은 "우리 회사는 어려울 때도 기부를 멈추지 않았다. 이것이 우리의 자부심이다."

이러한 자긍심의 상징이 입구의 기부현황판이다. 그들이 매일 수 없이 왕래하면서 보는 이 현황판은 황솔촌 직원들에게 힘이 된다. 이것은 수익의 10% 기부라는 원칙을 흔들림 없이 실천한 황의남의 '창의적 표현'이다.

그런데 기부를 이렇게 요란하게 할 필요가 있을까?

이에 대해 황 대표는 "왼손이 하는 일을 오른손이 모르게 하라는

황솔촌 직원과 황 대표의 사회봉사 참여

말이 있지만, 나는 반대로 널리 알려야 한다고 생각한다. 그 이유는 기부를 자극해서 더욱 확산시켜야 하기 때문이다" 그리고 자신의 경영철학을 "아홉을 갖고 있으면 하나를 더해 열을 만드는 것이 아니라 하나를 나눠주는 것"이라고 설명했다.

이러한 황 대표의 나눔은 현재 광주시 서구청의 〈희망플러스 찬나눔〉과 광산구청의 〈행복을 드리는 밥상〉을 중심으로 〈빨간밥차〉 그리고 유니세프, 대한적십자사, 초록우산 어린이재단, 아름다운가게 등을 통해 지속적으로 전개하고 있다.

그러다 보니 그에게는 최근 광주시 서구지역사회 보장대표협의체 위원, 서구 한가족 나눔분과 위원장, 광산구 나눔문화재단 참여이사, 광주 장애우권익문제연구소 이사 등 봉사단체의 감투들이 하나둘씩 늘어가고 있다.

그러나 나눔의 진정성은 외부보다 내부 즉, 지난 20여 년간 황 대표의 직원들을 위한 나눔을 보면 알 수 있다. 눈에 띄는 그의 나눔은 15년 이상 장기근속 직원들에게 지급한 벤츠(Benz)와 BMW 자가용 포상이다.

이 포상의 의도는 무엇일까?

황 대표는 먼저 외제 승용차 선호에 대한 오해를 경계하며 "장기근속 직원들의 자긍심을 높여주기 위한 상징적 표현"이라고 했다.

"명절 때 직원들이 고향에 다녀오면 어깨가 축 처져 보이는 게 안쓰러웠다. 사장인 나도 돼지갈비집 식당 주인이라고 종종 푸대접을 받고 멸시를 당했는데, 종업원들은 오죽했겠느냐? 이를 보상해주기 위해 외제 승용차를 선택했다."

해당 직원들에게 물어보았다. 2013년 벤츠를 받은 손대수 부본부

황솔촌(구 민속촌)의 장기근속 우수 임직원 벤츠, BMW 포상식(2012)

장은 "벤츠를 받은 후 명절을 맞이하여 시골 고향을 찾았는데 부모님은 차를 일부러 잘 보이는 곳에 놔두게 하고, 만나는 사람마다 자랑하셨다."

또, 벤츠를 받은 류영근 조리장은 "대표님이 나에게 벤츠를 선물한 이유는 기죽지 말라는 것 아니겠느냐."라며 주방에 걸려 있는 플래카드를 소개하였다.

의사, 변호사, 판·검사는 그랜저를 타고 조리사는 벤츠 타는 시대가 오고 있다는 붉은 글씨였다.

황솔촌 주방에 걸려 있는 플래카드 (2015)

이를 종합해보면 '자신이 하는 일에 자부심을 가져라.'는 황 대표의 강한 메시지가 담긴 것으로 보인다.

황 대표는 "이 세상에 자기 돈 안 아까운 사람이 어디 있겠느냐. 하지만 큰 것을 내줄수록 큰 복이 들어온다."

또한 황솔촌에는 직원들을 위한 특별한 성과급 제도가 있다.

일정금의 보너스를 한 달에 두 번(15일) 포상하는 파격적인 포상제도이다.

황 대표는 이를 "강력한 인센티브"라고 했다. 성과급 제도의 주기가 짧으면 습관적인 경쟁이 되고, 이 경쟁은 고객들에게 좋은 서비스로 이어져 회사에 더 큰 이익을 준다는 논리이다.

매달 두 번 열리는 황솔촌의 포상의 날 및 아이디어 시상식

또한 이러한 보너스 제도는 고정된 것이 아니라 진화하고 있다고 강조했다. 한 예로 최근에 신설된 휴식월제도와 주 5일 근무제도를 설명했다. 이 제도는 국내 외식업계에서는 최초로 6개월 근무한 직원에게 1개월의 휴가를 제공하는 직원 복지제도이고, 외식업계에서는 전무후무한 일이라고 한다.

이러한 복지제도들은 직원들을 위한 해외연수, 자기계발 교육비 지원, 아이디어 시상, 상급 학교 지원제도, 직원 할인 복지제도 등과 함께 황솔촌 포상규정에 체계적으로 정리되어 있다.

이 외에 황 대표는 협력업체도 포상했다. 2013년 황솔촌 창립 20주년 기념식 때 우수 협력업체 두 곳(태금, 부성주

황솔촌 창립 20주년 우수협력업체 시상식 (2013)

류)에 각각 천만 원을 시상한 일이다. 이에 대해 김명 본부장은 "대표님은 신세를 지거나 고마운 사람에겐 그 고마움을 잊지 않고 반드시 표현하는 스타일이다. 의리를 목숨처럼 생각하기에 가능한 일이다."

하지만 직원들에게 황 대표는 절약가로 통한다. 김명 본부장은 "대표님은 영리한 100만 원은 쓸 수 있지만, 미련한 10원은 한 푼도 쓸 수 없다라는 경영철학이 있어서 물건 하나를 구입할 때도 '최고품질의 최저단가'를 찾기 위해 반드시 3개 이상의 물건과 비교하는 게 원칙"이라고 소개했다. 매달 포상하는 아이디어 시상도 그러한 맥락이다.

황 대표의 창의는 명찰과 명패에서도 드러난다. 서빙을 하는 사람이 대표이사다. 알고 보니 최하위 직책으로 대표이사의 수는 300여 명이 넘는다.

황 대표는 "처음엔 누구나 하위직으로 시작하지만, 자부심과 주인

직원 320여 명이 부착한 대표이사 명찰
황솔촌 대표실 명칭 행복 발전실

의식을 가지고 열심히 일하면 누구나 대표가 될 수 있다는 뜻"이라고 소개했다.

황솔촌의 대표이사실의 명칭은 행복 발전실, 직원사무실은 행복 나눔실이다. 황 대표의 창의가 곳곳에 숨어 있음을 알 수 있었다.

황 대표 자신이 가장 창의적이

라고 생각하는 것은 무엇일까?

그는 '우7사'제도를 꼽았다. 우7사란 우리 직원 7년 후 사장 만들기의 약자로, 입사 2년 이내 초급관리자를 거쳐 5년 이내 점장 또는 조리장으로 승진하면 7년 이내 점주 또는 주주로 참여할 수 있는 체계적인 후진양성 제도이다. 직원들은 황솔촌만의 핵심 인재양성 프로젝트라며 자랑스러워했다. 우7사의 성공사례인 황솔촌 수완점의 장인호 점장은 다음과 같이 말했다.

"우7사 덕분에 나는 외식업의 영업, 조리, 마케팅, 기획 등 모든 분야에서 업무를 체험해봤다. 특히 수완점 공사 때부터 참여했기 때문에 시야가 넓어졌다. 이런 경험을 한 나는 행운아다."

황 대표는 우7사 제도를 도입한 이유로 "직원 한 명 한 명이 성공해야 회사가 성장하고, 회사가 성장해야 사회에 환원할 수 있다."며 앞으로도 인재양성을 위해 더욱 노력할 것을 다짐했다.

기본에 입각한 통큰 도전과 원칙을 지키는 실천

|

황솔촌에는 최근 몇 년 사이 큰 변화들이 있었다.

2011년에 상무점을 개점하고, 2012년 수완점 개점, 2014년 상하이 짬뽕, 상하이델리 인수, 2015년 식자재 가공 및 유통업체 올그린 설립, 이탈리안 요리 전문점 마이나인 개점, 1인분 중화 전문요리점 챠이난 서초점 개점, 2016년 챠이난 상암점 개점, 식품가공 생산 유통 업 예스푸드 설립 등 사업이 쉼 없이 확장되고 있다.

이 중에 황 대표는 황솔촌 상무점 설립 과정에 대해 이야기를 했다. 부동산 매입 과정에 대한 이야기가 주를 이루었다.

그의 말을 요약해보면,

상무점을 개업하기 위해서는 3가지 원칙, ① 1,500평 이상을 갖춘 식당 영업이 가능한 장소 ② 주거인구와 비즈니스와 상가가 밀집한 장소 ③ 땅값은 평당 200만 원 미만의 장소.

위와 같은 전제원칙을 정하고 9개월간 공인중개사들을 접촉했는데, 모두가 비정상으로 판단하며 무모하다고 했다.

광주에서 1,500평 식당은 힘들다는 것이 그 이유였다. 지금 운영 중인 식당이나 집중하라는 조언들이 다수였다. 즉, 한마디로 너무 욕심을 부리지 말라는 충고였다.

하지만 황 대표는 "나는 된다고 봤기 때문에 현재의 상무점 땅을 내가 직접 선택할 수밖에 없었다. 사람들에게 이 곳은 나를 위해 보존된 땅이라고 생각할 정도로 애착이 가는 땅이다."라고 말했다.

그는 자신이 직접 땅에 대해 10년 이상 독학한 증거라며 독특한 지도 하나를 공개했다.

"충장로, 황금동 일대의 식당 부지를 찾기 위해 직접 만든 자료"라고 소개했다. 누더기처럼 이어서 만든 이 지도는 그의 집념이었다.

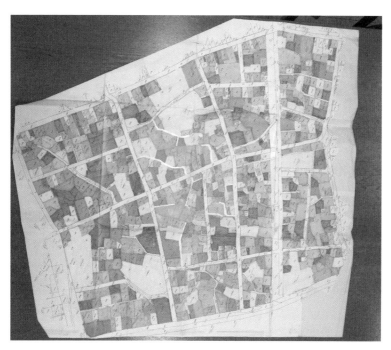
황 대표가 직접 조립해서 만든 광주 충장로, 황금동 일대 지도

그는 시내권의 모든 토지 관련 서류(토지대장, 토지이용규제정보서비스)와 건물 관련 서류(건축물대장, 등기부등본)를 직접 떼어서 확인해보고, 그 부동산의 히스토리를 이해하면서 사업 타당성을 분석하고, 부동산의 매입, 임차 여부를 결정했다고 한다. 그가 얼마나 주도면밀하고 집중력이 강한 사람인지 짐작할 수 있는 증거이다.

황 대표는 "이 상무점은 돈으로 산 게 아니다. 대부분의 사람들은 자금 때문에 포기를 하는데, 나는 대부분의 돈을 빌려서 해결했다."

그의 말을 정리해 보면, 자기 자금 10억 원에 직원으로부터 13억 원을 투자받고, 나머지 40억 원은 은행 대출로 충당했으며 인테리어

비용과 식자재 값도 수개월 후에 갚겠다고 약속하고 외상으로 상무점을 개업했다는 것이다. 황솔촌 수완점 개점도 이와 마찬가지이다. 이쯤 되면 그를 봉이 황선달로 불러도 손색이 없을 듯하다.

황 대표는 이렇게 사업을 할 수 있는 비결에 대한 필자의 물음에 단 한 마디로 답했다. "신용(信用)"

필자는 그의 이러한 배짱과 사업수완을 한마디로 정의해 보았다.

'신용이 실력이다.'

황 대표의 중간 인터뷰를 마치고 필자는 황솔촌의 주간 임원회의를 지켜보았다. 약 2시간 회의에서 황 대표는 1시간 이상을 안전 부분에 할애했다. 매출보다 안전을 중시한 황 대표는 시스템, 예행연습, 실제 상황 대비 훈련, 만의 하나에 대비할 것 등을 지시하며 비상상황 시 매뉴얼에 대해 점검했다. 또 직원들의 금연을 독려하며 금연 시 인센티브도 제안했다.

황솔촌의 역동적인 회의문화와 황 대표의 PC 회의 풍경 (2015.3.23.)

회의풍경도 독특했다. 황 대표가 직접 컴퓨터의 키보드를 두드리거나 자신의 스마트폰에 있는 중요 자료들을 카카오톡을 통해 직원들에게 바로바로 전달하는 역동적인 회의였다.

우연히 접한 황 대표의 스마트폰에서 발견한 고객관리가 인상적이었다. 고객을 그룹별로 묶고, 얼굴 사진 등 세부 정보를 넣은 것이다. 특히 빠짐없는 고객의 얼굴 사진이 인상적이었다. 어떻게 이런 게 가능한지 묻자 황 대표는 자신과 함께 셀카(self camera)를 찍는 방법, 카카오스토리나 페이스북에 들어가서 얼굴 사진을 찾는 방법을 추천했다. 그리고 짬나는 시간에 3분 정도만 할애하면 누구나 할 수 있다고 덧붙였다.

또한 그의 수첩도 특이했다. 그것은 수첩 양 끝에 황솔촌 주요 임원들의 이름을 견출지로 붙이고, 임원별로 구분해서 메모하는 '메모 습관'이다.

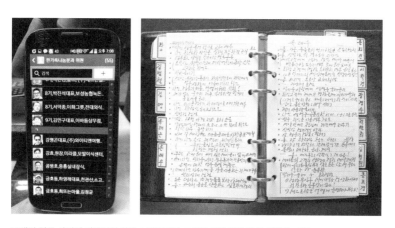

고객의 얼굴 사진이 빠짐없이 담긴 스마트폰과 수첩에 견출지를 붙인 임원별 메모

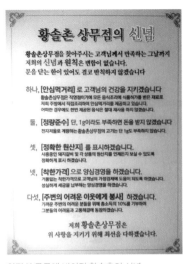

황솔촌 상무점의 신념

황솔촌상무점을 찾아주시는 고객님께서 만족하는 그날까지
저희의 신념과 원칙은 변함이 없습니다.
문을 닫는 한이 있어도 결코 반칙하지 않겠습니다

하나, [안심먹거리] 로 고객님의 건강을 지키겠습니다
황솔촌상무점은 직영점이기에 모든 음식조리에 사용되는 원재료로
저희 주방에서 직접조리하여 안심먹거리를 제공하고 있습니다.
이러한 경우에도 한번 제공된 음식은 절대 재사용 하지 않겠습니다.

둘, [정량준수] 단, 1g이라도 부족하면 돈을 받지 않겠습니다
전자저울로 계량하는 황솔촌상무점의 고기는 단 1g도 부족하지 않습니다.

셋, [정확한 원산지] 를 표시하겠습니다
사용중인 돼지갈비 및 각 상품의 원산지를 언제든지 보실 수 있도록
정확히 표시 하겠습니다.

넷, [착한가격] 으로 양심경영을 하겠습니다
거품없는 착한가격으로 고객님의 가정경제에 도움이 되도록 하겠습니다
성실하게 세금을 납부하는 양심경영을 하겠습니다.

다섯, [주변의 어려운 이웃에게 봉사] 하겠습니다
가ौ 주변의 어려운 분들을 위해 총수익 10%를 기부하여
그분들의 어려움과 고통해결에 동참하겠습니다.

저희 황솔촌상무점은
위 사항을 지키기 위해 최선을 다하겠습니다.

화장실 곳곳에 비치된 황솔촌의 신념

이러한 그의 창의는 황솔촌 고객들도 확인할 수 있다. 황솔촌 화장실 변기 각각의 눈높이에 부착되어 있는 황솔촌의 신념이 그것이다.

여기에는 안심 먹거리, 정량 준수, 원산지 표기, 착한 가격, 이웃에 봉사의 5가지 신념이 있다. 특히 문을 닫는 한이 있어도 결코 반칙하지 않겠다는 약속은 쉽게 흉내 낼 수 없는 황의남의 '창의'이다.

그러나 구호가 아무리 그럴 듯 하다해도 중요한 것은 실천이다. 이에 황대표는 이를 실천하기 위해 1주일에 한 번 전 매장의 모든 메뉴를 점검하고, 음식의 맛과 향, 모양, 염도, 당도, 농도, 온도 등을 꼼꼼하게 관리한다. 그리고 그는 매일 아침 다짐한다고 한다.

"문을 닫는 한이 있어도 결코 반칙하지 않겠다고."

황솔촌 직원들이 생각하는 황 대표의 말 습관에서 그 진심을 확인할 수 있다.

인터뷰에 참여한 김범철 총괄본부장, 류영근 차장, 전연희 차장, 김명 본부장, 유태근 본부장, 손대수 부본부장, 장경수 팀장, 최은순 대리, 이학경 팀장 등은, 황 대표의 말 습관으로 "고객 우선" "기본" "항상 기록" "안전공급" "정확하게" "철저하게" "정직한 비즈니스" "해

보자고~" 등을 말했고, 업무 이외에는 "잘 챙겨준다" "기억하고 반드시 연락한다" "이웃을 도와라" "사랑하라" 등을 꼽았다.

모두가 당연한 말들이다. 당연한 것은 기본이다. 필자도 그를 기본에 충실한 창의를 실천하는 사람으로 평가한다.

황솔촌 홈페이지에도 기본이 있다. 경영이념, 신념 등의 기본을 소개하였다. 황 대표는 무엇을 하든 원칙을 체계화하는 사업가임을 알 수 있다.

황솔촌 홈페이지의 원칙 기본과 경영이념

20년 이상 한식업만 종사했던 그가 왜 최근에는 양식, 중식 등 다른 분야까지 외연을 확장 하는 걸까?

이에 대해 황 대표는 "외식산업의 위험 분산"이라고 답변했다.

그리고 2003년 발생한 광우병 파동을 예로 들며, 음식업은 환경의 변화에 민감하기 때문에 유동성이 크고, 언제든지 위기가 닥칠 수 있기에 앞으로는 한식과 양식, 중식이 상황에 따라서 변화하고 결합된 '퓨전입체음식'을 만들 계획임을 밝혔다.

예를 들어 한식의 식재료에 양식의 소스를 가미하고, 중식조리법으로 조리한 후, 한식풍의 시각적 데코레이션으로 제공하면 많은 사랑을 받을 것이라는 주장이다.

그는 "과거의 벤치마킹(Benchmarking)을 넘어 미래의 퓨처마킹(Future Marking)을 해야 한다. 그래서 사업확장과 목표가 중요하다."

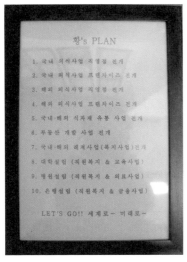

황의남 대표의 목표 황's Plan

그의 사무실 벽에는 황 대표의 포부, 즉 '황스 플랜(Plan)'이 걸려있다.

이것은 국내 외식사업과 프랜차이즈 사업에 이어 해외 외식사업, 부동산 개발과 레저 사업, 대학 설립, 병원 설립, 은행 설립 등 황 대표의 야심 찬 10가지 목표다. 그런데 이게 정말 가능한 것일까?

황 대표의 24년 동지인 김범철 조리 총괄본부장은 "황 대표는 이제까지 모두가 안 된다고 했던 일들을 가능토록 만들었다. 우리 건배사에 그 뜻이 담겨 있다. 세계로 미래로! 10년에 100개! 앞으로 100년!"이라는 황솔촌의 건배사이자 목표를 소개했다.

황 대표 역시, "가능할 수밖에 없다. 그 이유는 내가 못 이루면 황솔촌 가족들이 이어서 하면 되기 때문"이라고 말했다.

창의에 대하여 정의한다면 하는 필자의 질문에,

"창의란 남들이 다 안 된다고 해도 나는 할 수 있다는 믿음이며, 이를 위해 기본에 충실해야 한다. 가장 편하고 가장 빠른 길은 원칙을 지키는 일이다."

황 대표는 현재 외식사업에 이어 해외유통사업 등의 큰 꿈을 꾸고 있는 사업가이기에 더 많은 자금이 필요할 것이다. 그런 와중에도 그는 직원과 고객, 소외된 이웃들을 돕기 위해 다양한 노력을 펼치고 있다.

인터뷰를 마치며 필자는 그에게서 무한한 가능성을 느꼈다.

황 대표가 앞으로 여러 난관을 뚫고 세계로 미래로 진출하고, 10년 후 100개가 되어, 100년을 초월한 '큰 기업인'이 되길 진심으로 기원한다.

황솔촌 황의남 대표의

외식업체의 통큰 리더십을 실현하는 '창의'

남들은 안 된다고 해도 나는 할수있다는 믿음

◆ 위기를 기회로 만드는 시간을 활용하는 창의
◆ 나눔을 통한 자긍심 전파와 창의적인 인재육성
◆ 기본에 입각한 통큰 도전과 원칙을 지키는 실천

황의남은 가난을 벗고 보란 듯이 살기 위해 사업에 도전했다. 첫 사업에서 화재가 났을 때, 그는 불퇴전의 정신으로 재도전하여 〈민속촌〉을 개업하고 잠을 줄이면서 황의남식 서비스로 한식 사업을 반석 위에 올려놓았다.

처자식이 외국으로 유학을 떠나 8년간 기러기 아빠가 되었을 때, 그는 사업을 확장하는 동시에, 레저 동호회 가입 등 각종 운동으로 건강을 다지고, 외식산업과 부동산 위주의 교육과정 이수와 자격증 취득을 하고, 대학원까지 도전하여 석, 박사 학위를 받았다. 스스로 외롭다는 생각을 할 틈조차 허락하지 않았던 것이다.

박사과정 중 서울에서 광주로 사업장을 옮기는 어려움이 있었지만, 그는 '한번 시작하면 끝까지 간다'는 원칙으로 『한식 갈비전문점의 서비스 스케이프』에 대한 논문으로 관광학 박사 학위를 취득하였다. 이 논문은 황솔촌 사업현장에 대부분 적용되어 실질적인 발전을 이끌었다.

황 대표는 이익금의 10% 기부 원칙을 정하고, 독거노인과 소외계층에 대한 현물 및 재능기부를 지속적으로 전개하여 이를 기부현황판에 현시각으로 기록하여 기부를 적극 홍보, 장려하는 한편, 장기근속 직원들에게 벤츠·BMW 포상을 통해 직원들의 기(氣)를 살리고, 매월 2회의 파격적인 성과급 포상제도로 경쟁을 유도하여 서비스 질을 높이는 전략으로 회사의 이미지를 제고하였다. 또 외식업계 최초로 주 5일 근무와 휴식월 제도 등을 도입하여 창의적인 직원복지를 체계화하고 있다.

또한 우리 직원 7년 후 사장 만들기라는 우7사 제도를 개발하여 각 대학의 외식산업 관련학과와 산학연 협업을 통해 핵심인재를 양성하고, 한식 이외에 양식, 중식 프랜차이즈 사업을 확장하여 국내·외 식자재 유통사업 및 부동산, 레저사업 등의 큰 목표를 이루기 위해 도전하고 있다.

이것은 성공한 사업가라는 유혹을 자기계발이라는 기회로 바꾸고, 더 큰 꿈을 이루기 위한 황의남의 기본과 원칙을 지키는 '창의'이다.

6장

김
성
진

토종 브랜드로
100여 명의 사장을
배출하다

· 기업형 슈퍼마켓 SSM*이 골목상권을 잠식하고 있다.

· 지역 상인들은 생존권을 위협하는 SSM 입점 저지투쟁에 나서고 있다.

· 동네 가게 폐업 속출, SSM이 지역경제에 큰 위협이 되고 있다.

· 정부와 지자체는 골목상권을 보호하기 위해 SSM 규제 대책을 마련하고 있다.

언론매체에 심심치 않게 보도되고 있는 SSM 상식이다.

이 상식을 깨뜨린 동네 마트가 있다.

토종 브랜드로 광주·전남 지역에 가장 많은 매장 수를 보유하고

---

* SSM(Super SuperMarket): '기업형 슈퍼마켓'으로 불리는 것으로, 대기업 계열의 슈퍼마켓을 지칭한다. 대형마트와 달리 주거지에 가까이 위치하고, 영세 슈퍼에 비해 다양한 품목을 취급한다는 점 때문에 그 수가 증가하면서, 전통시장과 동네 슈퍼의 고사라는 부작용을 일으켰다. [출처: 네이버 시사상식사전]

있는 〈영암마트(Y마트)〉다.

1993년 12월 1일, 광주 용봉동의 8평에서 시작한 〈영암농산물직판장〉은 2001년 160여 평의 영암마트로 기반을 다진 후, 1,200여 평 규모의 〈영암마트 본점과 영암마트 물류센터〉, 350여 평의 〈Y마트 용두점〉과 생활용품 할인점 〈Y마트 생활공감〉 매월동의 과일 주식회사법인 〈아름드리〉 그리고 금호지구에 2,000여 평의 〈Y식자재마트〉 등으로 세를 넓히고 있다.

뿐만 아니라 광주를 중심으로 목포, 순천, 여수, 광양, 영암, 나주, 고창, 전주 등 지역에 80개가 넘는 Y마트 지점과 15개가 넘는 청과 매장을 개장하였고, 현재 세종시와 제주도 등에 10여 개의 새 매장 오픈을 준비하고 있다. 이곳에서 배출된 사장은 총 100여 명. 그리고 꿈을 키워나가는 1,600여 명의 직원들이 있다.

지역 브랜드가 SSM 입점을 두려워할 필요가 없다. 오히려 지역이 중심이 될 수 있다는 것을 보여준 역발상적 성공사례이다.

이 성공사례를 보여준 주인공이 전남 영암 출신 김성진 대표이다.

그는 어떠한 '창의'로 오늘날의 영암마트를 키워냈을까?

1993년 1월, 군대에서 제대한 24살 청년 김성진은 과일 노점상으로 출발했다. 하룻밤 사이에도 상품가치가 달라지는 과일의 특성 때문에 기동성과 많은 양의 운반이 절실했던 그는 2.5톤 중고 트럭 한 대를 구입했다.

영암마트 본점, 용봉점과 김성진 대표

　그는 시간과 식사비를 아끼기 위해 판매하지 못하는 과일로 배를 채워가며 전국 각지의 산지(産地)와 공판장을 누볐다. 그에게는 현금 1억과 24평 아파트, 10평 과일상점의 사장이라는 간절한 꿈이 있었다.

　1993년 12월 1일은 김 대표가 용봉동 모퉁이에 영암농산물직판장이라는 8평의 작은 가게를 차린 날이다.
　그로부터 7년 후, 2001년 5월 1일, 농산물에 공산물을 더한 160평 규모의 영암마트 본점이 탄생했다.
　김 대표는 자신의 꿈을 초과 달성하였지만 지금도 꿈이 계속 자라고 있다고 한다.

"매일 오전 7시에 문을 열고 다음 날 새벽 1시에 문을 닫았어요. 하루 4시간 이상 잠을 자 본 적이 없습니다. 내 결혼식 날을 제외하고는 단 하루도 쉰 적이 없습니다."

하루도 쉬지 않는 마트, 이러한 업(業)을 흔히 3D 업종(Difficult 어렵고, Dirty 더럽고, Dangerous 위험한 직업)이라고 한다.

그러나 김 대표는 "남들이 쉴 때 일하는 직업을 선택해야 한다. 역(逆)으로 보면 그 안에 돈이 숨어 있다. 유통업은 힘들고 어려운 직업이지만, 땀 흘린 만큼 보상이 주어지는 정직한 직업이다."

그렇다면 마트 유통업은 성실만 하면 누구나 성공할 수 있는 직업인가? 영암마트는 무엇이 다른가? 눈에 띄는 외형부터 살펴보자.

첫째, 영암마트는 타 마트에 비해 유난히 밝다.

오징어잡이 배처럼 밝은 외부조명은 영암마트의 트레이드마크(trademark)가 되었다.

이 아이디어를 낸 김 대표는 "상점은 밝아야 한다. 환한 가게가 눈

영암마트의 밝은 조명과 툭 튀어나온 점두 진열
타 매장의 어두운 조명과 외부 풍경

에 확 띈다. 이것은 새로운 아이디어가 아니라 대형마트에 다 있는 것이다. 지금도 직원들에게 대형마트에 가서 좋은 것을 배워 아이디어를 만들어 오라고 한다.”

우리 주변에는 아이디어가 넘치기 때문에 이를 잘 관찰하고 적용하면 누구나 할 수 있다는 설명이다.

둘째, 밝은 조명 아래에 툭 튀어나온 점두 진열이 인상적이다.

영암마트 지점들의 점두(店頭, 매장 입구)에는 과일을 중심으로 생수, 쌀 등 부피가 큰 상품들이 일목요연하게 진열되어 있다.

여기에는 1석 3조의 비밀이 있다. ①매장 내부 공간의 협소함을 해소하고 ②상품 판매 직후 손님에게 건넬 상품의 이동이 빠르고 편리하며 ③지나가는 고객의 시선을 붙잡는 광고 효과가 있다. 이러한 장점 때문에 최근 점두 진열을 하는 마트들이 부쩍 증가하였다.

셋째, 점두 진열시 딸기 박스와 랩 포장으로 시각적 전시 효과를 극대화했다.

밝은 조명 아래 진열된 과일들이 더 탐스러워 보일 것이다. 김 대표는 여기에 아이디어 하나를 추가하였다. 그것은 과일을 담는 용기(일명, 딸기 박스)의 교체였다. 과거 대부분의 과일상점들은 빨간 프라스틱 바구니 또는 검정 비닐봉지를 사용하였다. 김 대표는 이를 시각적인 효과에서 좀 더 세련되고 맛있게 보이게 하는 방법을 생각했다. ‘보기 좋은 떡이 먹기도 좋다.’라는 속담도 있지 않은가.

우리가 무심코 받아보는 이 딸기 박스에는 몇 가지 비밀이 숨겨져 있다.

과거의 '빨간 바구니' 진열
영암마트의 '딸기 박스' 진열

① 과거의 빨간색 바구니와 다르게 흰색이라서 과일의 색상을 돋
보이게 한다는 점.

② 과거의 둥근 바구니와 다르게 사각형이라서 정리와 정돈이 편
리하다는 점.

③ 과거의 플라스틱 바구니에 비해 부드럽고 두꺼운 재질(스티로폼;
styrofoam)이라서 과일의 보호가 유리하다는 점.

④ 과거의 작은 바구니에 비해 사이즈가 크고 다양해서 판매가 용
이하다는 점.

⑤ 스티로폼 재질이라서 가볍고, 이동이 편리하다는 점.

⑥ 저렴하다는 점.

등등 이러한 장점들 때문에 현재 대부분의 과일가게에서는 딸기
박스를 사용하고 있다. 김 대표가 시작한 딸기 박스로 인해 과일가게
의 용기 문화가 바뀌었다고 해도 과언이 아니다.

김 대표는 여기에 한 가지 아이디어를 더 추가하였다. 딸기 박스에
랩(wrap) 포장이다. 여기에도 몇 가지 편리함이 있다.

① 랩의 반짝이는 효과가 과일의 싱싱함을 배가하여 상품의 가치를 높인다.

② 박스 내부로 먼지나 벌레가 들어가는 것을 차단한다.

③ 고객의 손이 과일에 직접 닿는 것을 방지한다.

④ 과일 간의 충돌로 인한 외부 손상을 줄인다.

⑤ 과일이 외부로 흘러내리는 것을 차단하여 손님이 그대로 가져갈 수 있다.

이러한 진열을 전문가들은 '비주얼 머천다이징(visual merchandising)*' 이라고 한다.

김 대표는 이러한 아이디어들을 통해 과일 판매율을 올리고, 고객들을 매장으로 유인하여 사업성과를 끌어올린 것이다.

그렇다면 김 대표의 연간 수입은 어느 정도나 될까?

"용봉동 본점과 용두점, 아름드리 직영점 등을 통해 연 100억 원이 넘는 수준이다. 그리고 영암마트 지점들은 매장마다 다르지만, 상대적으로 큰 성과를 올리고 있다."

현재 영암마트는 청과매장을 포함, 100여 명의 지점 사장들이 있다. 사장이 되려면 최소 3년에서 5년 이상의 사장이 되기 위한 교육을 받아야 한다. 10명이 찾아오면 7명 정도는 중도 탈락한다고 한다.

---

* 비주얼 머천다이징(visual merchandising): 모든 기업의 마케팅은 결국 눈에 보이는 것부터 시작한다는 이론. 보는 순간 사고 싶게 만드는 전략. 고객에게 색채심리, 형태심리, 몰입심리 등을 고려하여 상품 구입을 자극하는 디스플레이.

사장교육은 기본적으로 3단계의 과정을 거쳐야 한다.

1단계-배달, 2단계-공산품 진열, 3단계-청과물과 야채 판매의 과정을 거친다.

김 대표는 밑바닥부터 시작한 사람은 실패할 확률이 적다라고 강조했다.

그래도 어느 정도의 기본 자금이 있어야 지점을 차릴 수 있지 않을까라는 필자의 물음에 김 대표는 "배고프고 힘든 사람은 할 수 있다. 사장교육을 받는 동안 월급을 모아서 저축하고, 나머지는 사장이 되어서 갚아나갈 수 있다. 우리 지점의 모든 사장들은 열외 없이 그 과정을 거쳤다."

영암마트 본점, 용봉점
Y마트 물류창고
용두점과 Y마트 생활공감

김 대표가 지점 사장들에게 받는 로열티(royalty)나 중개료는 어느 정도일까?

이에 대해 김 대표는 "지점으로부터는 어떠한 수입도 없다."고 잘라 말했다.

지점으로부터 수입이 없다면

지점을 확장한 이유는 무엇일까?

지점 사장들을 만나지 않고는 모를 일이다.

필자가 직접 영암마트 지점들을 찾아가 보았다.

영암마트 신창점 조법 사장

조법 사장(45세)은 영암마트의 초대 멤버 중 한 명이다.

1996년 IMF 때 11년간 근무한 모 전자제품 영업사원에서 구조조정으로 인해 실직자가 된 이후 김성진 대표를 만나 영암마트 사장이 되기까지의 사연과 그가 생각하는 김 대표에 대해 알아보았다.

"실직을 당했을 때 앞이 캄캄했죠. 뭘 하면 좋을까? 어떻게 살아가야 하나? 그래서 바닥부터 배우자, 무조건 부딪치자는 심정으로 영암농산물 직매장을 찾아 갔어요. 입사하자 대표님은

신창점 조법 사장

무조건 배달부터 시켰어요. 한 달에 하루 쉬었어요. 가장 힘든 건 무시를 당하는 일이었죠. 그럴 때는 자존심이 상해서 별별 생각이 다 들더라고요. 그런데 1년이 지나니까 마음이 편해지는 거예요. 제가 낯가림이 심했는데 손님들의 무시에도 능글능글 잘 넘기고, 과거의 저를 지우고 영암마트에 적응하는 데 1년이란 시간이 걸렸죠.

그 후로는 사람 대하는 것이 너무 재미있었죠. 제가 지금도 장사를 하면서 생활신조로 삼는 것은, 웃는 얼굴에 침 못 뱉는다는 속담은 진리라는 사실이죠.

그리고 만 3년 만에 독립했어요. 사장이 되는 기쁨보다는 걱정이 앞섰죠. 저는 임대차계약서도 쓸 줄 몰랐고, 마트의 초기 설비, 시설, 운용, 결제 방식도 몰랐거든요. 그때 저의 바람막이가 되어준 분이 대표님이세요. 하나에서 열까지 모든 부분을 대표님께서 도와주셨죠. 저의 소득은 우리 가족 모든 생활비를 쓰고 한 달에 수 천만 원씩 저금할 정도로 많아졌어요. 그런데 가만 생각해보니 제가 술과 놀음을 하지 않은 것만으로도 큰돈을 번 것이라는 생각이 들더군요. 영암마트에 로열티 같은 건 없어요. 오히려 대표님이 하나라도 더 챙겨주려고 하시죠.

저에게는 남들이 모두 탐을 내는 '월남점(조법 사장 2호점)'을 소개해주셨어요. 얼마든지 대표님의 직영점포로 만들 수도 있을 텐데 말이죠, 대표님은 욕심을 내지 않으세요. 끌어안으려고 하시죠.

제가 가장 고마운 것도 저를 붙잡아주신 거예요.

저는 김성진 맨입니다."

영암마트 수완점 이정민 사장

이정민 사장(47세)은 IMF 때 부친의 사업실패로 인해 10년간 신용거래 불량자로 살았다. 대학 졸업 후 광주 금호빌딩에서 3년간 구두닦이 일을 하기도 했다. 2004년 광주 서부농수산물 도매시장에서 하역(荷役)을 하다 김성진 대표를 만났다.

"저는 지금까지 8년간 단 하루도 쉬지 않고 일했어요. 매일 밤 12시에서 1시 사이에 퇴근하고, 새벽 6시에 출근했죠. 한때는 목발을 짚고 다니면서 일했어요. 김성진 대표가 저를 이

수완점 이정민 사장

렇게 만든 겁니다. 대표가 열심히 하니까 직원이 안 할 수가 없는 거예요. 열정페이라는 말은, 열정에 대한 보상을 안 해주니까 나온 말이잖아요. 정당한 보상을 해주는 게 당연한 일이죠. 많은 사람들이 김 대표 밑에서 고생하는 이유가 바로 그거예요.

김 대표는 철저히 고객중심 마인드예요. 두부 한 모, 라면 한 개, 계란 한 판도 배달해 주잖아요. 저도 물 한 병도 배달해줘요. 진짜예요. 상식적으로 어떻게 물 한 병을 배달해 줍니까? 말이 안 되죠. 하지만 고객 입장에서 생각하면 모든 게 가능해집니다.

김 성진 대표는 어려운 시절에도 어려운 사람과 계속 나누고 살았어요. 온누리 재활원, 세실리아 등 15년 이상 기부해왔어요. 그게 진짜 기부죠. 돈을 많이 벌어서 기부한다는 건 적선이죠. 모든 영암마트는 무조건 매달 쌀 5포씩 기부하고 있어요. 저는 개인적으로 불우 청소년, 암환자, 어린이도서관 등에 기부하고 있어요. 쉽게 번 돈이 아니고, 힘들 게 번 돈이라 더 의미가 있다고 생각해요. 김성진 대표가 그 자리에 있기에 이런 생각이 가능하다고 생각해요."

Y마트 월산 중부점 이태인 사장

이태인 사장(37세)은 13년 동안 건설현장에서 일을 하면서 부업으로 마트 유통업을 하다 영암마트 자 회사인 ㈜아름드리에 들어왔다. 어린 나이부터 돈을 벌어야 했던 그의 사연과 김성진 대표에 대한 이야기를 들어보았다.

월산 중부점 이태인 사장

"처음엔 영암마트에 대한 이미지가 좋지 않았어요. 일이 너무 힘들었어요. 그래서 매일 퇴사해야겠다는 생각으로 출근을 했어요. 그러다 어느 순간부터 변해 있는 나를 발견하게 되었죠. 제가 영암마트에 대해 애착을 가지게 된 거예요. 또 영암마트 직원이라는 것이 좋았어요.

그 이유를 생각해보니 대표님이 인간적으로 따뜻한 사람이라는 것을 알게 됐기 때문이죠. 추운 겨울에 파카와 장갑, 신발을 챙겨 주셨어요. 또 삼시 세끼를 너무 잘 챙겨주셨어요. 대표님을 보면서 '사람이 이렇게 열심히 살아도 되나?' 하는 생각이 들더라고요.

저희 가족들을 초대해서 좋은 이야기를 해주셨을 때 너무 고마웠어요. 대부분 사람들은 자기 돈 벌기에만 바쁘잖아요. 영암마트 사람들은 대표님을 본 받아서 후배들을 잘 이끌어주는 전통이 있죠. 대표님을 통해 돈으로 살 수 없는 경험들을 많이 배웠어요.

특히 영암마트는 물류 운용이 달라요. 대표님이 마진(margin) 없이 주잖아요. 마진 없이 물류 운용비가 충당된다는 것은 말이 안 되죠. 무상으로 자기 땅을 제공하고, 무임금으로 일하고, 창고 임대료조차 안 받아. 영암마트는 힘없고 돈 없고 배경 없는 사람들에게 희망을 주는 곳이에요. 열심히 일하면 나 같은 사람도 언젠가 부자가 될 수 있다는 믿음 같은 게 생기죠.

대표님은 사실 남들이 보지 않는 곳에서 남을 돕는 분이세요. 세월호 사건 때에도 남에게 알리지 않고 계속 방문하셔서 과일과 음식을 나누어드릴 때 제가 몇 번 수행했어요. 그래서 저도 남구 장애인복지관, 동사무소, 어린이 공부방, 곡성 삼강원에 쌀과 생필품 등을 기부하고 있어요. 참 감사해요. 꿈 없이 돈만 벌 때는 사는 재미가 없었거든요. 이제 금전적으로 여유가 생겨서 남을 도울 수 있고. 꿈을 가지고 일을 한다는 것 자체가 너무 즐거워요."

Y마트 목포 대성점 김정수 사장

김정수 사장(36세)은 20년간 부산에서 유흥업소 등의 일을 하다가 친척의 소개로 김성진 대표를 만났다.

얼마 전까지 광주 월산 중부점을 운영하다 동료(이태인 사장)에게 자리를 내주고 2015년 말에 목포 대성점을 개점하였다.

"대표님은 제가 죽지 않을 만큼 일을 시키셨어요. 마음에 드는 사

목포 대성점 김정수 사장

람일수록 더 큰 시련을 주시죠. 영암마트 근무 중에 입대를 하였죠. 저는 입대하는 것이 휴가 가는 기분이었어요. 그만큼 일이 힘들었어요. 영암마트가 군대보다 힘든 곳이지만, 제대후에 바로 돌아왔어요. 그 이유는 망아지 같은 저를 잡아줄 사람은 오직 김성진 대표님밖에 없다고 생각했기 때문이에요.

저는 대표님을 보면서, 저분은 사람이 아니다라는 생각을 했어요. 인간이라면 누구나 본능이 있고 욕심이 있을 텐데 대표님은 그것을 늘 절제하시거든요. 매장에서 행패를 부리는 손님, 심지어 사모님에게 욕하는 손님에게도 무조건 죄송합니다라고 하세요. 손님이 왕이다가 대표님의 철칙이죠. 한 번은 영암마트에 도난 사건이 있었는데 범인을 감옥에 집어넣지 않고 돈도 돌려받지 않고, 가져간 물건 금액만큼 사회봉사를 시키는 거예요. 김 대표님을 통해서 저는 돈 버는 법 이외에 사람을 기다리는 법, 앞을 내다보고 행동을 하는 법을 배운 거죠. 저는 대표님을 만나고 인생의 목표가 생겼어요. 돈을 벌어야 하지만, 그것이 목적이 되어서는 안 된다, 돈이 사람을 무너뜨릴 수도 있다, 항상 절제하고, 어려운 사람을 도와야 한다, 몸으로 실천해야 한다. 이와 같은 생활신조 등을 실천하며 살려고 노력하니까 제삶이 풍요로워졌다고 생각해요.

김성진 대표

제가 자리를 잡은 월산 중부점을 후배에게 인수하고 목포로 내려 간다니까 나에게 미쳤다는 사람들이 많아요. 이제 사업기반이 잡혔는데, 왜 다시 고생길로 가느냐는 거죠. 목포 대성점은 월산점에 비해 3배가 커서(450평) 수십억 원을 대출받았어요. 그걸 모두 갚으려면 저는 평생을 고생해야 할지도 몰라요. 하지만 저는 대표님이 가라고 하면 갑니다! 대표님은 사람을 가슴으로 대하고 감동을 주시는 분이시거든요. 그래서 저는 대표님을 만난 게 제 인생의 로또에 당첨된 것과 같다고 얘기해요."

Y마트 목포 1호점(옥암점) 김태환 사장

김태환 사장(35세)은 사채, 오락실, 도박 등 주로 불법 관련 일들을 하다 불구속 입건 중에 김성진 대표를 만났다. 그의 특별했던 과거와 현재의 일상에 대해 들어보았다.

"저는 대표님을 안 믿고 살 수 없었어요. 2008년도에 제가 집행유예 중이었고, 4~5개월간 재판 중이었는데 누가 저 같은 사람을 받아줄 수 있겠어요? 저를 받아준 것만으로도 고마

목포점 김태환 사장과 그의 아내

운 일이죠. 대표님과 사모님은 제가 어려울 때마다 모두 다 챙겨줬어

요. 거액의 돈도 빌려주셨어요. 사회에서는 버림받은 저를 대표님이 거두어주신 거죠. 무엇보다 저를 믿어주신 것에 진짜 감사해요. 처음엔 대표님이 엄청 미웠지요. 잘해주시기도 하지만 무지막지하게 일을 시켰으니까요. 날마다 새벽 한 시에 들어가고 두 시간 자고 나와서 일했어요. 6개월 동안 하루도 못 들어간 날도 있어요.

대표님은 속을 알다가도 모를 분이에요. 600원짜리 두부 한 모를 계속 배달시키는 손님에게도 '고객님 감사합니다.' 하세요. 간이고 쓸개고 다 빼놓고… 저는 속이 부글부글 끓어서 터질 것 같은데, 대표님은 고객에게 토 달지 말라고 하셨어요. 동네 주민 때문에 우리가 먹고산다며. 대표님 같은 분이 세상에 어디 있겠어요?

대표님은 사람을 한 명도 버리지 않고 다 안고 가세요. 꼴 보기 싫은 사람도, 저같이 사고 많이 치는 사람도 모두 품고 가세요. 그 모습에 감동받은 거죠.

대표님 덕분에 저는 태어나서 처음으로 기부도 하고 살아요. 목포 부주동 사무소, 사랑의 열매, 목포 태화 모자원, 목포 장애인 자립센터, 유니세프에 기부하고 있어요. 저도 대표님처럼 앞으로도 열심히 하려고 해요. 저는 원래 빈털터리였고, 대표님이 안 계셨다면 어차피 제 것이 아니니까요. 대표님 덕분에 떳떳하게 사는 인생이 무엇인지 알게 되었어요."

Y마트 목포 남악점 임영채·임성우 형제 사장

임영채 사장(35세), 임성우 사장(33세)은 고등학교 때부터 마트 유통업에 대한 꿈을 키워왔다. 외삼촌이 운영하는 마트 삼각점에서 아르바이트를 시작한 것이 계기가 되었다.

"저는 용봉동 본점에서 마트 일을 했고, 동생(임성우)은 공판장(아름드리)에서 청과야채 일을 했어요. 하루 14시간 일을 했어요. 너무 힘들었죠.

대표님은 16시간 이상

목포 남악점 임영채 사장과 임성우 사장

을 일해야 한다고 하셨어요. 사장 돼봐라 더 힘들다, 사장하려면 다 마스터해야 한다는 거예요. 대표님은 무조건 1등 해야 한다고 하세요. 영암마트는 조직력이 달라요. 후배가 개점을 하면 선배들이 대부분 찾아가서 도움을 주거든요. 정말 고맙죠. 가장 힘들 때니까. 저희 아버님이 돌아가셨을 때 상우회에서 정말 고맙게 잘 해주셨어요. 영암마트는 그런 조직력이 다른 것 같아요. 가장 기억에 남는 건 제 동생(임성우)이 일이 힘들어서 출근 못하겠다고 버틸 때, 대표님이 저희 집(송정리)까지 오셔서 동생을 다독여서 데리고 가주신 거예요. 그래서 저희 할아버지는 대표님을 참 좋아하세요. 제 결혼 중매까지 서주시고, 주례도 서주셨어요.

대표님은 쉽게 번 돈은 쉽게 쓴다고 항상 말씀하세요. 우리는 힘들게 돈을 버니까 그 의미를 알고 더 좋은 곳에 쓰는 것 같아요. 사실 예전에는 후원을 생각해 본 적은 없어요. 현재는 엠마우스 복지관에 기부하고, 매월 동사무소에 익명으로 기부했어요. 그게 밝혀져서 신문(뉴스웨이 2014년 7월 6일 자)에 제가 기부 천사라고 나왔더라고요. 힘들지만 즐겁게 일하고 의미 있게 사는 거죠. 그걸 알려준 대표님께 항상 감사드려요."

Y마트 하남드림점 이은정 사장

영암마트는 여(女) 사장도 배출하였다. 한때 피아노 학원 강사였던 이은정 사장(47세)은 남자도 힘들다는 마트 일을 여성이 어떻게 감당했는지, 그녀의 진솔한 이야기를 들어보았다.

하남드림점 이은정 사장

"대표님을 보고, 저렇게 일하고 사는 사람도 있구나 하는 생각이 들었어요.

저는 일하면서 세 번 퇴사한다고 했어요. 별걸 다 시키는 거예요. 힘들어 죽겠는데 야채, 과일 분야를 맡기고, 또 어떤 때는 밥까지 지으라고 하는 거예요. 진짜 그만두려고 할 때마다 붙잡아주신 분이 대표님이셨어요. 안 된다는 일도 대표님을 보면 하게 되더라고요. 하루 4시간 이상 자면 성공 못 한다고 하세요. 그리고 실제로 모범을 보이시죠.

제가 이곳(하남 드림점)을 얻는 데 큰 도움을 주셨어요. 이곳은 정말 기가 막힐 정도로 좋은 장소예요. 여기는 아파트 입구여서 단골손님 장사예요. 5분만 나가면 대형

하남드림점의 손님 시식용 수박과 티슈

마트가 위치해 있는데 불친절하면 누가 여길 오겠어요. 친절이 생명이죠. 고객 불만을 모두 수용해야 해요. 대표적인 게 수박이에요. 다 알아도 사람 속, 배춧속, 수박 속은 알 수 없다는 말이 있잖아요. 수박이 맛없다고 찾아오시면 당연히 바꿔 드려요. 세 번까지 바꿔 드린 적도 있어요. 대표님께 배운 거예요.

대표님은 손님이 쓰레기를 들고 있으면, 고객님, 쓰레기 저에게 주십시오라고 말씀하세요. 제 손이 쓰레기통입니다 하시면서요. 손님이 왕이라는 말을 직접 실천하시는 거예요. 대단하시죠.

대표님은 진짜 효자세요. 대표님이 남에게 나누어주고 베푸는 것이 몸에 베인 이유를 저는 대표님 아버님의 영향으로 봐요. 아버님은 참 좋은 분이셨어요. 생전에 폐지를 모아서 직원들에게 아이스크림, 빵을 사주셨어요. 그런 아버님을 닮으셨는지 대표님은 남에게 잘 베푸시는 것 같아요. 남 험담 한 번 하는 모습을 본 적이 없어요.

대표님을 만나기 전에 저는 저밖에 몰랐어요. 나도 먹고살기 어려운데 남이 어디 있겠어요?

그런데 없더라도 나누는 게 보람이고, 그게 내 행복이라는 것을 대

표님을 통해 배웠어요. 그래서 지금 기부에도 참여하고 항상 감사해요. 감사하는 마음이 제 행복이더라고요."

Y마트 삼성점 배주영 사장

최근 김성진 대표는 지역의 결식 학생들을 돕기 위해 광주광역시 교육청 산하 〈빛고을 결식학생후원재단〉의 이사장을 맡는 한편, 영암마트 지점 사장들에게 조금 더 큰 기부의 동참을 요청하고 있다.

지점 사장으로는 최초로 2년 연속 기부에 참여한 삼성점의 배주영 사장(45세)을 만나 보았다.

삼성점 배주영 사장

"저는 군대를 제대하는 게 악몽이었어요. 고등학교 2학년 때부터 막노동, 술집 서빙 등 안 해본 일이 없지만, 제대 후에는 특별한 기술도 없고 먹고살 일이 막막하더라고요. 군대 제대 후엔 40만 원짜리 트럭을 사서 생선 파는 일을 시작했어요. 그 후로 통닭집, 동네 마트의 수산물 코너, 개인 슈퍼 등을 하다가 2009년도에 형님(김성진 대표)이 운영하는 영암마트의 수산물 코너로 들어갔죠.

영암마트가 용봉동 본점 한 칸에서 시작해서 이렇게 성장한 데는 형님만의 지독함이 그 답일 거예요. 한 예로 동네에 땍땍이 할머니라고 영암마트 직원들 뺨을 때린 할머니가 있었는데 형님은 그런 분에게 더 친절하게 대해주세요. 그런 할머니가 결국 입소문을 내는 거라며 우리에게 세상의 이치를 깨우쳐주셨죠. 그래서 우리 매장에도 불도그 할머니가 계시는데 저 또한 그렇게 대해드리죠.

예전의 형님은 한마디로 독한 분이셨어요. 돈 아깝다며 자장면 한 그릇도 안 시켜 먹었어요. 저는 돈 버는 것도 좋지만, 하루도 안 쉬고 여행도 한 번 안 가고, 이게 사람 사는 거냐며 따지기도 했죠.

지금은 많이 바뀌셨어요. 골프 치실 때부터 바뀐 것 같아요. 카네기 강좌, 전남대 최고위과정 같은 교육 때문에 바뀐 것 같아요.

형님은 늘 배우려고 하세요.

형님은 그런 게 몸에 배신 분이에요. 처음부터 끝까지 독한 일관성, 한 번 밀어붙이면 불도저 같죠. '왜 안 되는데?' 라는 말을 잘하세요.

기부도 마찬가지예요. 형님을 통해 결식학생들이 많다는 것을 알게 됐

Y마트 삼성점 배주영 사장의 빛고을 결식학생재단 두 번째 기부
배주영 사장, 장휘국 광주시 교육감, 김성진 빛고을 결식학생후원재단 이사장

어요. 제 집사람은 저보다 훨씬 더 힘들게 살아서 이런 기부를 하면 오히려 더 찬성해줘요.

올해 저희 매장은 작년에 비해 1억 정도 매출이 떨어졌어요. 많이 떨어진 거죠. 하지만 형님은 어려울 때도 쉬지 않고 기부하셨잖아요. 저도 그렇게 해야죠. 앞으로는 조금 더 조용하게 더 가까운 곳에 하려고요.

형님께 가장 고마운 건 내가 힘들 때 할 수 있도록 만들어주신 거죠. 한마디로 믿음이 가는 분이죠."

Y마트 풍향점 박경철 사장

박경철 사장(64세)은 광주 남구청 기획감사실장으로 정년퇴임 후, 아들과 며느리가 경영하는 Y마트를 함께 운영하고 있다.

풍향점 박경철 사장

"김성진 대표는 사장을 쉽게 안 주죠. 영암마트 사장 10억, 20억을 들고 와도 못합니다. 이 일은 김 대표의 훈련을 거쳐야만 할 수 있는 일이에요. 공산품과 야채·청과 어느 한 분야를 안다고 되는 게 아니에요. 가격산정, 결산, 거래처, 고객 관리 등 전 분야의 혹독한 훈련을 받아야만 사장을 할 수 있어요. 김성진 대표는 젊은 사람이지만, 제가 정말 존경하는 분이에요. 요즘 같은 세상에 이런 기업인이 없죠. 불필요한 권위나 격식이 없어요. 다시 말해 갑질이 없죠. 오히려 도움을 줍니다. 특히 어려운 여건에 있는 청년들에게 다시 일어설 수 있도록 기회를 주고, 희망을 주는 기업인이에요.

직원이 사장을 할 때가 되면 붙잡지 않고 내보내 줘요. 이게 대단한 겁니다. 평범한 CEO라면 일 잘하는 사람은 어떻게든 붙잡으려고 하잖아요? 그런데 김 대표는 미련 없이 보냅니다. 거기에 마트 자리를 알아봐 주고 큰돈까지 빌려주죠. 참 존경스러운 사람이죠.

김 대표는 영암마트 젊은이들의 우상이에요. 직원들의 충성도가 아주 높아요. 나도 이다음에 저렇게 돼야겠다는 마음이 생기는 거죠.

저는 누구든 김성진 대표 밑에서 훈련을 받아야 성공한다고 생각해요. 3~5년만 고생하면 평생 먹고살 수 있잖아요. 그런데 요즘 젊은이들이 그걸 못 참으니 참 안타까운 일이죠.

김 대표는 정밀한 분석가예요. 나는 각화점 자리가 안 된다고 봤어요. 큰길만 건너가면 더 저렴한 각화동 공판장이 있는데, 누가 각화점까지 가겠느냐 생각했던 거죠. 그런데 그 자리가 대박이 난 거예요. 김 대표의 분석력과 판단력, 성실성을 따라갈 사람은 없을 겁니다. 쌍촌점, 월산점도 성공했잖아요. 김성진 대표는 한 곳을 선택하기 위해 수십 곳을 찾아다녀요. 성공은 운이 아니라 노력이죠. '영암불패'라는 말이 괜히 나온 게 아니에요."

필자는 영암마트의 여러 지점 사장들과의 만남을 통해 대형마트나 SSM에는 없는 영암마트만의 차별성과 김성진 대표의 남과 다른 창의를 느낄 수 있었다.

그것은 가진 것이 없는 사람도 의지와 만남이 있다면 얼마든지 성공할 수 있다는 믿음이다.

과일·야채 분야의 전문성을 바탕으로 한 '다품종 구축'

마트 고객, 특히 주부들이 원하는 마트는 어느 곳 일까?

당연히 저렴하고, 종류가 많은 곳이다.

김 대표는 "공산품은 유사하지만, 농산품에서 차이가 난다."고 설명했다.

과일은 당도, 야채는 신선도, 그리고 가격이 핵심이라며 영암마트는 이 세 가지가 SSM을 앞선다고 주장했다.

대형마트나 SSM은 특정 거래처를 통해 과일·야채를 공급받는 시스템이지만, 영암마트는 김 대표가 농산물 경매장에서 직접 경매를 통해 각 지점으로 보내는 체계이다.

영암마트 지점들 중 90% 이상이 과일·야채 구입에 대한 전권을 김 대표에게 일임한다. 김성진 대표에 대한 신뢰 없이는 불가능한 일이다.

필자는 과일 경매가 매일 벌어지고 있는, 광주광역시 서부 농수산

김 대표가 광주 서부 농수산물도매시장의 과일 경매에 참여해서 시식하고 경매하는 모습

물도매시장에서 김 대표를 만나보았다.

"100여 개 지점을 거느린 대표이신데 아직도 직접 경매를 하느냐?"는 필자의 질문에 김 대표는 "경매만큼은 내가 직접 한다. 경매시장에서의 계산력, 판단력, 집중력 등은 경험이 필요하다."

경매시간에는 전화의 전원을 끌 정도로 몰입한다. 김 대표는 일주일에 6일 경매에 참여한다. 또한 남들이 쉬는 명절, 휴가 때에 더 바쁘니 남들이 쉬는 날에 쉬지 못하는 것은 당연하다.

필자가 방문한 3~4시간 동안 김 대표가 경매한 과일(자두, 살구, 참외, 수박 등)은 3천만 원이 넘었다. 명절 때는 1억 원이 넘는다고 한다.

그런데 경매를 통한 구입이 전부가 아니었다. 나머지 30% 정도는 산지 직거래를 한다. 농산물 시장의 변화와 상황에 따라 200여 농가와 직거래를 한다는 것이다.

여기에는 그만의 노하우가 있다. 그가 농가와 직거래를 시작한 것은 1993년 군대를 제대하고 과일 장사를 하기 위해 2.5톤 중고 트럭을 구입한 이후부터다.

그는 전라도는 물론, 경상도, 충청도, 강원도, 서울 등 전국 각지의 산지와 공판장 등을 누볐다. 하루 24시간 중 20여 시간을 트럭과 함께 보냈던 그는 트럭 행상을 병행하면서 지금까지 그때 맺은 농가와 직거래를 트고 사업을 이어가고 있는 것이다.

이러한 남다른 노력이 농산품에 대한, 그만의 전문성이 되었다. 정리하면 다음과 같다.

- 20년 넘게 전국 산지를 누비며 현지인과 교류를 통해 품질좋은 농산물을 생산하는 거래처를 확보했다.
- 유통업체 대표로는 드물게 도매업과 소매업 양쪽 모두 풍부한 경험이 있다.
- 유동적인 농산품은 산지 직거래를 통해 수량을 확보하고 신속하게 공급하여 신선하고 저렴하다.
- 국내 최고의 과일·야채 전문가가 매일 직접 경매에 참여한다.

이것은 결코 대형마트나 SSM이 따라갈 수 없는 영암마트의 차별성이다. 영암마트 사장들이 "대형마트를 제외하고 영암마트의 농산품 수가 가장 많다."고 자부하는 이유가 여기에 있었다.

그렇다고 영암마트가 농산품 수만 많은 것은 아니다. 다수의 지점

영암마트 본점의 육류 코너, 수산 코너, 제과·제빵 코너, 공산품 등 잡화

내에 별도의 육류 코너가 있고, 수산 코너와 제과·제빵 코너를 운영
하는 지점들도 있다.

공산품 수는 큰 차이가 나지 않지만, SSM에서는 찾을 수 없는 양
말과 모자, 저렴한 생활필수품 등의 잡화류도 진열되었다.

이것은 고객 편리를 위한 다품종 구축으로 요약된다. 동네 마트가
대형마트, SSM과 경쟁할 수 있는 비결이다.

이에 대해 김 대표는 "마트에 고객이 찾는 물건이 있는 게 당연한
것 아닙니까?"

이 말은 서비스업이 서비스(service; 봉사)를 하는 게 당연한 것 아니
냐는 뜻으로 해석된다.

'365일 연중무휴', '24시간 영업'의 틈새시장 공략과 고객중심 서비스

현재 대형마트는 법적으로 365일 영업, 24시간 영업 자체가 불가능하다. 유통산업발전법 개정에 따라 의무휴업과 영업시간 제한 등의 규제를 받고 있기 때문이다. SSM은 365일 영업, 24시간 영업이 가능하지만, 아직은 시행하는 곳이 많지 않다.

주말에도 쉬지 못하는 직업인데, 손님이 많지 않은 새벽 시간까지 영업한다는 것이 쉬운 일이 아니기 때문일 것이다.

영암마트 본점과 약 30%의 지점들은 365일 영업과 24시 영업을 시행하고 있다.

이러한 경영을 경영학에서는, 틈새시장(niche market)이라고 한다.

영암마트의 365일과 24시 영업 간판

이 중 필자는 365일 영업은 이해가 된다. 주말이나 휴가, 명절에 더 많은 고객들이 마트를 찾기 때문이다. 하지만 한산한 새벽 시간의 24시 영업이 왜 틈새시장일까?

① 점두 진열과 해체 일이 사라져 노동력과 시간을 절약할 수 있다. 24시 영업은 문을 열고 닫을 필요가

없으니 진열과 해체가 필요 없다. 점두 진열은 한 번에 한 시간 반이 소요되니 하루 3시간의 시간과 노동을 줄일 수 있는 셈이다. 이를 1년으로 합산하면 총 1,095시간을 절약할 수 있다.

② 이 시간에 매장 수입이 증가한다.

최근에는 새벽 인구, 즉 올빼미족이 증가함에 따라 수입이 증가하는 추세다. 기존의 24시간 편의점이 있지만, 가격경쟁력과 상품의 다양성 면에서 영암마트가 큰 경쟁력을 가지고 있다.

③ 야간 광고효과가 크다.

매장의 간판 불빛은 어두울수록 빛난다. 따라서 24시 광고효과는 경쟁사와 차별화되고, 동시에 브랜드 가치도 상승한다.

④ 고객은 언제 어느 때나 필요한 상품을 저렴한 가격에 구입할 수 있다.

24시 영암마트가 많아질수록 동네 고객들의 편리함도 커진다.

⑤ 지역 일자리 창출에 기여한다.

새벽 시간에 근무할 별도의 인력을 채용할 수 있다.

영암마트의 대표적인 서비스는 무료배달 서비스다. 김 대표는 1993년 개점과 동시에 지역에서 가장 먼저 무료배달을 시작했다. 그러나 현재는 대부분의 마트가 무료배달 서비스를 한다. 그렇다면 영암마트와 SSM의 무료배달 서비스에는 어떤 차이가 있을까?

이것은 직접 체험을 하지 않고는 판단하기 어려운 부분이다.

그래서 필자는 두 달(2015년 7~8월) 동안 직장(전남대)과 집(수완동)

주변에 있는 영암마트와 대형마트, SSM 등 총 4~5곳을 대상으로 틈틈이 전화 배달 주문을 해 보았다.

친절에서 차이가 났다. 이 중 Y마트 말바우 점의 박홍수 팀장(33세)이 가장 인상적이었다. 만 원 미만의 생수 한 박스, 과일 한 상자도 신속하게 배달해주면서 "물건을 어디에 둘까요?" "오히려 제가 고맙죠." 하는 등 친절이 돋보였다.

사실 박 팀장은 구면이었다. 2주일 전의 일이다.

필자가 말바우 점에서 5천 원어치의 포도를 구입하기 위해 포도 한 알을 시식하고 포도껍질과 씨를 뱉어 손에 들고 있을 때, 박 팀장이 "저에게 주세요."라며 손으로 받아주어 당황스러웠던 게 첫 만남이었다. 고객의 입속에 들어갔다 나온 것을 자신이 받겠다는 것은 쉬운 일이 아니라고 필자는 생각했다.

배달을 온 박홍수 팀장은 "사장님의 교육에 의해서 무의식적으로 나온 행동이었다."라며 "저는 김성진 대표님이 아닌 우리사장님(최준혁)께 배웠지만, 영암마트 사람들은 모두 그렇게 배웁니다."라고 답변했다.

Y마트 말바우점 박홍수 팀장

김성진 대표는 자신만의 특별한 마음가짐을 필자에게 공개했다.

김 대표는 매일 아침 출근할 때마다 "나는 간도 쓸개도 없는 사람이다, 고객은 왕이다를 다짐하며 출근했다."는 것이다.

그 이유에 대해 "고객이 있어서 내가 있고, 고객 덕분에 내가 먹고 살 수 있기 때문"이라고 했다.

관련 질문을 이어가자 그는 "복잡하게 생각하면 안 되고 고객 입장만 생각하면 된다."고 정리했다.

역지사지(易地思之)를 통한 지속적인 정(情) 나눔

영암마트는 기부하는 마트로 알려져 있다.

필자는 궁금해서 김 대표에게 기부를 시작한 동기에 대해 질문했다. 그는 1993년 과일 행상 시절 이야기를 꺼냈다.

"광주 송정리장 부근에서 과일 행상을 하다 우연히 보육원 아이들과 마주쳤는데, 트럭 안에 실린 딸기를 바라보는 아이들의 눈망울이 잊혀 지지 않아서, 늦은 밤에 팔다 남은 딸기를 아무도 모르게 내려 놓고 왔다는 것이 기부의 시작이었다."

이때부터 보육원의 원장님(이경수, 담양 온누리 재활원 원장)과 20여 년이 넘는 인연을 맺어오고 있단다. 그런데 원장님이 얼마 전에 56세의 젊은 나이에 운명하셨다며 안타까워했다.

필자는 김 대표, 영암마트 직원 일행과 함께 故 이경수 원장이 운

김성진 대표와 온누리 재활원 가족들

영한 담양의 온누리 재활원을 방문하였다.

그곳에 도착하자 20여 명이 넘는 장애인들이 일제히 나와 김 대표 일행을 반갑게 맞이하였다.

故 이경수 원장의 장녀(이지현, 28세)가 새 원장이다.

이 원장은 "아버지는 생전에 김성진 대표님께 참 고마워하셨다." 며 오랫동안 변함없이 찾아와 주신 몇 안 되는 분이라고 소개했다. 변함없이 찾아오는 분이 또 누구인지 물었다. 그녀는 "영암마트와 사랑 드림 후원회"라고 소개했다. 갈수록 후원이 줄어들고 있으며, 지속적인 후원보다 단발성, 전시성 후원이 많은데 그마저도 줄고 있다는 설명도 덧붙였다.

김 대표는 이 외에도 20여 개의 사회봉사 단체들을 후원하고 봉사에 직·간접적으로 참여하고 있다. 가장 눈에 띄는 곳은 〈바람개비 어린이도서관〉이다. 용봉동 본점 2층에 위치하고 있다. 이 공간을 마트나 임대 등 수익창출을 위해 사용하지 않고 동네 어린이를 위한 공간으로 기부한 이유는 지역 내 맞벌이 가정이나 저소득층 가정의 아이들이 안전하게 놀 수 있는 공간을 마련하기 위함이었다.

이러한 곳이 또 있었다. 영암마트 수완점 2층에 〈도깨비 어린이도서관〉, 두암점 2층에 〈두암 새싹 돌봄 마을센터〉, 하남점의 〈신나는 교실〉, 운남동의 〈목련 지역아동센터〉, 풍암지구 〈아이숲 어린이도서관〉 등 어린이도서관과 공부방 등 6곳을 후원하고 있다.

유독 어린이 후원이 많은 것에 대해 김 대표는 "어린이가 가장 중요하다. 어린이가 가장 위"라고 말했다. 그 이유에 대해 그는 "어릴 적 나는 배가 고팠다. 쌀밥이 먹고 싶었다."며 영암 산골짜기 어린 시절 배고팠던 시절을 이야기했다.

그래서일까? 지점 사장들은 공통적으로 "대표님은 먹는 것을 잘 챙겨 주셨다. 특히 밥을 잘 사주셨다." 고 얘기했다.

본점의 바람개비 어린이도서관
수완점의 도깨비 어린이도서관
두암점의 새싹 돌봄 마을센터

현재 영암마트 본점에서 김 대표와 함께 일하고 있는 김찬혁 지점장은 "대표님은 회식을 자주 한다, 특히 여럿이 함께하는 식사를 좋아한다, 나누어 먹는 밥이 맛있다는 말을 자주 하신다."

이러한 함께 하는 식사 습관이 김 대표의 창의가 아닐까.

① 식사를 통해 건강을 챙기고, ② 회의 없이도 회사의 문제점들을 파악하고, ③ 특별한 취미 없이도 직원들과 친목을 도모하며, 직원들을 식구(食口)로 만든다.

김 대표가 어린이 다음으로 많은 기부를 한 대상은 노인이다.

〈세실리아 요양원〉, 〈명은 요양원〉 등 10년 이상 노인 시설에 후원한 것이 눈에 띈다. 경로당의 정수기 후원은 매년 증가(2015년 400여 대)하여 연 관리비만 7,000만 원이 넘는다.

김 대표의 노인을 공경하는 자세는, 어느 할아버지와의 일화에서 찾을 수 있었다. 영암마트에서 김 대표를 수행하는 박명일 과장이 이를 설명해주었다.

"영암마트의 단골손님 중에 지팡이를 짚고 다니는 90세가 넘은 할아버지가 있었어요. 그분의 소일거리는 자신의 집이 있는 운암동에서 말바우시장까지 운동 삼아 한 바퀴를 도는 일이었는데, 영암마트를 중간 휴식터처럼 들리셨죠. 그럴 때마다 대표님과 직원들은 할아버지가 오시면 늘 커피 한 잔을 타드리고 과일을 내드렸죠. 그런데 어느 날 할아버지 대신 그 가족들이 찾아와서 양말 선물을 돌리는 거예요. 선물 포장 겉에는 '그동안 저희 아버지를 잘 섬겨주셔서 감사합니다.'라는 인사말이 있었고 '고 한무섭 자녀 일동'이라는 글귀

가 있었어요. 그리고 그분들은 할아버지의 유언을
전해주셨어요. "영암마트에 신세를 많이 졌다. 정
말 고마운 사람들이다."

故 한무섭 자녀의 김
대표와 영암마트 직원
에 대한 감사의 글

　김 대표는 "작은 양말 선물이지만 큰 감동이었
다."고 했다.
　노인 공경에 대한 마음가짐은 부모의 영향이
절대적이다. 김 대표의 어머니 이야기에서 그것을
느낄 수 있었다.
　그의 어머니는 생전에 4남 1녀를 두었다. 이 중
두 명의 아들을 잃었다. 김 대표의 둘째 형은 어
릴 때 숨졌고, 첫째 형은 고려대학교 수학과에 입
학 후, 총학생회(부회장) 학생운동을 하다 사망하
였다. 더욱이 군사정권 시절에 행방불명되어 시신조차 찾지 못했으
니 그 심정이 오죽했겠는가. 어머니는 슬픔을 견디다 못해 그 이듬해
에 돌아가셨다. 김 대표는 고생만 하시다가 안타깝게 돌아가신 어머
니께 효도 한 번 못 해 드렸다며 가슴 아파했다. 그러면서 "어머니는
자식들을 위해 평생 악착같이 사신 분"이라고 정의했다. 하지만 "아
버지는 그 반대였다. 없는 살림에도 거지가 찾아오면 보리밥을 절반
이나 덜어줄 정도로 나누기를 좋아하셨다."
　김 대표가 왜 이렇게 악착같이 살면서, 나눔을 실천하는지 짐작할
수 있는 대목이다.

또한 그는 다문화가정의 지원 단체를 돕고 있다. 영암마트 본점에서 근무하고 있는 필리핀 여직원 웬다 발렌디노(26세)와 네아 톨레도(30세)가 그 결실이다.

웬다는 2011년(21살), 네아는 2008년(23살)에 우리나라에 시집을 왔다. 이 두 여성은 가난을 벗기 위해, 또 고향 가족들에게 경제적인 도움을 주기 위해 말도 통하지 않는 한국의 노총각과 결혼을 했지만, 불안정한 생활이 길어져 고통스러운 나날을 보내던 중 2012년 다문화가정지원센터의 소개로 김 대표를 만났다.

그 이후로 이들의 안정된 삶이 시작되었다.

웬다는 2015년 새 시집을 갔다. 김 대표가 중매를 섰고, 결혼식에서 김 대표 부부가 부모님 역할을 맡았다. 결혼식 날 펑펑 울었다는 웬다는 "고맙다는 말로는 부족해요. 그 은혜를 어떻게 갚을지 모르겠어요, 나는 외국인인데 이렇게 좋은 분을 어디서 다시 만날 수 있겠어요?"

웬다 결혼식에서 아버지 역할을 맡은 김성진 대표
영암마트 본점에서 웬다와 레아

네아는 현재 어린 딸(6살)과 함께 영암마트 2층에 거주하고 있다.
"대표님이 딸과 함께 살 수 있는 원룸을 마련해 주시고, 별도의 화장
실까지 만들어 주셨어요. 정말 고마운 분이죠. 사모님(김성진의 아내)
은 가끔 밥도 해주시고 딸 키우는 법까지 알려주세요."

그 진심은 마지막 답변으로 확인할 수 있었다.

"저희는 다른 곳에서 몇 배의 월급을 더 준다고 해도 가지 않아요.
영암마트 직원들은 진짜 가족이니까요."

장애인, 어린이, 노인, 다문화 여성 등 김 대표의 나눔이 더 애틋하
게 다가오는 이유는, 비즈니스를 위한 나눔이 아니라 약자를 위한 배
려와 정(情)이 담겨 있는 나눔이기 때문이다.

이 증거는 김 대표의 명함에 있다. 대개 사회봉사를 실천하는
CEO의 명함에는 그 단체의 직함들이 보이는데, 김 대표의 명함에는
20여 개의 후원단체명이 나열되었다. 무슨 의미일까?

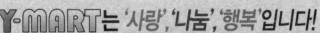

김성진 대표의 창의적인 명함(뒷면)

곰곰이 생각하면 답이 보인다. 우선 자신의 기부가 떳떳하기에 가능한 일이다. 명함에 나온 20여 단체에 관련된 수많은 사람들이 이 명함을 봤을 때도 부끄럽지 않다는 의미가 아니겠는가.

그리고 그의 기부는 어느 특정한 단체에 머무르지 않는다. 기부 성과에 연연하지 않고 있다는 뜻이다. 이것은 도움이 절실한 곳은 어느 단체나 개인도 도울 수 있다는 의미이다.

핵심은 김 대표 스스로가 이를 만천하에 공개함으로써 향후 후원을 줄이거나 멈추기는 어렵다는 점이다. 그냥 기부가 아니라 책임을 자처한 기부이다. 이 사실을 김 대표 자신도 모르지는 않을 것이다. 이것은 김 대표 명함에 자신과의 약속을 담은 것이다. 동시에 나눔을 확산시키자는 김 대표의 강한 의지의 표현이다.

평소 김 대표가 "노점상을 시작할 때부터 지금까지 한 번도 기존의 후원을 끊어본 적이 없다. 내가 살아있는 한 계속할 것이다."고 입버릇처럼 말하는 이유가 여기에 있다.

영암마트의 본부장을 역임한 박준호 상무이사가 중요한 사실을 제공했다.

"작년 대표님의 개인 기부액만 3억 원이 넘습니다. 이는 이익금의 20%가 넘는 금액"이라고 밝혔다.

그는 기부로 유명한 사람도 수입의 10%가 넘는 것은 흔치 않은 일일 것이라며 "대형마트도 1%를 넘지 않는다."고 말했다.

사실일까?

최근 황주홍 국회의원의 보도자료에서 다음과 같은 자료를 찾아 확인할 수 있었다.

"전남지역 20여 개의 대형마트와 SSM이 2014년 상반기에만 3,800억 원을 넘게 벌었지만, 지역 내 투자금액은 0.06%에 불과하다."

[출처: 아시아경제, 2014.11.25.]

김 대표의 기부가 창의적인 이유가 여기에 있다.

마트업계에서는 대기업도, 어느 누구도 하지 않는 일을, 안 해도 아무 상관없는 일을 김 대표가 앞장서서 시작했기 때문이다. 그러나 김 대표는 이러한 안타까운 현상을 탓하기보다 "최근 Y마트 지점들의 후원 참여가 늘고 있어서 행복하다."고 말했다.

포털 사이트에서 영암(Y)마트를 검색해보았다.

영암마트 삼호점 지역사회 환원사업, 2015.8.26, 수완점 얼음물 나누기, 2015.8.21, 수완점 태국 자원활동 나눔 실천, 2015.8.10, 삼성점 결식학생 후원금 쾌척, 2015.7.22 등

기부 소식이 적지 않음을 확인할 수 있었다.

영암마트의 사훈은 사랑, 나눔, 행복이다.

'사랑'이 사훈의 첫 번째인 이유에 대해 김 대표는 "사랑하면 모든 게 예쁘게 보인다. 우선 내가 행복하다. 지역민의 사랑이 있었기에 오늘날의 영암마트가 있는 것이다."

이에 대한 실천도 뒤따랐다.

영암마트의 금융거래는 '광주은행', 주류는 '보해', 자동차는 '기아'

를 애용한다. 김 대표의 역대 운송수단을 예로 들자면, 기아 타이탄 → 프라이드 → 소렌토 → 오피러스 → K9이다. 또 영암마트 트럭은 봉고3, 배달차는 모닝 등 기아차를 고집하고 있다.

화정점 김인동 사장
동운점 나용식 사장
운암점 김성민 사장

이것을 강조한 이유는 지역 기업인으로서 바라본 지역의 안타까운 현실 때문이라고 필자는 생각한다.

김 대표는 "지역기업을 사랑해주면 기업이 성장하고, 지역 일자리가 늘어나며, 상품의 질이 올라간다. 그리고 지역에서 번 돈은 지역에 환원하는 것이 향토기업의 책임이다."

영암마트가 이만큼 성장한 것이 지역민의 사랑 덕분이라면, 이를 실현 가능토록 도운 인물은 누구일까?

김 대표는 "동생들 덕분"이라고 했다. 그 동생들이 누구인지 구체적으로 묻자,

김인동 사장, 나용식 사장,

그리고 김 대표의 친동생 김성민 사장을 꼽았다.

이들은 영암마트 초창기 멤버들로 모두 영암군 금정면 출신에, 금정초등학교, 금정중학교 동문으로, 가족 이상의 끈끈한 인연이다.

그들이 기억하는 김 대표의 창의는 무엇일까?

김성민 사장의 죽마고우인 화정점 김인동 사장은 "김 대표는 나의 삶에 가장 큰 영향을 준 사람"이라고 말문을 열면서, 김 대표의 창의에 대해 "고객과 일대일 응대"라고 정의했다.

김 성진 대표의 고향 후배인 동운점 나용식 사장은 김 대표에 대해 "자기 걸 안 챙긴다. 자기 코가 석 자인데 일단 동생들을 챙기고, 그다음이 후원이다. 그러나 늘 승부욕이 강해서 1등을 하려는 분이다. 대표님은 본인의 1등보다 영암마트의 1등이 중요하다. 나도 잘 돼야 하지만 동생들이 더 잘 돼야 한다. 그것을 최고의 보람으로 생각하는 분"이라고 강조했다.

김성진 사장의 친동생인 운암점 김성민 사장은 "예전의 형님은 불같은 성격이었만, 지금은 흠잡을 데 없는 사람이다. 일이 터지면 늘 '내 탓이다' 하고, 실수를 인정하는 대인배다."

김성진대표의 창의에 대해서는 "가진 것 없는 사람에게 더 따뜻하게 대하는 것, 그리고 초심을 잃지 않는 근면, 성실, 정직이다. 최고의 인격 형성이 된 형님을 존경한다."

대형마트와 SSM의 기부가 0.06%에 불과한 현실에서 영암마트의 형제와 고향 선후배들은 서로 이끌어주고, 포용하는 것을 삶을 가치로 여기고 있음을 보여주는 선행 사례이다.

영암마트와 SSM의 차이점이 바로 여기에 있다. SSM이 돈을 목적으로 한 프랜차이즈(franchise)나 조합(組合)이라면, 영암마트는 사람을 사랑하기 위한 식구(食口)로 정의하고자 한다.

필자는 과일 경매장에서 김 대표의 답변을 잊을 수 없다.

"대표님은 젊은 나이에 어떻게 이 많은 상인들 중에서 가장 큰 부자가 되셨습니까?"라고 묻자 김 대표는 "다른 사람들이 돈을 쳐다볼 때, 저는 사람을 쳐다봤습니다."

이 말은, 장사는 이문을 남기는 것이 아니라 사람을 남기는 것이라는 조선 후기의 거상(巨商) 임상옥*의 말과 다름없다.

필자는 눈앞의 이익보다 공공의 이득을 실천하는 것이라고 정의한다. 김 대표는, 민심(民心)이 천심(天心)이라는 세상의 이치를 알고 사업을 하고 있는 듯 하다.

김 대표는 항상 뚜렷한 목표가 있었다. 과거에 현금 1억과 24평 아파트, 10평 가게라는 목표를 달성했고, 현재는 Y마트 100호점 개설이라는 목표를 향해 진력하고 있다.

그 이유에 대해 김 대표는 "영암마트 식구들이 고된 훈련과정을 이겨내고, 사장이 되어 경제적인 안정을 찾고 고마움을 표시할 때 최고의 보람을 느낀다. 앞으로 100여 명의 사장들이 행복하고, 한 명씩

---

* 임상옥(1779~1855): 1821년 청나라 상인들의 불매운동을 깨뜨리고 홍삼 원가의 수십 배가 넘는 이윤을 남겨 그 돈으로 가난한 자와 수재민을 도운 역사적인 인물

만 어려운 사람의 손을 잡아준다면 그것이 사랑, 나눔, 행복의 큰 실천일 것"이라며 영암마트의 사훈을 되새겼다.

끝으로 김성진의 창의는 무엇인지 물었다.

김 대표는 고민 없이 "사람을 키우는 것"이라고 단언했다.

필자가 영암마트 식구들을 만나고 가장 기억에 남는 것은, 혹독한 고생의 경험과 현실에 감사하는 마음이었다.

직원들을 식구로 여겼기에 그들이 성공할 수 있도록 도왔고, 직원들은 김 대표를 만나서 고생을 했기에 감사의 의미를 깨달은 게 아닐까.

영암마트 로고 수식어 '고객과 함께 하는'

영암마트의 모든 간판과 로고에는 '고객과 함께하는' 수식어가 따라다닌다. 앞으로도 영암마트 식구들이 초심을 잃지 않고 똘똘 뭉쳐서 고객과 함께한다면 지역의 영암마트가 '대한민국의 영암마트'가 되리라고 필자는 믿어 의심치 않는다.

영암마트 김성진 대표의
100여 명의 사장을 배출한 창의?

사람을 보고 사람을 키우는 것

◆ 과일·야채 분야의 전문성을 바탕으로 한 다품종 구축
◆ 365일 연중무휴, 24시간 영업의 틈새시장 공략과 고객 중심 서비스
◆ 역지사지를 통한 지속적인 나눔과 정(情)

김성진 대표는 평범한 과일 상인이었다. 하지만 끊임없이 진화하는 상인이었다. 손수레 행상에서 트럭 행상으로, 과일 행상에서 산지 직거래로, 지역 산지에서 전국 산지로, 소매업에서 도매업으로, 농산물에서 공산품으로, 1인 마트에서 100인 마트로 쉬지 않고 도전하고 변화하였다.

그는 고객에게 대하는 태도가 남달랐다.

김성진 대표

신속배달을 위해 오토바이 배달을 실천하였고, 고객편리를 위해 두부 한 모, 라면 한 개도 배달하였다. 지역 최초로 365일 연중무휴와 24시 영업을 확대하며, 고객은 왕이라는 초심을 잃지 않고 이를 실천하였다.

기부에 대한 사고가 남달랐다.

그는 노점상 시절에 가난한 어린이들에게 딸기를 나누어준 일을 시작으로, 힘없는 노인들을 공경하고, 장애인과 다문화가정의 여인들을 역지사지하며 20년 이상 기부를 실천하고 확대하였다.

지역기업에 대한 애착이 남달랐다.

김 대표 자신이 외제차, 고급 브랜드를 멀리하고 근검절약과 사회봉사를 실천하며 지역기업 사랑하기, 지역제품 사주기 등의 지역경제 살리기 캠페인을 전개하고 있다.

직원과 형제에 대한 사랑이 남달랐다.

김 대표는 "나누어 먹는 밥이 맛있다."며 직원들을 식구로 맞이하고, 어려운 형편의 직원들에게는 "할 수 있다."는 희망을 심어주었다. 그리고 유통업은 땀 흘린 만큼 보상이 주어지는 정직한 직업이라며 일하는 분위기를 조성했다. 그러나 직원이 실력을 갖추었다고 판단되면 붙잡지 않고 사장이 될 수 있도록 도움을 주고 지속적으로 격려했다. 그에게는 사람을 키우는 일이 가장 큰 보람이며 가장 큰 장사라는 신념이 있기 때문이다.

creative - idea

제 4 부

기술人의
지역과 100년을 함께 할
창의

○ '사랑방신문' 조덕선 회장

○ '남화토건' 최상옥·최상준 형제CEO

7장

조
덕
선

아날로그 1위에서
디지털 1위 기업으로
혁신하다!

성공한 사람들은 대개 블루오션(blue ocean), 즉 남들이 가지 않는 길을 선택한다. 하지만 이 길은 불안하고, 리스크(risk)가 따른다.

리스크(risk)는 용기를 갖고 도전하다는 이탈리아의 옛말 'riscare'에서 파생된 말로, "모험이 없는 곳에는 이익도 없다", "리스크가 크면 돌아오는 몫도 크다", "어려움이 있더라도 도전하라" 등 선각자들의 공통된 조언과 연관성이 큰 단어이다.

우리 주변에도 이러한 리스크를 극복하고 성공한 사례를 찾을 수 있다.

광주의 건널목, 신호등, 승강장, 상가, 아파트 입구 등 어디서든 만날 수 있는 〈사랑방신문〉이 그것이다.

이 브랜드는 1948년 금호고속, 1968년 광주은행, 1982년 타이거즈보다 늦게 탄생(1990)하였지만, 현재는 자타 공인 광주의 생활 브랜드로 성장하였다.

광주광역시의 구석구석에 놓여 있는 사랑방신문

1990년 주 1회, 총 8페이지로 시작한 사랑방신문은 1996년 전국 최초로 주 6회, 총 100페이지를 넘고, 2010년 생활정보신문으로는 국내 최초로 지령(紙齡) 5,000호를 돌파했다.

현재 주 6회, 일일 평균 192페이지의 무료신문 안에는 광주 지역을 중심으로 한, 아파트 정보 1만3,000여 건, 상가사무실 정보 7,000여 건, 단독주택 및 원·투룸 정보 5,000여 건, 구인구직 5,000여 건, 자동차 정보 3,000여 건 등 하루 총 3만3,000여 건의 생활정보가 담겨있다.

이러한 수치는 매출규모나 시장점유율(Market share) 면에서 광주·전남 1위를 넘어서, 전국적으로도 지역민들이 직접 참여하는 비중에서 전무후무한 사례이다.

뿐만 아니라 사랑방미디어를 포함한 SRB애드, 부산시대, 사랑방

일일 3만3,000여 건의 생활정보가 담겨있는 사랑방신문

D&S, SRB프린팅, 영남프린테크 등 7개 계열사 모두 괄목할 만한 성과를 이루었다.

〈SRB애드〉는 광고기획 및 대행 수주액이 최근 5년간 연평균 20%씩 성장하면서 지역 광고 수주액 1위 광고기획사에 올라섰다.

〈부산시대〉는 부산의 최하위권 생활정보지를 인수하여 연 60억 매출 성과와 함께 부산·경남 권에서 생활정보매체로써 그 위치를 공고히 하였다.

〈사랑방D&S〉는 자사의 신문 외에도 지역 관공서의 공보지 배포 및 기타 무료 매체들의 배포 대행서비스로 전국 최고 수준의 배포 노하우를 보유한 회사가 되었다.

〈SRB프린팅〉은 시간당 6만~7만부를 인쇄할 수 있는 안정적인 시스템(하남 1공장, 중흥 2공장)을 구축하여 사랑방신문은 물론, 동아일보, 한겨레신문, 대학신문 등 전국 30여 개의 신문을 인쇄하는 한강이남 최대 규모의 신문 인쇄 전문기업으로 성장하였다.

〈영남프린테크〉는 2014년 경남 밀양에 국내 최초로 메이저급 신문사(동아일보)와 합작하여 민영 인쇄업계에서 국내 최대 인쇄공장 시스템을 갖추게 되었다.

이를 이끈 주인공은, 사랑방(SRB)미디어그룹의 조덕선 회장이다.

관련 업계에서 마이다스의 손으로 통하는 조 회장은 과연 어떠한 창의로 이러한 성과들을 달성했을까?

시대의 흐름에 맞는 아이템 선택과 철저한 준비
|

조덕선 회장이 지역 최초의 무료신문(생활정보신문) 사업을 선택한 배경은 무엇일까?

생활정보신문은 1989년 고(故) 박권현 박사가 프랑스 유학시절에 가져온 '교차로'가 국내 최초였다.

조 회장은 이 사업을 선택한 이유로 "1990년대의 전화 보급과 무통장 입금이라는 온라인 바람이 거세지는 시기"였음을 강조했다. 즉, 시대의 흐름을 읽고, 무료신문 사업을 결심한 것이다.

이 사업의 리스크는 어땠을까?

조 회장은 시민들이 무료신문을 가져가지 않는 일을 최대의 리스크로 꼽았다. 당시에는 무료신문 배포대를 약국 앞이나 안경점 앞에 설치했는데, 시민들은 주인이 없을 때만 신문을 가져갈 정도로 익숙하지 않던 시절이었다. 신문업에서 독자들이 신문을 보지 않는다는 것은 곧 사업이 망한다는 것을 의미한다.

이 갈림길에서 조덕선 회장의 과감한 결단에 주목할 필요가 있다.

조 회장은 이 어려움을 3가지 창의로 돌파한다. 위기 상황에서 리더의 창의성이 발휘된 것이다.

첫째, 사랑방신문이란 상호보다 무료신문이란 글자를 더 크게 써서 독자들에게 잘 보이도록 조치했다.

이것은 결코 쉬운 결정이 아니었다. 어떤 회사가 자신의 자존심이라고 할 수 있는 상호를 놔두고 값싸게 보이는 무료신문이란 이름으로 교체할 수 있겠는가.

둘째, 무차별 배포 작전을 펼쳤다.

조 회장은 광주시내 2,500여 개의 무료 배포대 및 아파트 각 라인 입구, 상가 사무실 등을 전 직원과 함께 돌아다니며 15만부의 신문을 광고 전단지 뿌리듯이 돌렸다.

셋째, 지속적으로 배포했다.

아무리 많은 부수라도 몇 차례의 배포로 끝난다면 효과를 볼 수 없다. 광고는 최대한 많이 찍고 지속적으로 돌려야 한다는 것이 조 회장의 광고에 대한 지론이다.

사업 초기, 수년간 적자를 보면서 지속적인 투자를 할 수 있는 배짱을 가진 CEO가 얼마나 될까?

사랑방의 창간과정 속에 그 내막이 있다. 사랑방신문의 창간은 본사의 사랑방신문 역사관에서 찾을 수 있다. 이곳에는 창간호부터 현재까지 사랑방의 25년 역사가 체계적으로 보관되어 있다.

사랑방신문의 창간호(1990년 11월 6일자) 1면에는 조덕선 회장의 창간사 〈살아 숨 쉬는 열린 신문〉이라는 칼럼이 있다.

어렵고 힘든 난산(難産)이었다. 그것은 새로운 지평의 장을 엶과 동시에 가능성에 대한 과감한 도전으로 광주지역의 역사에 길이 기록될 것이다. 바로 사랑방의 탄생이 그것이다…. 그동안 크고 작은 여러 고비들을 겪으면서도 오직 일관되게 간직해온 신념은 시민들의 생생한 삶과 더불어 '살아 숨 쉬는 열린 신문'을 선보이겠다는 것이었다.

살아 숨 쉬는 열린 신문, 이것은 지역 최초의 생활정보지인 사랑방

사랑방 본사(광주시 북구 제봉로 324번지 SRB빌딩)와 사랑방역사관 서고

신문의 창간목적이자 조덕선 회장의 시민 선언문이었다.

　필자는 창간호보다 세 달 이전에 발간된 창간 예비호에 시선이 쏠렸다.

　창간 예비호를 총 7회를 발간하여 배포하였다.

　(①8월 17일 ②9월 1일 ③9월 10일 ④9월 24일 ⑤10월 16일 ⑥10월 23일 ⑦10월 30일) 이때 창간 예비호의 부수는 각 호당 15만부였다.

　창간호 발간 전에 100만 부 이상의 창간 예비호를 뿌린 것이다.

　창간 과정을 살펴보니, 총 7회의 창간 예비호 이전에, '창간 홍보지'도 발간하였다.

　1990년 7월에 사무실을 개소한 조 회장은 무더운 8월 초부터 격주 간격으로, 2,500여 배포대를 비롯해 주택과 상가에 촘촘한 그물망식 배포 작전을 펼치며 사랑방신문의 창간을 준비한 것이다.

사랑방신문의 창간예비호 1호(1990년 8월 17일자)와 창간과정

하지만 이 시기는 사랑방신문이 3년간 계속 적자이던 시절이었다. 수년간 적자 속에서 투자만 계속했던 조 회장의 마음은 어땠을까? 그는 "나는 무료신문에 대한 확신이 있었고, 성공을 믿었다."고 답변했다. 그 이유는 "적자는 계속 됐지만 시간이 지날수록 성장하는 데이터의 분석 결과가 있었기 때문이다."

조 회장은 감(感)을 믿은 게 아니라, 시장을 치밀하게 준비하고 디테일한 부분까지 분석한 데이터를 믿은 것이다. 이것은 그의 두둑한 배짱과 함께 치밀한 준비성을 엿볼 수 있는 대목이다.

이에 대해 사랑방 직원들의 평가를 들어보았다.

IT Biz 센터의 박현 과장은 "우리 회장님은 대충이나 대강이 없다. 무엇을 하든 철저하게 준비하신다. 특히 데이터를 중시한다. 현재 운영현황 데이터, 과거와 미래 데이터, 경쟁사의 데이터. 사랑방은 데이터로 시작해서 데이터로 결론을 내는 회사다."

사랑방미디어의 윤용성 부장은 "회장님이 평소 자주 사용하는 말은 디테일, 마이크로, 0.5%, Think Why 이런 단어들이다. 즉, 대충 보지 말고 더 파고들어라는 말이다."

편집 콘텐츠센터의 고공석 상무는 "올해 회장님은 신년사에서, 미리 준비하고 빨리 대응할 것을 주문하셨다. 시대가 변하고 있는데 거기에 나를 맞추려고 하면 이미 늦는다. 미리 읽고 준비할 것을 강조하셨다."

조 회장의 치밀한 준비는 역발상에서 비롯되었다.

2014년 경남 밀양에 사양산업(斜陽産業) 또는 레드오션(Red Ocean)으로 불리는 오프라인 중심의 인쇄업체 영남 프린테크에 100억을 투자한 일이 대표적이다.

이에 대해 조 회장은 "인쇄업이 사양산업인 것은 맞지만, 레드오션은 아니다. 사양산업이라서 시장의 규모는 줄어들겠지만, 필수산업은 결코 사라지지는 않는다. 앞선 투자로 규모의 여건을 만들면, 고객은 대형 인쇄업체를 선택할 수밖에 없고 큰 투자가 요구되는 장치산업은 긴 안목으로 보면 블루오션에 해당된다."

결과만 살폈을 때, 조 회장의 시장을 바라보는 눈은 두세 수를 앞서는 창의로 보인다.

조 회장은 오프라인이나 아날로그 사업에만 전념했던 것은 아니다. 1990년대 후반 IMF 이전부터 온라인과 디지털 시장을 준비했다. 사랑방은 그 시기에도 20%~40%대의 고성장을 이어갈 정도로 승승장구했지만, 조 회장은 이에 안주하지 않았던 것이다.

디지털의 첫 결과는 2001년 사랑방 닷컴 웹사이트다. 이를 시작으로 사랑방 JOB과 사랑방 부동산 등 디지털 사이트를 차례로 오픈했다. 이것은 광주 지역 최초의 포털 사이트*였다.

---

* 포털사이트(portal site): 인터넷에 접속해 웹브라우저를 실행시켰을 때 처음 나타나는 웹사이트로 이용자가 필요로 하는 다양한 서비스를 종합적으로 모아 놓은 곳. 우리나라의 포털사이트로는 네이버, 네이트, 다음 등이 있다.

이때, 조 회장은 회사의 상징까지 바꾸었다.

2011년에 광주의 신안동에 있던 회사를 중흥동 신사옥으로 옮기는 한편, 2012년에 사랑방신문 사명을 SRB(사랑방 미디어)그룹으로 변경한 일이다.

그는 왜 잘 나가는 회사의 사명까지 바꾸었을까?

조 회장은 "오프라인 신문의 한계를 PC·모바일로 뛰어넘을 시기였다. 신문지와 다르게 인터넷과 미디어는 지면에 한계가 없고, 디지털 시장은 점점 확장되기 때문에 원스톱서비스(One Stop Service)를 준비해서 미디어시대를 대비하자는 결단이었다. 과거에는 PC와 모바일의 비중이 7:3이었지만, 현재는 4:6으로 역전되고, 앞으로 더욱 더 격차가 벌어질 것이다."

그는 특히 "우리는 남들이 가지 않는 길을 간다. 또 남을 능가하는 것을 개발해야 한다."고 목소리를 높였다.

이러한 노력을 기울인 결과, 사랑방닷컴은 2010년에 광주 지역 방문자수 1위 사이트에 등극하였다.

IT Biz 센터의 송용헌 센터장은 "2016년 현재 일일 방문자수 7만여 명(PC 약 3만 명, 모바일 약 4만 명), 월 순수 방문자수 180만 명으로 지속 상승 중"이라고 밝혔다.   [출처: Google Analytics 2016년 3월 방문자 통계자료. 사랑방의 IT Biz센터 제공]

이렇게 많은 사람들이 사랑방닷컴을 이용한다면 그만한 이유가 있을 것이다.

〈모바일 사랑방〉과 〈서울 A사의 모바일〉 사이트 비교 (2016.4.10.)

필자는 사이트(www.sarangbang.com)에 들어가 보았다. 그곳에는 사랑방 부동산 등 총 6개 사이트로 구성되어 있다.

모바일 사랑방에는, 편리함을 강조한 디자인 화면구성, 화면 이동이 없는 간편 검색시스템, 신문의 모바일 홈페이지 접근성이 용이하다는 홍보 문구가 있다.

하지만 이 정도의 정보만으로는 조덕선 회장이 자신한 디지털에 대한 차별화를 설명할 수 없다는 판단 하에 필자는, 서울의 생활정보 1위 업체로 알려진 A사와 직접 비교를 해보았다.

양 사 모두 부동산, 구인구직(JOB), 자동차(CAR)가 3대 핵심 사업임을 알 수 있었다. 그런데 서울의 A사는 이 3가지가 전부인 반면, 사

〈사랑방 부동산〉의 서브 페이지 (2016.4.10.)

랑방은 교육·학원, 장터, 라이프, 맛집, 뉴스 등의 다른 사이트들이 있었다.

이번에는 양 사의 주요사업 중 한 분야인 부동산 사이트를 집중 비교해 보았다.

수요가 가장 많은 아파트의 경우, 양 사 모두 매물, 매매·전세·월세, 분양, 뉴스 등의 메뉴가 동일했다. 하지만 사랑방 부동산에는 시세, 학군, 재개발·재건축, 이사·인테리어 등 메뉴의 수가 두 배 이상 많았다. 또 사랑방에만 실거래가, 단지 및 주변정보, 단지 내 다른 매물 보기 등의 세부 정보들이 존재했다. (2016.4.10.)

정보의 양적·질적 면에서 사랑방 부동산이 크게 앞서있다는 것을 필자는 판명할 수 있었다.

이를 개발한 송용헌 센터장은 "2013년은 네이버부동산이 1위였는데, 현재는 우리 사랑방 부동산과 비교가 되지 않는다. 사랑방은 광주의 아파트 단지 900세대와 원룸 3,000여 개 등 최근 10년 DB(Data Base)를 가지고 있기 때문이다."

다음으로 구인구직(JOB) 사이트를 비교해 보았다. 역시 사랑방의 메뉴가 두 배 이상 많았다.

양 사 모두 업, 직종별·업무별 채용정보, 인재정보 등의 메뉴가 비슷하지만, 역시 사랑방 JOB에만 강소기업, 병원 의료, 연봉 2000+, 워킹맘, 중장년, 교육/학원, 과외, 창업정보 등의 다양한 정보들이 있었다.

사랑방 JOB 포털사이트 (2016.4.10.)

　　그러나 구인구직 참여자 수에서 A사가 사랑방을 크게 앞서있다는 것을 알 수 있었다. 사랑방 JOB의 일자리 수가 광주 지역(12,016건)에만 한정된 반면, A사는 서울(22,508건), 경기(30,604건), 부산 (6,876건), 대구(4,773건), 광주(257건) 등 지역별로 등록되어 있었다.(2016.4.10.)

　　이 중에 광주의 건수(257건)가 타 지역에 비해 유독 적은 이유는 광주에 사랑방 JOB이 버티고 있기 때문일 것이라고 판단된다.

　　이에 송 센터장은 "A사는 2016년 초에 광주 지역에서만 오프라인 신문을 철수하고 온라인 신문만 운영 중이다."고 하여 필자의 자료를 뒷받침했다.

　　이어서 그는 "현재 우리나라의 구인구직 사이트 순위는, 잡코리아, 사람인, 인크루트 순이며, 사랑방 JOB이 이러한 대형 회사와 경쟁에서 살아남은 이유는 특별한 기술이 있어서가 아니라 사랑방 직원들이 발품을 팔아 지역의 특성을 반영했기 때문이다."고 설명했다.

사랑방 맛집 웹(Web)과 앱(App)

　사랑방 닷컴에서 가장 차별화되는 서비스는 맛집과 버스 사이트이다. 수익성이 없는 콘텐츠이기 때문이다.

　혹시나 해서 A사를 비롯한 경쟁사들의 사이트에 들어가 봤지만 이러한 콘텐츠를 찾을 수 없었다.

　이에 송 센터장은 "사랑방 닷컴에는 무료 콘텐츠가 많다. 예를 들어 부동산 시세, 학군, 재개발·재건축, 원룸의 동영상 프리뷰 등도 모두 무료 콘텐츠다. 그리고 원룸의 동영상 프리뷰는 전국 최초이며,

국내 최초의 사랑방 원룸 웹과 앱의 '동영상 프리뷰'

앞으로 아파트, 자동차까지 동영상 프리뷰와 VR(Virtual Reality) 영상 등을 계획하고 있다."

이상으로 필자가 사랑방 닷컴과 A사의 사이트를 직접 비교한 결과, 가장 큰 차이점은 콘텐츠로 요약된다.

A사가 전국 주요 도시에 지점을 늘려서 사업규모를 확장시키는 방안에 몰두했다면, 사랑방 닷컴은 지역(Local)에 기반을 두고 시민들이 선호하는 콘텐츠를 모아서 포털에 집중시킨 결과이다.

이것이 콘텐츠의 양적·질적 차이가 날 수밖에 없는 이유이다.

이 원인을 SRB애드의 장인균 사장이 설명했다.

"사랑방 닷컴 하나만 보면 광주의 모든 생활정보들을 알 수 있다. 그 이유는 지역 최고의 IT 인력이 사랑방에 있기 때문이다. 그 중에서도 2011년 조덕선 회장이 동생 조경선 사장을 스카우트한 것이 결정적이었다. 회장님은 동생을 데려온 게 아니라 인재를 영입한 것이다. 그 이유는 조경선 사장이 서울대 경영학과를 졸업하고 SK커뮤니케이션즈 사업부 부장 등 국내 최고의 IT 실무진에서 13년 동안 근무한 프로이기 때문이다."

장 사장은 앞으로 사랑방닷컴의 성장을 지켜보라며 필자에게 자신감이 넘치는 눈짓을 보냈다.

고객(독자) 중심의
크고 바른 경영

|

　조경선 사장의 집무실에서 가장 먼저 눈에 띈 것은 벽에 걸려 있는 사훈이다. 좋은 문구임에는 틀림없어 보이지만, 무슨 의미가 담겨 있는지 질문해보았다.

　조경선 사장은 "사랑방의 정보들은 공적인 부분이 많다. 사랑방에서 일반시민들에게 필요한 부동산 시세나 재개발 등의 지역 정보들이 공적인 부분에 해당된다. 정보는 곧 생명이고, 콘텐츠 양은 경쟁력이기 때문에 사랑방은 정보 DB(Data Base) 구축을 위해 모든 투자를 아끼지 않는다. 올바른 정보를 많은 사람에게 전달하는 것이 더불어 잘사는 방법이 아니겠어요."라고 설명했다.

사랑방 사훈 더불어 잘사는 공동체 만들기

옆자리에 있던 경영지원실의 양병수 국장은 "정보 사용자와 정보 소비자 사이에서 정보의 소통비용을 줄여준 것"이라고 해석하며 "이러한 사랑방의 정보가 사전 공개됨으로써 우리 지역에서는 사기(詐欺)가 통할 수 없고, 시민들은 자기도 모르는 사이에 큰 혜택을 보게 된다. 정보와 광고 사이에서 신뢰성과 투명성을 강조했기에 가능한 일"이라고 말했다.

이 말의 의미는 생활정보를 제공하는 사랑방 본연의 임무가 곧 공적인 부분에 해당되고, 이것이 곧 사랑방의 사훈 〈더불어 잘 사는 공동체 만들기〉라는 뜻으로 필자는 이해할 수 있었다.

조경선 사장은 "사랑방 직원들은, 우리 회사가 무너지면 광주지역 어느 회사에서 이 공적인 부분을 담당할 수 있겠느냐? 우리에게는 무거운 사명감이 있다. 이에 우리 사랑방이 지역의 유일한 생활정보 제공자로서 자부심이 있다."

조경선 사장실의 화이트보드에는 그가 메모한 영문이 있다.

"We've had three big ideas at Amazon that we've stuck with for 18 years, and they're the reason we're successful; Put the customer first, invent, and be patient."

우리는 18년간 아마존을 성공으로 이끈 3가지 큰 전략을 가지고 있다. 고객을 먼저 생각하고, 발명하고, 인내하자.

There are two kinds of companies, those that work to try to charge more and those that work to charge less. We will be the

2nd.

세상에는 두 가지 종류의 기업이 있다. 더 많이 받으려는 기업과 더 적게 받으려는 기업이다. 우리는 후자가 되려고 한다.

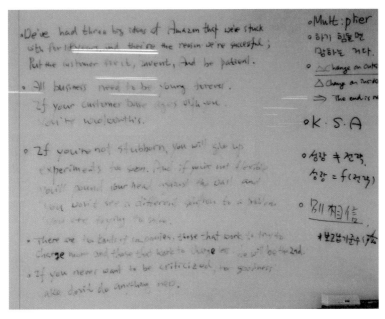

조경선 사장의 화이트보드의 메모

이 글은 아마존의 창업자 제프 베저스(Jeff Bezos)의 어록이다.

조 사장은 "이 글이 사랑방의 지향점이다. 기업은 고객을 중심으로 생각하고 혁신해야 한다. 고객들에게 더 많은 돈을 요구하기 이전에 혁신을 통해 더 저렴한 가격으로 공급해야 한다."는 사랑방의 경영이념을 안내했다.

그렇다면 이제까지 사랑방신문이 고객들로부터 받은 광고비용은 어땠을까?

사랑방 광고의 주요 영역인 부동산, 구인, 자동차 분야에서는 지난 20여 년 동안 한 번도 광고료를 올린 적이 없다.

사랑방에서 22년째 근무하고 있는 전승태 광고마케팅센터 국장은 "현재, 신문 줄광고 1개월 비용이 부동산 3만 원, 구인 15만 원인데, 내린 적은 있지만 올린 적은 없다. 경쟁사와의 가격경쟁 때문에 올리지 못한 면도 있지만, 올릴 기회가 왔을 때에도 회장님이 올리지 못하도록 지시했다. 그 이유는 사랑방을 이용하는 다수가 서민들이고, 이 중에서도 80~90%가 단골고객이기 때문이다. 그러한 고민이 있을 때마다 회장님은 '같이 가자.'는 말을 자주 하셨다."

사랑방은 창업 25주년 때, 사랑방이 추구할 핵심가치를 정하였다.

'고객을 중심으로 젊고 합리적이며 사회적 책임을 다하는 지역정보의 허브'

이 핵심가치의 결정은 직원들 스스로의 토론에 의해서 결정되었다는 데 그 의의가 있다. 회사의 경영방침과 직원들의 지향점이 일치한 것이다. 최근 장기화된 경기 불황 속에서 사회적 책임까지 묻는 기업은 흔치 않다. 특히 경영진이 아닌 직원들이 이를 고민하는 회사가 얼마나 되겠는가. 이에 대해 조 사장은 "그 배경으로 CSR(Corporate Social Responsibility; 기업의 사회적 책임)을 묻는 사랑방의 사훈이 오랫동안 직원들의 의식 속에 내재된 결과다."라고 주장했다.

80회를 넘어선 사랑방의 '사랑의 공부방 만들기'

그렇다면 사랑방은 공적인 영역 이외에 어떤 CSR을 실천하고 있을까?

사랑방은 15년째 '난치병 어린이 돕기'를 실천하고 있다. 또 2013년부터 직원들이 주체가 되어 '사랑의 공부방'을 진행하고 있다. 이것은 매달 2회, 매년 20여 가구의 저소득층 학생들을 위해 공부방을 만들어주는 사회봉사로 2016년 현재 공부방은 80개를 넘어섰다.

그 외에도 사랑방은 난치병 환자·장애인·소년소녀 가장 돕기, 소원성취 캠페인, 나눔 장터, 아름다운 가게, 청년취업박람회와 각종 문화공연 등을 후원하고 있다.

이들의 공통점은 주로 청소년들을 대상으로 직원들이 주체가 되어 장기적인 사회봉사에 참여하고 있다는 것이 특징이다.

하지만 조덕선 회장은 필자와의 인터뷰에서 이런 내용은 언급하지 않았다.

이에 대해 장인균 사장은 "조 회장님은 공치사를 못한다. 자신을 드러내지 않는 선행자다. 선행을 습관처럼 하지만 드러내는 것은 꺼려하는 성격이다."

조회장은 도움을 줄 때는 전시용으로 한 번 도움을 주는 선심선 선행은 하지 않는다. 그는 한 번 시작하면 지속성 있게 책임 있게 이어가는 스타일이라고 덧붙였다.

늦은 밤에도 분주한 사랑방의 IT Biz 센터

필자가 사랑방 본사 9층을 방문할 때마다 IT Biz 센터는 늘 분주한 모습이었다.

이에 조경선 사장은 "사랑방은 일이 빡세다. 사랑방은 서울 본사의 지침이나 하청에 의해 움직이는 회사가 아니라, 우리가 알아서 문제를 찾고 우리가 답을 찾아내야 하는 회사이기 때문에 일이 많을 수밖에 없다."

장인균 사장 또한 "사랑방은 토요일에도 쉬지 않는 신문이다. 회사 입장에서는 토요일 신문발행을 안 하는 게 편하고 좋지만, 조 회장이 공적인 사명감 때문에 쉴 수 없다며 직원들을 설득했다. 메가톤급 뉴스는 없어도 살 수 있지만, 소시민들이 먹고 사는 문제가 달린 생활정보가 없으면 안 된다는 것이 조 회장의 경영철학 이념이다. 사랑방의 독자들은 대부분 서민들인데 회사의 이익 때문에 서민에게 피해를 주는 것은 상상할 수 없는 일이다. 또한 사랑방의 인지도와 발행부수를 고려하면 큰돈이나 권력을 제시하는 유혹도 있었다. 유혹을 뿌리친다는 것은 최고경영자의 확고한 원칙 없이는 물리치기 힘든 일이다. 이는 조 회장이 규모의 경쟁보다 밀도의 경쟁을 가치로 여겼기에 가능한 일이다."

조 회장과의 인터뷰 중 가장 진지한 대화가 바로 이 부분이었다.

"신뢰가 깨지면 모든 걸 잃을 수 있기 때문에 진실해야 한다."

창의를 연구하며 필자도 동감하고 가슴에 새겨 논 말이다.

조 회장과 사랑방의 직원들은 허위 광고를 없애고 광고의 진실성을 높이기 위해 지금 이 시간에도 정성스럽게 광고 필터링을 하고 있을 것이다. 사랑방 광고는 독자의 생활에 긴밀히 연결되어 있고, 잘못된 광고는 곧 독자의 피해로 이어질 수 있기 때문에 정직해야 한다.

필자는 조회장의 창의를 '진실'로 판단했다.

이것을 다시 장인균 사장이 체계적으로 대변해주었다.

"사랑방은 바른 신문이라는 대 원칙이 있다. 다른 생활정보지에서 흔히 볼 수 있는 선정적인 이미지나 자극적인 기사를 사랑방에서는 찾아볼 수 없다. 불건전 유해광고 추방 캠페인은 지난 25년간 사랑방이 변함없이 지켜온 원칙으로 타 생활정보지에 영향을 주는 것은 물론, 시민들의 정서에도 적지 않은 영향을 주었음을 자부한다."

직원과의 섬세한 소통
|

필자는 사랑방 직원들에게 공통적으로 사랑방이 다른 회사와 다른 점 또는 조덕선 회장의 남다른 점에 대해 질문했다.

사랑방이 다른 회사와 다른 점으로 자기계발 카드 제도가 있다.

이것은 직원 자신이 직무에 관련된 분야를 직접 선택한 후, 외부의 교육기관에서 교육을 받을 수 있는 일명 CDP(Career Development Program; 경력개발계획)라는 제도이다.

이것은 직무교육과 승진교육으로 나뉘는데 회사에서 교육비, 숙박비, 교통비 등 전액 지원을 통해 서울의 한국능률협회, 한국생산성본부, 삼성SDS 멀티캠퍼스, 광주의 관공서 등으로 짧게는 3박 4일, 길게는 수개월 동안 교육을 받을 수 있는 제도이다.

이 제도가 특별한 이유는 사랑방이 직원교육을 위해 매년 수천 만원의 투자를 아끼지 않으면서 2002년 이후 현재까지 멈추지 않았다는 점이다. 또한 이 교육을 다녀온 후에는 100% 프레젠테이션을 통해 부서의 직원들에게 전파 교육을 실시한다는 특징이 있다.

조 회장은 이를 '지식경영'으로 압축했다.

조덕선 회장의 남다름에 대해서 직원들은 '특별한 선물'을 이구

사랑방 최현옥 팀장이 조덕선 회장에게 매년 받은 '손 편지'

동성으로 답했다. 특별한 선물이란, 매년 직원 생일 또는 결혼기념일에 주는 조 회장의 손 편지와 생일 케이크, 그리고 꽃 선물이다. 직원들은 일명 회장님의 3종 선물세트라고 부른다.

입사 16년째인 최현옥 콜센터 팀장(47세)은 "회장님은 나뿐만이 아니라 직원 모두에게 매년 선물을 챙겨주신다. 이 중에서 내가 가장 기다리는 선물은 회장님의 손 편지다."

그 이유에 대해 그녀는 "손 편지 내용이 매년 다르다. 이번 생일에는 또 어떤 말씀을 해주실까? 하는 기대감이 있다. 회장님의 손편지 글이 나에게 큰 힘이 된다."

편지 글이 도대체 무슨 힘이 된다는 걸까?

"그것은 회장님이 나를 기억하고 있다는 증거이고, 상하관계가 아닌 1 : 1 관계로, 내가 존중받는 기분이다."

최 팀장은 콜 센터 일이 몹시 힘들고 고되지만, 회장님이 모른 척하는 것 같아도 내 고생을 다 알아주고 있음을 회장님의 편지 글을 볼 때마다 느낄 수 있다는 의미일 것이다.

그러면서 최 팀장은 옆에 있는 윤용성 부장과 함께 조 회장이 직원들에게 대하는 남다른 행동들을 조목조목 나열하였다.

"엘리베이터에서 직원과 만나면, '어서 와요.' 하면서 문을 잡아주는 일."

"수백 명이 넘는 직원 이름을 모두 암기하려고 노력하는 일."

"특별한 일이 없는 한, 카톡이나 문자 답장을 빨리 해주는 일."

"명절 연휴 때, 직원들이 회장님께 인사하는 게 아니라 회장님이 직원들에게 부서별로 먼저 찾아와서 덕담을 건네고 선물을 지급하는 일."

"여성 직원들을 위해 지수당(止水堂)이라는 휴게실과 휴게실 내의 이탈리아산(産) 에스프레소 기계와 고급 안마기 등 편의시설을 제공한 일."

"매년 8월 건물 옥상에서 진행하는 호프데이에서 직원들에게 좋은 추억을 주기 위해 해마다 다른 이벤트를 준비하는 일(2014에는 조 회장이 웨이터 복장을 하고 나타나 서빙)."

"11월 6일 창립기념일에 전 직원 문화답사를 떠난 일."

"해외연수에서는 수백 명이 넘는 직원들의 방을 일일이 노크하고 '괜찮냐?'며 불편함이 없는지 살피는 일."

그리고 최 팀장은 "얼마 전에 시어머니가 돌아가셨는데, 맨 먼저 찾아오신 분이 회장님이셨다. 소소한 부분까지 모두 챙겨주시는 회장님이 정말 고마웠다."

하지만 필자가 기억하는 그녀의 인상적인 말은 따로 있다.

"회장님은 직원들을 한 번도 함부로 대하지 않으셨다. 허물없이 대해주시지만, 또 늘 대우해주신다. 정말 존경스럽다."

필자가 예고 없이 만난 직원들이 왜 이토록 조덕선 회장을 치켜세우는지 이해가 됐다.

조 회장과 25년 동지인 SRB프린팅 김선영 사장은 "회장님은 사원들의 어려움을 그냥 지나치는 법이 없다. 오래된 직원일수록 더 각별하게 챙긴다."며 여러 선행 사례들을 이야기해 주었다.

필자는 조 회장의 지난 행적과 직원들과의 인터뷰 결과, 그가 참 의리있는 사람이라는 생각이 들었다.

조 회장의 창의에 '의리'를 추가한다.

김선영 사장은 조 회장이 직접 구입해서 사원들에게 나누어 주었다는 소통 수첩과 소통의 흔적들을 공개했다.

사랑방의 소통 문화는 조덕선 회장의 섬세한 배려에서 출발한 것이다. 사원들도 그러한 회장을 닮아가는 것 아닐까?

필자가 조덕선 회장에게 가장 존경하는 인물을 물었더니, 나의 선생님은 '책'이라는 이색적인 답변을 내놓았다. 사랑방 직원들의 증언도 이와 다르지 않았다.

조 회장이 나누어준 사랑방의 소통수첩

직원들이 조 회장에게 선물한 편지

직원들이 분기별로 만든 사내용 소통 책자 'In & Out' 표지의 조덕선 회장

조 회장을 독서광, 책벌레, 손에 책을 잡고 산다. 우리 회장님은 대부분의 선물을 책으로 한다. 등등 그의 책사랑에 대해 증언했다.

사랑방 홈페이지에 있는 사랑방 연혁에서도 조 회장의 책에 대한 집념을 확인할 수 있다. 사업성이 적은 사랑방 문고를 시도했고, 난치병 어린이 도서기증과 희망의 문고, 병동 문고, 저소득층 청소년을 위한 사랑의 공부방을 지속적으로 실천하고 있다.

그는 왜 이토록 책에 집착한 것일까?

그의 어린 시절에서 그 의문을 풀 수 있었다.

조덕선 회장은 1960년 광주 월산동에서 4형제 중 장남으로 태어났다. 집안 형편이 매우 어려웠기에 열다섯의 어린 나이에 사업전선에 뛰어들었다. 폐차장 일을 시작으로 자동차와 화물차 부품 관련 일을 하면서 돈을 벌었다. 하지만 그는 야학(夜學)을 병행하며 고입 검정고시를 합격하고, 서울의 자동차 부품회사에 취직해서도 주경야독하여 대입 검정고시에 합격했다. 그런데 그의 동생들은 모두 명문 대학을 졸업했다.

이에 대해 조경선 사장은 "형님은 공부에 대한 의지가 아주 강하셨다. 하지만 초등학교 졸업 후엔 가정형편 때문에 돈을 벌어야 했다. 형님 덕분에 나(조경선), 둘째 형님(조학선), 막내 동생(조인선) 모두 대학까지 마칠 수 있었다."

돈을 벌어야만 했던 청년 조덕선은 동생들만큼은 반드시 대학에 보내기 위해, 집안의 어려움을 해결하기 위해, 그리고 장남으로서 부끄럽지 않은 아들이 되기 위해 책으로 공부를 대신하면서 사업전선에 뛰어들었던 것이다. 아마도 그 시절 어려운 환경에서 장남으로서의 책임감이 조덕선의 숙명이었으리라.

필자는 영화 〈국제시장〉의 주인공 덕수(황정민)가 조 회장의 얼굴 위에 중첩되었다.

조경선 사장은 "형님은 진짜 효자시다. 정성으로 어머니를 모시고, 지금도 작은 부분들을 모두 챙기신다."며 조 회장의 효심을 자랑스러워했다.

조덕선 회장은, 어머니는 우리 가족의 중심을 잡아주는 존재로 표현했다.

조 회장에게 가장 행복한 순간을 물었더니 "명절 때 4형제가 함께 골프 치러 나갈 때"라고 답변했다. 그 이유가 "어머니가 그 모습을 보고 행복해 하시기 때문이다."는 설명에 필자는 고개를 끄덕였다.

조덕선 회장은 자기 자신보다 동생을, 외부인들보다 직원들을, 특권층보다 서민들을 먼저 배려하면서 사랑방을 지역의 생활 브랜드로 성장시킨 것이다.

이는 사회적 강자보다 약자를 먼저 배려하는 조덕선 회장의 창의가 아니겠는가.

마지막으로 조 회장에게 창의에 대한 정의를 물었다.

그는 한 동안 고민 끝에 "창의는 철저하게 준비하고 실천하는 것이다. 창의는 직접 경험하고 축적된 내공을 통해서 발산된다. 지속될 수 있는 신념과 그것을 실천할 의지와 능력이 없으면 무의미하다."

창의란 순간의 번쩍이는 아이디어가 아니라, 그것이 발현될 때까지의 긴 시간 동안 버텨낼 수 있는 신념이 수반되었을 때 비로소 진정한 창의라는 뜻으로 이해한다.

이제까지 조덕선 회장은 시대의 흐름을 읽고 준비하는 치밀함과 주변을 배려하는 섬세함으로 사랑방을 이끌어왔다.

오늘도 그는 직원들과 이웃들을 챙기면서 또 다른 미디어 세상을 준비하고 있을 것이다. 앞으로 사랑방이 우리 지역의 자랑스러운 회사들.

금호고속, 광주은행, 타이거즈를 넘어 '무등산' 같은 존재가 되길 축원한다.

사랑방신문 조덕선 회장의

아날로그 1위에서 디지털 1위 기업으로 혁신한 창의?

철저하게 준비하고 이를 지속적으로 실천하는 의지

◆ 시대 흐름에 맞는 아이템 선택과 치밀한 준비성

◆ 고객 중심의 크고 바른 경영철학

◆ 직원들과의 섬세한 소통

조덕선 회장은 1990년 전화와 무통장 입금이라는 온라인 시대의 흐름을 파악하고, 지역 최초의 생활정보지인 '사랑방신문'을 창업하였다.

그의 준비는 치밀하였다. 창간호 이전에 예비 창간호 7회와 창간 홍보지 발간, 2,500여 개의 배포대 설치, 격주 15만 부씩 총 100만 부 이상의 무료신문을 지역 곳곳에 촘촘한 그물망식으로 배포하였다.

사업 초기, 독자들의 지역 최초 무료신문에 대한 낯설음이란 벽에 부딪힌 조 회장은 사랑방신문 상호를 '무료신문'으로 과감하게 교체하는

조덕선 회장

한편, 사업 성과의 치밀한 데이터 분석을 통해 성공을 확신하면서, 계속되는 적자 속에서도 무차별 배포와 지속적 배포 전략으로 시민 속으로 파고들어갔다.

이러한 조 회장의 남다름은, 부산의 최하위권 생활정보지인 '부산시대'를 인수하여 연 60억 원의 매출을 올리고, 뒤늦게 시작한 'SRB 애드'를 지역 광고 수주 1위로 올리는 등 7개 계열사 모두에서 괄목할만한 성과를 이끌어냈다.

특히 그는 사양산업으로 불리는 인쇄업을 '필수산업'이라는 역발상적 판단 하에, '영남 프린테크' 인쇄공장을 추가 설립하여 경쟁력 우위를 확보하고 국내 최대의 인쇄 전문 기업으로 자리매김하였다.

뿐만 아니라 다가올 디지털 미디어시대를 대비하여 웹(web)과 앱(app) 분야의 인재를 영입하고, 직원 교육시스템 CDP(Career Development Program)와 지역정보 DB 등에 투자를 아끼지 않는 등 주도면밀한 준비를 하였다.

또한 2001년 지역 최초로, '사랑방닷컴' 사이트를 시작으로 지역 기업 중 최대의 포털사이트를 구축하고, 2012년에는 사랑방신문 사명을 '사랑방 미디어(SRB)'로 교체하면서 혁신적인 IT 미디어 기업임을 선포하였다.

그 결과 '사랑방 닷컴'은 일일 방문자 7만 명, 매월 평균 180만 명 방문이라는 지역 최대의 방문자와 소비자를 확보하면서 수도권의 동종 기업들보다 탄탄한 미디어 IT 기업으로 성장하였다.

이는 규모의 확장보다, 지역을 중심으로 지역 콘텐츠를 집약하여 지역사회에 기여하는 '밀도'의 확장을 펼친 결과이다.

이것은 '바른 신문'이라는 대 원칙과 지역과 '함께'라는 경영철학으로 '더불어 잘 사는 공동체 만들기'를 실천한 조덕선의 '창의'이다.

난형난제의
노블레스
오블리주

최근 언론매체에 기업체의 내홍으로 등장하는 왕자의 난, 형제의 난, 갑질 등의 비속어는 우리나라 기업인들에 대한 불신의 상징이 되었다.

자신의 형제도 행복하게 해주지 못하는 리더가 어떻게 직원과 이웃, 그리고 국가의 미래를 논할 수 있겠는가.

이러한 사회적 환경 속에서도, 노블레스 오블리주(noblesse oblige; 도덕적 의무)로 존경받는 기업인 형제가 있다.

형은 현대건설의 고 정주영 회장과 함께 '대한민국의 위대한 건설인'에 선정된 한국 근대 건설의 1세대 주역으로, 지역 경제발전을 이끌면서 학교, 장학재단 설립 등 교육과 문화예술, 체육 분야까지 폭넓은 사회공헌을 실천하였다.

동생은 형님으로부터 회사의 경영권을 물려받아 IMF 위기를 직원 구조조정 없이 극복하고, 업계 평균치의 두 배에 이르는 수익구조

금탑산업훈장
2013. 건설산업유공

은탑산업훈장
2007. 건설산업진흥유공

동탑산업훈장
2000. 납세의 의무

석탑산업훈장
1984. 수산진흥유공

지역 건설업체 최초 유일의 금탑·은탑·동탑·석탑 산업훈장 수상

최상옥 회장의 자서전 『지성의 행로, 2000』와 남화토건의 『남화오십오년사, 2000』

개선과 부채비율 20%(건설업체 평균 150%)의 안정된 회사로 이끌면서, 지역 내 학교의 장학사업, 심장병·결식학생 후원, 도서관 기증 등을 펼쳐 지역사회에서 가장 존경받는 기업인으로 꼽히고 있다.

이 형제가 일군 회사는 국내 15,000여 개의 건설사 중, 1군 업체에 속하고, 이 중에서도 100위권 안에 드는 A+등급의 중견기업이다. 특히 이 회사는 광주 지역에 기반을 두고, 항만공사와 주한미군 공사 분야에서 두각을 나타내며 2012년 지역 건설업체 가운데 유일하게 코스닥에 상장하고 석탑, 동탑, 은탑, 산업훈장에 이어 2013년 금탑 산업훈장(産業勳章)까지 수상하였다.

남화토건의 유당(裕堂) 최상옥 회장과 석봉(碩峰) 최상준 부회장이다. 이들의 역사는 최상옥 회장의 자서전『지성의 행로(至誠의 行路)』와 남화토건의 반세기 역사가 기록된『남화 오십오 년사(南和五十五年史)』에 담겨있다.

성실을 바탕으로
3무(無) 경영의 기틀 확립
|

이 두 권의 책에서 가장 많이 나오는 단어는 성실(誠實)이다. 창업주인 최상옥 회장은 다음과 같은 글을 남겼다.

· 나는 회사를 운영하면서 성실을 유일한 경영철학으로 삼았다.

· 성실한 삶은 그 어떤 것보다 중요하다.

· 누구나 쉽게 생각할 수 있지만, 가장 어려운 실천이 성실이다.

· 성실의 실천이 인생에서나 기업에서나 성공의 요건이다.

· 거창한 구호나 드러내기 위한 겉치레보다는 생활 속에서의 진지함과 최선을 다하는 자세가 성실이다.

최 회장이 성실을 얼마나 중요하게 생각하는지 알 수 있는 글들이다. 과연 그가 말하는 성실이란 무엇일까?

유당(裕堂) 최상옥 회장은 1927년 일제강점기, 전남 화순군 화순읍 벽라리의 소농 집에서 3남 2녀 중 장남으로 태어났다.

어릴 적 최상옥은 도장장이, 목수라는 별명이 붙을 정도로 조각·공예 분야에서 뛰어난 손재주를 가지고 있었다. 그의 도장 파는 일은 이웃 마을까지 소문이 나서 용돈을 버는 일이 되고 저축을 시작한 계기가 되었다. 당시 유일하게 금융조합의 저금통장을 갖고 있던 소년은 어느덧 90세의 백발노인이 되었지만, 지금도 그때의 통장번호 (32-252)를 또렷이 기억하고 있다.

소년 최상옥의 첫 직장 역시 도장 가게였다. 1941년 목포시내에 위치한 〈무안 인장포〉라는 점포에 취업한 15세 소년은 도장 조각 일은 물론 궂은 심부름까지 도맡아 처리하며 점포 사장과 선임들에게 각별한 신임을 받았다.

도장 가게에 취직하여 일하고 있던 어느 날, 최상옥은 고향으로부터 어머니가 병환으로 누워 계시다는 전달을 받고 급하게 짐을 꾸려 화순 집으로 돌아왔다. 8개월 만의 고향방문이었다.

다행히도 어머니는 위태로운 상황이 아니었지만, 그에게는 새로운 고민이 생겼다. 아버지의 지인이었던 일본인 목수 가와무라(川村)로부터 목수 일자리를 제안받은 것이다.

자신이 잘하는 도장 파는 일을 계속할 것인가? 아니면 일본인 목수에게서 새로운 기술을 배울 것인가?

기로의 선택에서 새로운 기술을 배우기로 결심한다. 이때, 선택한 길이 최상옥의 인생을 바꾸어 놓았다.

최상옥 회장이 유일한 스승이라고 말하는 가와무라는 일본 건축 공과 학교 출신으로 당시 화순 복암 역사 신축 공사장을 총지휘하는 도편수(都邊首)였다. 최상옥은 가와무라의 집으로 들어가 목재 가공 기술을 배우는 한편, 기능공들의 출퇴근 관리와 경리 일까지 담당하며 현장 실무를 배웠다. 그 일은 1945년 해방 전까지 이어졌다. 그 경험이 오늘날 남화토건을 세운 초석이 되었다.

1946년, 20세 청년 최상옥은 광주시 동명동에 〈남화토건사(南和土建社)〉를 창업했다. 하지만 1950년 6·25 전쟁으로 인해 생활은 궁핍해졌고, 그는 전쟁 중에도 일감을 찾아나서야 했다.

이 와중에 최상옥은 1951년 겨울, 화순 능주 북 초등학교 신축공사를 맡았다가 재시공으로 인해 큰 빚을 떠안게 되었다. 곤경에 처한 상옥에게 그의 큰댁 사촌형은 "마구간 황소라도 팔아서 남의 것을 갚고 보자."며 위로해 주었고, 동네에서 구두쇠로 소문난 부자 영감은 서슴없이 궤짝 문을 열어 돈을 빌려주었다.

최 회장은 이 일을 평생 잊지 못할 고마움으로 자신의 자서전에 기록하고 있다. 인간관계에서 '신뢰'의 중요성과 함께 신뢰는 결국 '성실'에서 비롯된다는 사실을 기록하고 있다.

남북 휴전 이후 최상옥은 학교 개보수 사업과 정미소, 공장, 점포 등의 복구 사업에 참여하면서 사업을 확장했고, 1958년 건설업법 개정과 함께 건설면허(제141호)를 부여받았다.

위대한 건설인의 상 (1997)
고 정주영 회장과 함께 (좌)최상옥 회장

비로소 〈남화토건 주식회사〉 법인을 설립하였다.

1970년대, 국내 건설업계가 화려하게 피어나 한국이 중동 건설의 바람을 타고 미국에 이어 세계 2위의 건설 수출국이던 시절이었다.

이때 한국을 세계에 알린 인물은 현대건설의 고(故) 정주영 회장이다. 고 정주영 회장은 1997년 한국건설 50주년 기념식에서 남화토건 최상옥 회장과 함께 대한민국의 〈위대한 건설인 상〉을 수상하였다.

고 정주영 회장은 공사현장에서 24시간 노동으로 공사기간을 줄여 관계자들을 놀라게 하고, 모 대학 강연에서 취업을 부탁한 여대생에게 "평소에 성실한 생각을 지닌 학생은 다 취직이 될 것이다."라는 TV 광고를 통해, 성실의 대명사가 되었다. 그 시절 변방의 코리아를 전 세계에 알린 것은 다름 아닌 '성실'이었다.

최상옥 회장의 남화토건도 이러한 성실을 바탕으로 정부와 공기업이 발주하는 토목공사, 채탄공사, 개보수 공사, 확장공사 등에 주력하였다. 불황기가 있었지만 남화토건은 난이도가 높은, 국가 항만공사 기술과 주한미군 공사 수주로 안정적인 성장을 이어갔다.

남화토건이 주한미군 공사로 특화된 이유는 최 회장의 자서전에서 찾을 수 있다.

미국인들은 우리나라처럼 로비가 통하지 않는다. 그들은 입찰 방법에서도 최저가가 아니라 객관적이고 엄정한 심사를 통과한 업체에게 공사를 맡긴다. 아무 연고도 없는 우리 회사가 국내 굴지의 업체들을 제치고 미군부대 공사를 계속 수주할 수 있었던 것은 이 때문이다. 우리는 그들의 합리주의를 배워야 한다.

좌) FED 안전관리 우수증서 우) KRO 안전 및 품질 우수증

최 회장은 1965년 미 8군 공사를 시작으로 1979년 지역 최초로 주한미군 군납수출업체로 등록하면서 본격적으로 미군공사에 참여하였다. 미군 FED(Far East District, 극동공병단)로부터 품질평가 최우수기업으로 인정받고, CCK(Contract Command Korea, 주한 미군 사령부) 공사 등을 통해 신뢰를 쌓았다.

남화토건에서 형제 CEO를 37년째 모시고 있는 조영환 전무는 "미군공사는 남화토건의 전체 매출 중 25%를 차지한다. 성공적인 미군공사로 훗날 코스닥(KOSDAQ) 상장에 큰 도움이 되었다. 코스닥 비상장사의 경우, 미군공사 수주 규모가 평균 100억~200억 원이지만, 상장사의 경우 시공 능력을 인정받아 최대 500억 원까지 수주 규모를 늘릴 수 있기 때문이다."

최상옥 회장이 성공의 길만 걸었던 것은 아니다.
그의 자서전에 다음과 같은 기록이 있다.

건설업은 노동자를 적절하게 잘 쓰느냐 못 쓰느냐에 따라 회사의 운명이 결정되는 수가 있다. 그런데 대부분의 노동자들은 노가다판의 근성에 젖어 있는 사람들이 많다. 그들은 이 공사판에서 저 공사판으로 떠돌아다니는 습성이 몸에 밴 사람들이다. 마음에 들지 않으면 현장에 나타나지 않거나 금방 다른 공사판으로 떠나버린다. 그런 노동자들을 부리면서 힘든 공사를 계속하고 있으려니 고통은 이만저만 아니었다. 사람을 쓰고 부린다는 것은 매우 어려운 일이다. 나도 사람을 잘못 써서 큰 타격을 받은 경험이 있다. 특히 1983년 대구상고 신축공사 때에 현장소장이 하도급자와 단합하고 경리를 속여 7억여 원을 횡령해버린 사건은 회사로서 큰 타격이었다. 눈앞의 이익을 따라가다가 허방다리를 밟아버린 셈이었다. 우리 회사가 그 후 다시 그런 전철을 밟지 않게 된 것은 그 공사가 남긴 값진 교훈이다.

이를 요약해 보면 사고는 결국 일보다 사람에서 비롯된다.

1970년 입주 23일 만에 붕괴된 와우아파트 사건, 1994년 성수대교 붕괴와 삼풍백화점 참사 등은 모두 대한민국의 급성장 추구에 따른 일명 '빨리빨리 문화'가 낳은 모순들이다.

『남화 오십오 년사』에 다음과 같은 기록이 있다.

우리는 빨리빨리 문화를 배척한다. 그것은 결국 예산낭비와 비민주성, 부실시공을 가져왔다…. 공사 단축이 자랑거리가 아니다. 빨리빨리 문화가 자리 잡은 일면에는 건설근로자의 장인정신이 부족하다는 것도 하나의 요인이다…. 우리는 장인정신 회복이 중요하다….

이에 대해 최상옥 회장은 "안전은 책임 강화가 핵심이다. 남화토건은 하청공사 전 과정을 하도급 업체에게 주는 일이 거의 없다. 부분적으로는 맡길 수는 있지만, 전체 시공관리는 책임자가 책임질 수 있도록 우리 회사 임직원이 직접 관리한다."

조영환 전무는 "이러한 책임 경영을 발판으로 남화토건은 법인 설립 이후 지금까지 한 번의 적자 없이 안정적인 건설회사로 성장하였다. 최상옥 회장님은 돌다리도 두드리고 건너는 스타일이다. 그것은 큰 리스크를 줄이기 위해서다. 그래서 남화토건은 대강하는 일이 없다. 민간공사는 '제값 받고 제대로 공사해주자.'가 회장님의 경영방침이다."

최상옥 회장의 기업관은 정도경영(正道經營)이다.

"기업의 목적은 이윤추구에 있지만, 윤리와 도덕성의 범위 내에 존재해야 한다."

이에 대한 실천 방안은 3무(無) 경영이었다.

첫째, 차입금이 없다.

큰돈을 벌기 위해 무리수를 두기보다 성실한 자세로 한걸음씩 탄탄하게 쌓아올리는 안전 성장을 추구하였다.

둘째, 가능하면 어음을 쓰지 않는다.

협력업체가 절대다수를 차지하고 있는 건설업의 특성상 어음을 쓰지 않는 기업은 거의 없지만, 최 회장은 하도급 업체의 공사대금을 어음으로 발행하지 않고 매달 공정에 따라 전액 현금으로 지급하였다. 이는 기업 간 상생의 실천을 의미한다.

셋째, 편법의 축재나 투기, 탈세를 하지 않았다.

최 회장은 부동산 투기로 일확천금을 벌었던 시절에도 실수요 외에는 한 건의 토지도 사고팔지 않았다. 또 일반 건설사들이 아파트 시장에 진출해서 호황을 누릴 때도 남화토건은 적극적으로 참여하지 않았다. 그 이유는, 아파트 부지 선정과 매입 등이 정당한 방법으로는 어렵다는 판단과 부동산 매입의 과정에서 봉착하게 되는 불합리한 요소들과 모순된 타협을 멀리하기 위함이었다.

이러한 최상옥 회장의 원칙은 성실이라는 신념으로 흔들림이 없이 지속되었기에 가능했다.

최 회장은 이를 '최 씨 고집'으로 표현하였다.

그는 자서전에 다음과 같이 기록하였다.

우리 회사의 이러한 성과들은 최 씨 고집이 이룩한 결과라는 자부심을 느낀다. 나는 최 씨 고집이라는 말을 긍정적인 의미로 해석하고 싶다. 일신상의 이익과 만족을 위해 내세우는 고집은 남을 피곤하게 하고 사회를 해롭게 하지만, 양심에 비추어 부끄럽지 않은 일에 자기주장을 고집하는 것은 떳떳하고 정의로운 일이다. 나는 자신을 위해서가 아니라 우리 사회에 이바지하는 노력의 하나로, 평생 최 씨 고집을 지키며 살아왔다고 자부한다.

남과 다른 최상옥 회장의 '창의'이다.

성실한 경영후계자 인수인계와
솔선수범 교육을 통한 위기 극복

최 회장의 동생 석봉(碩峰) 최상준 대표이사 부회장은, 1938년생으로 형과는 11살 터울이다.

형이 20세에 남화토건을 창업했으니 동생은 어릴 때부터 건축 일을 보며 자랐다. 동생 최상준이 어깨너머로 배운 건축업을 자신의 숙명으로 받아들였음은 그의 고등학교(건축과)와 대학(건축공학과)의 전공, 대학원(경영대학원) 진학으로 짐작할 수 있다.

1964년 최상준은 전남대 졸업과 동시에 남화토건에 입사했다.

27살에 입사하여 1993년에 대표이사, 2003년에 부회장에 취임하였으니 CEO(Chief executive officer; 최고경영자)에 오르기까지 30~40년이 걸린 셈이다. 최근 갑질 논란의 진원지인 일부 대기업 가족들의 초고속 승진과 대조를 이루는 대목이다.

1993년 남화토건의 CEO가 바뀌었다.

당시 최상옥 회장의 나이 67세, 일반적인 기업의 CEO라면 한창 일할 나이에 모든 권한을 내려놓고 일선에서 물러났다. 그것도 아들이 아닌 동생에게 경영권을 물려준 이유는 무엇일까?

최 회장의 장남 최재훈 대표이사(65세)는 "아버님은 본분을 잘 아시는 분이다. 동생에 대한 믿음 때문이다."

이러한 최상옥 회장의 결단은 결과적으로 IMF 위기를 극복한 선견지명이 되었다.

최상준 부회장의 대표적인 리더십으로 평가받는 것은, 단 한 명의 구조조정 없이 IMF를 극복한 일이다. 당시 기업의 구조조정이나 정리해고는 시대의 흐름이었지만, 최 부회장은 이를 역행하였다.

최 부회장은 "최소 40%의 직원을 내보낼 수밖에 없는 형편이었다. 하지만 직원들에게 호소했다. 죽을 각오로 같이 살자!"

남화 사보 10호 「인생의 길」이란 칼럼에서 그의 도전정신을 알 수 있다.

실패를 무서워하지 말자. 고통의 순간을 피하지 말자. 사소한 실패라도, 조그마한 고통이라도 의미가 있는 법이다. 사람은 고통의 참 의미를 깨우치고 그 뜻을 배우기 위해 태어난 존재인지도 모른다….

그렇다면 일감이 없는 직원들은 어디에서 무엇을 했을까?

최 부회장은 직원 교육을 실시했다. IMF 초인 1998년 말부터 2000년 중반까지 노동부의 고용유지 교육 지원을 받아 6~9개월을 건설 기술 향상과 인문학 소양 등 오직 교육으로 버틴 것이다.

최 부회장은 다음과 같이 말한다.

"돌이켜보면 이것이 남화의 저력이 됐다. 직원 교육을 바탕으로 남화가 다시 일어설 수 있었다."

남화의 저력이란 남화 직원들에게 교육의 중요성을 깨닫게 하고, 지속적인 교육 프로그램을 정착시켜 개발한 신기술을 일컫는다.

남화의 신기술은 쾌적한 보건환경을 위한 '가로 환경디자인'과 '조립식 호안 구조' 특허, '물양장 구축용 중공블록' 실용신안등록 등 건설 시 주변 환경과 소음, 진동, 제도, 미관에 관련한 40여 건의 건설 공법에 있다.

회사에서 직원교육은 수입이 아닌 지출을 요구하지만, 최 부회장은 IMF라는 위기를 교육을 통해 탄탄한 저력을 쌓은 것이다. 그러나 기술만으로 회사가 성장할 수는 없는 일이다. 건설업체의 생산성이 악화되는 주요 원인은 기술적 이유보다 내부의 불협화음, 즉 노사분규에 있기 때문이다.

그런 면에서 남화의 교육은 노사화합에 크게 기여하였다. 최 부회장이 건설 기술 교육에만 치중하지 않고, 예절교육, 건강교육, 금연교육 등의 인문학 교육도 중시한 결과이다.

어느 회사든 노사화합은 장기근속자의 비율을 보면 알 수 있다. 현재 남화토건은 총 직원 120명 중 15년 이상 근무한 직원만 40명이 넘는다. 이는 건설업의 베테랑급 우수인력과 기술 노하우가 남화토건에 고스란히 축적되어 있음을 의미한다.

조영환 전무는 "회사에 적응하지 못한 사람들은 스스로 떠났고, 핵심인력만 남았다. 우리 회사는 기업혁신이라는 자긍심이 있으므로 회사를 떠나는 사람이 많지 않다. 우리 남화의 노사화합은 최고다."

노사화합이 최고라는 말이 허세가 아님은 몇 가지 사례에서 알 수 있다. 전 직원의 금연 성공이 대표적인 사례이다.

최 부회장의 저서 『제2권』, 「담배 한 개비 당 6분씩 수명 줄어」에 다음과 같은 기록이 있다.

우리 회사 전 직원이 금연하고 있다. 15년이란 오랜 기간 동안 엄청난 고통 뒤에 온 성과다. 신입사원은 금연을 전제로 하고 입사가 허용된다.

최 부회장은 "나는 하루에 두 갑 반을 피는 골초였는데, 1983년 1월에 담배를 끊었다. 담배를 끊는 직원에게 격려금도 주고 금연운동을 해봤지만, 돈으로는 해결되지 않아서 흡연자에게 호봉 승급을 안 해주었더니 금연에 성공했다. 호봉을 돈으로 환산하면 얼마 안 되지만, 동료 간의 경쟁심을 자극한 결과"라며 전 직원 금연 성공 비결을 공개했다.

그리고 "담배를 끊는 것은 개인 건강에도 좋지만, 그 가족들이 더 좋아했다. 그리고 회사의 생산이나 안전 면에서도 큰 도움이 되었다."며 금연의 일석다조(一石多鳥) 효과를 강조했다.

전 직원의 금연은 15년 동안 금연교육을 포기하지 않은 성실한 CEO가 있었기에 가능한 일이었다.

남화 교육은 CEO가 함께 참여한다는 특징이 있다.

조영환 전무는 "우리 회장님과 부회장님은 특별한 일정을 제외하고는 교육행사에 빠진 적이 없다."

노사화합을 위한 최 부회장의 리더십은, 전 사원 헌혈에서도 찾을 수 있다. 1997년 직원 한 명(김경호 대리)이 백혈병으로 병상에 누웠을 때, 가장 먼저 헌혈증(20장)을 전달한 사람이 최 부회장이었다. 이를 계기로 남화 전 직원의 헌혈 동참을 이끌어냈다.

그는 "헌혈은 내 건강에 좋다. 또 건강해야만 할 수 있는 게 헌혈"이라며 헌혈예찬론을 주장했다.

최 부회장의 헌혈에는 남다름이 있다. 60세부터 헌혈을 시작해서 6년 동안 총 98회 헌혈을 했다. 이것은 매달 두 번씩 한 번도 거르지

98회 '최고령 최다수' 헌혈 (2003)
헌혈 홍보를 위한 기념시구 (2013)

않고 헌혈했을 때 가능한 횟수다.

이에 대해 최 부회장은 "두 번만 더 하면 백 번인데, 헌혈을 더 이상 못 하게 된 현실이 아쉽다."

만 65세까지 헌혈이 가능하다는 규정 때문에 100회를 채우지 못하고 끝난 것에 대한 안타까움의 표현이다. 그럼에도 불구하고 그는 2013년 세계헌혈의 날에 대한적십자사로부터 '최고령 최다수' 헌혈자 표창을 받았다.

이러한 최 부회장의 성실한 나눔은 사내에만 머무르지 않았다. 학교, 불우이웃, 시민단체, 종교단체 등 지역사회 곳곳으로 펼쳐나갔다. 이 중 최 부회장이 가장 오랜 기간 나눔을 실천한 곳은 학교다. 특히 자신의 모교에 남다른 열정을 쏟았고, 그 흔적은 광주공업고등학교 내에 고스란이 남아 있다.

광주공고 6회 졸업생인 최 부회장은 모교에 장학금 2억 원을 기증하고, 2000년에 동창회장이 되어 다시 2억 원을 기증하고 장학재단을 설립하였다. 최 부회장의 기부 형태에는 남다른 점이 있다.

일반적인 기부는 동창회장 임기 내에 머무르는 것에 반해, 최 부회장의 기부는 임기 후에도 계속된 것이다.

광주공업고등학교의 최상준공적비와 동창회 최상준역사관

최 부회장은 임기 후인 2007년에 1억 원을 추가로 기부하여 교내의 결손가정과 신체 부자유 학생들에게 장학금이 지급되도록 하는가 하면, 2012년에 다시 1억5천만 원을 쾌척하여 광주공고 역사관 건립을 후원하였다.

대학 모교인 전남대학교에도 최 부회장은 어려운 후배들을 위한 장학금을 후원하고, 부족한 교육공간을 해결하기 위해 건물을 증축하고, 새 강의실을 제공하였다.

뿐만 아니라 1995년~1997년 전남대 건축과 동창회장을 시작으로 1996년~2007년까지 10년간 전남대 총동창회 부회장, 1999년~2008년까지 9년간 전남대 공대 총동창회장, 2007년~2009년 전남대 총동창회 이사장, 2009년~2013년 전남대 총동창회장의 연임(29대, 30대)에 이르기까지 무려 20여 년간 모교인 전남대에 봉사하였다.

그의 모교 봉사는 전남대 총동창회장 취임에서 꽃을 피웠다.

그는 취임사에서 "전국 및 세계 각지에 흩어져 있는 동문 네트워크를 구축해 세계적인 대학으로 성장하는 데 초석이 되겠다."는 공약을 내걸고, 역대 동문회장 중 최초로 동문 찾기 운동을 벌여 10만여 명의 동문 등록을 완수했다.

이러한 그의 노력은 2013년 전남대 명예공학박사 수여, 그리고 전남대 공과대학에 〈최상준 홀〉과 경영대학에 〈최상준 홀〉로 명명되어 남아있다.

60~70대의 나이에 20여 년간 개인의 재산과 시간을 모교인 오성초등학교, 화순중학교, 광주공고, 전남대학교에 쏟아 부었다는 것은 모교사랑 이외에 달리 해석할 길이 없다.

그 이유는 그의 저서 『제3권』, 「인재 육성이 가장 큰 투자다」에 기록되어 있다.

우리는 흔히 투자라고 하면 눈에 띄는 자본만을 생각한다. 그러나 인재육성 투자가 결과적으로 가장 많은 이윤을 가져다주는 투자다. 그런데도 기업들은 사람들에게의 투자를 무척 꺼린다. 단시간 내에 나타나는 효과가 없을 뿐 아니라, 괜한 투자를 했다는 잘못된 인식을 갖고 있기 때문이다. 이제부터라도 인재육성의 투자에 인색하지 말자. 그에 따른 이윤은 크게 나타날 것이다. 그리고 튼튼한 회사의 버팀목이 될 것이다.

그리고 그는 마침내 "꿈을 이루었다."고 말했다.

2015년, 모교인 광주공고 정문 입구에 〈석봉 도서관〉을 건립하여 광주시 교육청에 기부채납한 일이다.

전남대학교 총동창회장 취임식 (2009)

전남대학교 공과대학의
〈최상준홀〉과
경영대학의 〈최상준홀〉

광주중앙도서관 분관 석봉도서관 개관 (2015)

최 부회장은 "도서관 기증이 오랜 꿈이었다. 주민과 학생들이 도서관에서 책을 많이 읽어 삶에 보탬이 된다면 나의 꿈을 이룬 것이다."

최 부회장은 그동안 모은 장서 8,000여 권, 미술품 80여 점, 각국의 공예품 300여 점과 2016년 1개 층 증축까지 아낌없이 지원했다.

그는 왜 이토록 도서관을 열망했을까?

성실한 기부와 책을 통한
나눔 확산과 더불어 행복한 세상
|

최 부회장의 저서 곳곳에 그 이유가 등장한다.

읽는 책의 가치는 헤아릴 수 없는 보물이다. 자기를 일깨워주고 유익

한 정보를 주고 우리가 사는 목표를 세워 걸어가야 할 길을 가르쳐준다. 이러한 보물을 우리는 왜 이용하지 못하는가. 좋은 책을 많이 읽자…. 책 읽는 습관을 갖자. 『제6권』

독서는 그 어떤 행동보다 가치가 있다. 좋은 책을 읽으면 몇 년 동안에 걸쳐 얻을 수 있는 정보를 단 몇 시간에 얻을 수 있기 때문이다. 『제4권』

그리고 그는 「책 읽는 방법 5가지」를 제시하였다.
① 좋은 책을 가려 읽자 ② 희망을 주는 책을 읽자 ③ 고전을 읽자 ④ 한 권의 책이라도 뜨겁게 사랑하자 ⑤ 독후감을 쓰자 『제1권』

좋은 책으로는 위인전을 추천했다.
"위인들의 삶 속에서 문제를 해결할 능력이 생길 뿐만 아니라 어려움을 어떻게 극복하고 성공할 수 있었는지를 배울 수 있기 때문이다."
더불어 그는 "사람이 책을 만들지만, 책이 사람을 만든다."며 독서의 중요성을 연신 강조하였다.
그리고 최 부회장 자신도 책을 펴냈다.
2004년 『남화가족이 살아가는 길』부터 2014년 『남화가족이 더불어 사는 길』에 이르기까지 10여 년 동안 총 8권의 저서를 출간했다.
최 부회장이 지난 수십 년간 독서나 강의 도중 삶에 귀감이 되는 좋은 부분이나 삶의 지혜를 메모해서 엮은 책이다. 최 부회장의 책이 일반 책과

비교해서 '다른 점'들은,

- 출판 경험이 없는 이공계 출신이 자신의 전공과 무관한 문학을 다루었다는 점.
- 모든 제목에 남화 가족이 빠지지 않고, 발행이 일반 출판사가 아 닌 남화토건이라는 점.
- 한 꼭지의 글이 평균 3~4페이지로 짧고, 일반 책보다 폰트(font) 가 2 포인트 정도 커서 읽기 편하다는 점.
- 모든 책의 마지막 부분은 늘 유머(humor)로 끝난다는 점.
- 70대의 저자가 10년 동안 꾸준히 8권의 책을 출판했다는 점.

최상준 부회장의 저서 8권

최 부회장의 집필 열정을, 필자는 늦바람이라고 표현했다.

늦바람이 난 이유를 최 부회장은 「책 머리말」에서 다음과 같이 소개하였다.

나는 책을 쓸 줄 모른다. 그렇지만 읽기는 아주 좋아한다. 나에게는 한 가지 버릇이 있다. 위대한 위인들의 전기나 삶의 지혜를 주는 글들을 읽고 감동을 받으면 그것을 스크랩하거나 메모하여 보관하는 습관이 있다. 지금도 그 내용들이 상자에 가득 쌓여 있다. 그 상자는 삶을 명작으로 만드는 데 필요한 날카로운 직관이나 실제적인 아이디어로 보존되어 있다. 이런 모음이 이 책을 탄생시키게 되었다.

책 출판 경험이 전무했던 그가 8권의 책을 쓴 비결은 바로 메모 습관이었다. 그의 저서 『제4권』, 「메모는 기억보다 강하다」에 다음과 같은 글이 나온다.

하루에도 수십 건의 메모를 하고, 다시 그 메모를 버리고 지우는 일상을 반복하고 있는 나로서는 '왜 메모를 활용하지 못할까?'하는 아쉬움이 있었다.

많은 책을 읽으면서 기억해 둘만한 내용은 밑줄 그어 놓고 다 읽은 뒤 메모, 스크랩해서 항목별로 정리해 두면 어떤 경우엔 스피치로 활용할 수 있고 책을 쓸 때도 활용하면 좋은 작품이 될 것이다.

이 중에서 '왜 메모를 활용하지 못할까?' 하는 아쉬움이 최상준의 창의이다. 창의는 늘 '왜'라는 질문에서 나오기 때문이다.

최 부회장은 앞으로 "남화 70주년인 2016년 『제9권』을 출판하고, 마지막 『제10권』은 이제까지 모든 책의 핵심만 간추려서 핸드북으로 만들고 싶다."는 포부를 밝혔다.

최 부회장의 성과는 결국 메모하는 성실과 메모를 재활용하는 지혜가 더해졌기에 가능했다.

최 부회장의 늦깎이 출판에서 몇 가지 교훈을 얻을 수 있다.

첫째, 늦었다고 생각할 때가 가장 빠른 시기이다.

둘째, 새로운 일도 시작이 반이니, 나머지 반만 하면 된다.

셋째, 성실하게 하면 누구나 할 수 있다.

현대문예 수필 부문의 '신인상' 수상 (2007)

나이와 전공을 잊은 최상준의 열정은 2007년 현대문예 수필 부문에서 신인상을 안겨주었다. 70살에 수필가로 등단한 것이다.

이는 최상준의 또 다른 성실의 성과이다.

그의 신인상 수상작품은 저서『제7권』에 공개되어 있다.

손이 두 개 달린 뜻은

고희가 넘으니 새삼스럽게 느껴지는 것이 하나 더 있다. 왜 우리 몸에 손이 두 개 달려있는지를 알 것 같다. 여태까지 살면서 양손을 부지런히 움직여서 나의 의식주를 해결하려고 무척이나 힘써 왔다. 그런데 조물주는 우리들의 손을 자기만을 위해서 쓰라고 두 개나 달아놓지 않았을 것 같다. 오른손은 자기를 위해 달아주셨고, 왼손은 남을 위해 쓰라고 준 것이 분명하다.

심사위원들은 심사평에서 "이 작품은 착상이 신선하고 설득력을 갖춘 작품으로서 독자의 눈길을 끌어당긴다. 독자의 깨달음을 유도할 뿐 아니라 앞으로 작가 자신이 가야 할 길을 명확히 밝히고 있다."고 평가했다.

그의 글에는 삶의 지혜와 함께 배려가 빠지지 않는다.

대표적으로 「입은 하나, 눈과 귀는 둘인 의미」라는 작품이 있다.

눈은 시야를 넓게 많은 것을 보라고 두 개가 달려있다.

귀가 좌우로 달린 것은 한 쪽 말만 듣지 말고

양쪽 말을 다 참고해서 귀 담아 들으라는 것이다.

또한 한 쪽으로 듣고 한 쪽으로 흘려버리라고 좌우로 달려있다.

눈과 귀는 둘인데 입이 하나인 이유는

많이 보고 듣고 말은 적게 하라는 뜻이다.

최 부회장이 평생 나눔과 배려를 강조한 이유는 오늘날 우리 사회가 가장 필요하지만, 가장 부족한 부분들이기 때문일 것이다.

그는 "자기 자식만 잘 가르치겠다는 사교육은 사회 병패다. 남을 배려하고 사는 것은 남을 위한 일이면서도 결국은 자기 자신을 위한 일임을 알았으면 좋겠다."

우리나라의 그릇된 교육을 지적한 말이다. 최 부회장이 지난 수십 년간 교육에 열정을 쏟아 부은 이유가 이것 때문이 아닐까. 그의 기부에 관한 이야기는 이미 여러 언론을 통해 보도되었다.

우연히 모교에 갔는데 학교에 다니지 못할 정도로 가난한 데다 먹을거리도 부족한 아이가 많다는 이야기를 듣고 그 아이들을 도울 수 있는 일이 없을까 생각했어요. 아이들이 우리 미래를 열어갈 꿈나무인데…. 하는 안타까운 마음이 들어 기부를 시작했어요.

기부요? 주는 내가 더 행복하니까 하는 거예요. 어려운 이웃들을 돌보면서 보람된 삶을 살아가는 것이 제가 가야 할 길이에요.

얼마를 기부했는지는 중요한 게 아니에요. 어려운 이웃을 도울 수 있다는 게 보람 있는 일이죠.

나를 찾아서 공사를 맡겨준 사람에 대한 보답, 그리고 사회에 대한 보답은 당연한 일이죠.

나만 생각하지 말고 가족과 사회와 함께 잘 살아야 보람된 삶이라고 할 수 있어요.

신문기사에는 최 부회장의 기부금액까지 명시되어 있다.

3곳의 장학 재단 운영자금 14억 원, 학교의 장학기금 15억 원, 학교시설 확장 8억 원, 결식아동 후원금 2억 원, 교회발전후원금 7억 원, 통일기금 1억 원, 도서관 건립 33억 원 등 최소 70억 원에서 최대 100억 원 규모이다.

이에 대해 조영환 전무는 "알려지지 않은 것까지 포함하면 100억은 넘는다."고 귀띔해줬다.

어쨌든 분명한 것은 최 부회장은 대기업이 아닌 직원 120명 규모의 중견기업 CEO라는 것, 회사 돈이 아닌 순수한 개인 재산을 지역사회에 지속적으로 환원했다는 것, 그리고 타 지역보다 우리 지역의 저소득층 학생, 심장병어린이, 결식아동과 우범지역의 범죄예방 등에 집중한 일이다.

여기에서 최 부회장의 나눔이 상대를 알고 기부했다는 사실에 주목할 필요가 있다. 상대를 알고 하는 기부는 타이밍, 규모, 형편 등을 살필 수 있지만, 상대를 잘 모르고 하는 기부는 전시성 기부나 눈 먼 돈 등의 부작용을 초래할 수도 있기 때문이다.

평소 그가 "기부도 적기, 적소에 해야 보람을 느낄 수 있다."고 한 주장과 일치한다.

최 부회장의 기부는 분수에 맞는 기부, 실효성 있는 기부, 그리고 무엇보다 한 번 시작하면 끝까지 가는 '성실한 기부'였다.

이와 같이 지역을 대상으로 하는 나눔은 사회봉사 분야에서 더욱 선명하다. 다음은 그가 70대의 나이에 가졌던 직함들이다.

민주평화통일자문회의 광주지역 부의장, 대한적십자사 광주·전남 지사 회장, 광주경영자총협회 회장, 한국산학협동연구원 이사장, 석봉 장학재단 이사장, 광주공동체 원탁회의 위원, 빛고을 결식학생 후원재단 이사장, 대동문화운영위원회 이사장, 천주교 광주 대교구 평

제 17기 민주평통 간부위원 임명장 수여식 (2015)

신도 교구발전위원회 회장, 전라남도자원봉사센터 이사장, 광주상공회의소 부회장, 대한 건설협회 부회장, 전남대학교 경영대학 자문 위원, 전남대학교 총동창회장 등

159cm 단신, 백발의 80대 노인이 어떻게 이 많은 일들을 다 할 수 있었을까?

『남화 창간호, 2006』의 칼럼에 그 비결이 있다.

주어진 시간은 모두에게 공평하다. 시간을 누가 더 갖고 덜 갖겠는가? 또 이것을 사고 팔 수가 있는가? 빌려 쓸 수가 있는가? 아껴두었다가 다시 꺼내어 쓸 수가 있는가?

이와 같이 반문하며 그는 시간 활용법을 제시했다.

① 삶의 목표를 정하고 자기계발 시간을 관리하라.

② 주변 사람을 활용하여 시간을 절약하라.

③ 미리 계획하여 낭비되는 시간을 줄여라.

④ 행동 계획표는 저녁이나 아침에 만들고,
　오전에는 정신을 오후에는 만남의 시간을 배정하라.

⑤ 약속시간을 지키고 기다리는 시간을 활용하라.

⑥ 일의 우선순위를 정하라.

⑦ 유익하지 않은 약속은 거절하라.

이에 대한 실천사례는 무엇일까?

조영환 전무는 "부회장님은 여행 중에도 DVD, USB에 동영상 강의를 담아 강의를 시청하고, 평소 승용차 안에서도 전자책이나 책들을 보고 메모하신다. 잠시도 시간을 허투루 쓰는 법이 없다."

최 부회장이 책 출판과 회사경영, 그리고 수많은 사회봉사를 성실하게 할 수 있었던 비결은 이와 같은 시간 활용법이었다. 이것은 수상이라는 결실로 이어졌다.

다음은 최 부회장이 70대에 받은 상(賞)의 일부이다.

2015년 자랑스러운 한국인 대상, 한국윤리경영 대상, 자랑스러운 가톨릭경제인상, 2014년 대한 경영학회 경영자 대상, 광주상공 대상, 2013년 건설의 날 금탑산업훈장, 자랑스러운 전남인상, 2012년 바티칸 베네딕토 16세 교황의 강복장, 2008년 광주전남교육공헌 종합대상, 2007년 현대문예 신인문학상, 2006년 용봉경영자 대상, 2005년 한국 CEO 대상 등….

최 부회장이 지금까지 받은 상은 감사패까지 포함하면 500개가 넘는다. 그리고 최상옥 회장이 받은 상은 300여 개이다. 우리 지역에서 '형제가 받은 최다(最多) 수상' 기록이 아닐까. 이렇게 많은 수상은 대가를 바라고 한 게 아니었기 때문에 가능한 것이었다.

최상옥·최상준 형제는 평소 과욕 없는(無慾) 경영을 강조하였다.
다음은 최 부회장이 자주 하는 이야기다.

"끝없이 욕심을 내다 망하는 거다. 욕심을 줄이고 건실하게 나가야 한다."

"욕심이 앞서면 무리하게 되고 허영심이 앞서면 내실을 기하기 어렵다."

"생활에 불편을 주지 않는 경제력 이외의 재산은 사회에 환원하는 게 좋다."

최 부회장은 욕심을 줄이고 나눌수록 좋은 이유를 그의 저서 『제8권』, 「비운 만큼 반드시 채워집니다」라는 글에 소개하였다.

마음이든 물건이든 남에게 주어 나를 비우면 그 비운만큼 반드시 채워집니다.
남에게 좋은 것을 주면 준만큼 더 좋은 것이 나에게 채워집니다.
좋은 말을 하면 할수록 더 좋은 말이 떠오르고
좋은 글을 쓰면 쓸수록 더 좋은 글이 나옵니다.
슬픔을 나누면 반으로 줄어들지만 기쁨을 나누면 배로 늡니다.
기쁨의 충분한 가치를 얻으려면 그 기쁨을 누군가와 나누어 가져야 합니다….

최 부회장의 무욕 경영에 대한 진실성은 '80세 = 부회장'에서 알 수 있다. 평범한 CEO라면 진작 회장이 되었든지, 아니면 형님의 그늘에서 벗어나 별도의 법인이라도 차리지 않았겠는가.

그러나 최 부회장은 부회장 이상을 바라지 않았다.

이에 대한 필자의 당돌한 질문에도 그는 고개를 저으며 "한 번도 그러한 생각을 해본 적이 없다. 내 마음에 회장님은 항상 형님이다."

자리에 욕심이 없는 최 부회장은 물질도 절제를 추구하는 검소주의자다.

"검소한 생활이 복을 부른다. 검소하게 사는 사람이 최고다."며 검소의 미(美)를 거듭 강조했다.

검소는 습관이다. 어릴 때 환경이 관건이라는 얘기다. 그의 저서 『제7권』, 「생일유감」에서 어린 시절 그의 환경을 엿볼 수 있다.

나는 생일을 지낸 기억이 거의 없다. 더욱이 음력 12월 안에 가족 여섯 명의 생일이 집중되었다. 1일은 조카, 2일은 나, 3일은 아버지, 8일은 형님, 15일은 어머니, 22일은 형수. 어느 날 누나와 심하게 싸웠다는 이유로 어머니께 매를 맞아 움직이지도 못하고 누워있는데 어머니께서 해질 무렵 밭에 나가셨다 들어오시더니 "대단히 미안하다."라고 하시며 눈물을 흘리셨다. "내일이 아버지 생신이고 오늘 너의 생일인데 잊고 너를 때렸구나!" 하셨다. 나는 괜히 서러워서 눈물을 쏟았다…

또한 최 부회장의 저서 『제3권』, 「강한 바람이 불어야 강한 풀을 안다」에서 그의 남다른 철학을 느낄 수 있다.

젊어서 사서 고생하라는 속담이 있다. 온갖 역경을 이겨내야만 험난한 세파를 헤쳐 나갈 수 있음을 말하는 것이다. 역경을 당해 보지 않으면 평상시엔 편안한 것을 알지 못하게 된다. 눈물 어린 빵을 먹어보지 않은 사람, 근심으로 가득한 밤에 자기 잠자리에서 울어보지 않은 사람은 역경에 처한 사람의 심정을 이해하지 못한다. 그래서 고생한 사람이어야 고생한 사람의 사정을 안다.

역지사지(易地思之)는 결국 고생으로부터 나온다는 교훈을 압축한 글이다.

최 부회장은 "우리 집에서 나만 대학을 나왔지, 형과 누나 둘 모두 중학교에도 가지 못했다. 내가 대학에 간 것은 모두 형님 덕택이지."

형 최상옥이 약관(弱冠)의 나이에 회사를 창업한 이유도 이 때문일 것이다. 최상옥 회장은 그 시절의 고생을 다음과 같이 서술하였다.

스무 살 때 맨주먹으로 남화토건을 창업한 나는 사장 일로부터 급사 일까지 혼자서 도맡아 했다. 낮에는 공사장과 관청을 둘러보고 밤에는 트럭을 타고 자갈길을 달리며 자재를 운반해야 했다. 공사를 수주하거나 자재를 구입하러 서울에 출장을 갈 때면 한 달의 반 이상을 야간열차 침대칸에서 새우잠을 자야 했다….

일제 강점기와 6·25의 격동기에 살아남기 위한 청년 최상옥의 애절한 몸부림을 상상할 수 있다. 오직 앞만 보고 달려온 최상옥이 성공한 사업가가 된 이후로 자신처럼 배우지 못한 후학들에게 장학사업을 펼쳤던 것도 이 때문일 것이다. 최 회장이 직간접적으로 후원했던 장학회와 후원회 목록에서 그 의지를 확인할 수 있다.

재광 화순 향우장학회, 전주 최 씨 광주전남 화순장학회, 화순 만연 장학회, 광주소방서 녹수 장학회, 광주학생운동 유족 후손 장학회, 광주 새로나 장학회, 광주 라이온스 장학회, 이남 장학회, 대한적십자사 광주전남지사, 전라남도 공동모금회, 전남 4H 후원회 등.

그리고 최 회장이 재단 이사장인 〈유당 문화재단〉이 있다.

또한 최 회장은 동생과 함께 무등산, 광주천, 시민공원, 금남로 등의 환경개선 사업과 거리질서 캠페인, 범죄 예방 환경개선 사업, 바르게 살기 운동 등을 전개하고, 광주 민주의 종, 호국무공수훈자 전공 기념비, 전남 화순 향교 중수 지원 등 지역 문화 발전에도 참여하고 있다.

최 회장은 "기부와 봉사는 실천해 본 자만이 그것이 주는 행복과 기쁨을 알고 있다. 기부는 부자라고 해서 하는 게 아니고 부족한 가운데에서 떼어내 나눔을 같이 하는 것이다."

〈유당역사관〉과 유당 최상옥 회장의 명찰 수집품

이러한 최 회장이 걸어온 발자취는 광주 서석고등학교 내의 〈유당 역사관(裕堂歷史館)〉에 보관되어 있다. 최 회장의 자서전『지성의 행로』에는 '내 생애 감격적인 날'이란 기록이 있다.

1972년 6월 17일, 이날은 유당 학원(裕堂學園, 광주 서석중·고교) 설립 인가를 받은 날이다.

'넉넉할 유(裕)', '집 당(堂)'은 최 회장의 지인인 의재(毅齋) 허백련 선생이 지어준 작명으로 이 학원명이 후에 그의 아호가 되었다.

최 회장의 자서전 머리말에 다음과 같은 구절이 있다.

남을 도와준다는 것은 받는 사람보다 먼저 주는 마음이 기뻐야 한다.
도와주신 모든 이에게 감사를 드리며, 남은 생애 동안 한결같이 이런
마음가짐으로 살아가리라는 것을 스스로에게 약속한다….

최 회장의 장남 최재훈 대표는 "아버님은 90세까지 생존해 계시지 만, 이제까지 욕하는 모습을 보지 못 했다. 그러한 아버님이 존경스 럽다. 아버님이 험한 세월을 헤쳐오시면서 서운한 일이 왜 없으셨겠 는가? 남에게 적을 사지 않으려고 노력하셨으리라."

또한, 최상옥·최상준 형제 사이에 대해서는 "형은 동생을 믿어주 고, 동생은 형을 따라주고."라는 말로 정리하였다.

최상준 부회장은 이제까지 가장 잘 했다고 생각하는 일로 "남화를 코스닥에 상장한 일"을, 또 가장 기뻤던 일로 "금탑 산업훈장을 수상 한 일"을 꼽았다.

지역 건설업체 최초의 코스닥 상장 (2012)과 금탑산업훈장 수상 (2013)

자세히 살펴보니, 형제가 받은 산업훈장이 남화토건의 사훈인 '성실'과 닮아 있었다.

1984년 '석탑'에서 시작한 산업훈장이 IMF 위기를 넘어 2000년 '동탑' → 2007년 '은탑' → 2013년 '금탑'에 이르기까지 형제가 함께 한 단계씩 성실의 금자탑을 쌓아올렸던 것이다.

그리고 또 하나의 특이점은, 석탑 '형' → 동탑 '동생' → 은탑 '형' → 금탑 '동생'으로 형제가 서로 약속이나 하듯이 번갈아가며 수상한 흔적이다. 형님 먼저, 아우 먼저라는 말이 떠올랐다.

석탑 최상옥 (1984)   동탑 최상준 (2000)   은탑 최상옥 (2007)   금탑 최상준 (2013)

상 하나에도 형제의 우애가 담겨 있는 것인가.

최상옥 회장의 자서전에서 그 뿌리를 찾았다.

아버지는 아무리 일손이 달리는 농사철에도 부모님과 형님이 계시는 큰댁 농사일을 먼저 돌보아드렸다. 장에서 해산물 같은 고기를 사가지고 들어오시면 반드시 큰댁으로 먼저 보내셨다. 집안 대소사에도 항상 돈독한 화목을 으뜸으로 삼으셨다….

그래서 최상옥 회장이 "성실은 내가 어릴 적에 본 아버님의 생활 태도에서 배운 것"이라고 한 것이다.

최상준 부회장의 저서 『제8권』, 「나아갈 때와 물러설 때를 알아라」에 다음과 같은 글이 있다.

자기 부끄러움을 모르는 것을 일천(一賤)이라고 하고, 남의 단점을 험담하는 것을 이천(二賤)이라 하며, 자기 자랑을 많이 하는 것을 삼천(三賤)이라 하고, 남에게 아첨하는 것을 사천(四賤)이라 하며, 자기가 물러설 줄 모르는 것을 오천(五賤)이라고 한다….

그리고 그는 소학(小學)에서의 '세 가지 불행'을 제시했다.

첫째, 어린 시절에 높은 벼슬에 오르는 것, 둘째, 가족의 세력을 업고 고관이 되는 것, 셋째, 뛰어난 재주가 있어 벼락부자가 되는 것.

쉽게 얻는 성공은 행복이 아닌 불행이라는 뜻이다.

최 부회장은 이와 함께 행복을 위한 '다섯 가지 실천방안'도 제시하였다.

① 열심히 생활하라. ② 주변사람과 가깝게 사귀자. ③ 남을 배려하는 마음을 갖자. ④ 고통을 받아들이자. ⑤ 자연의 품을 찾자.

'행복은 노력해야 찾아온다.'는 것이 그의 지론이다.

최상준 부회장의 애송시(愛誦詩) 나옹화상의 시

필자가 가장 궁금한 것은 '형 최상옥 회장과 지금까지 한 번도 싸운 적이 없는가?' '형에게 서운한 적이 없었는가?'였다. 그때마다 최 부회장은 "한 번도 없다. 형님이 잘 하시니까. 그리고 또 내가 혼날 짓을 안 해."

최 부회장은 "인생에서 '만남'이 가장 중요하다."고 강조했다.

"베드로가 예수를 만나고, 플라톤은 소크라테스를 만났듯이 나는 회장님을 만나서 이 자리까지 왔다. 화순 골짜기에서 농사나 짓고 있을 내가 지금 이렇게 사는 것은 모두 회장님 덕택이다."며 감사를 반복했다.

마지막으로 형과 동생의 '창의'에 대해 질문했다.

최 부회장은 며칠 동안 고민 끝에 "한결같은 성실의 다짐"이라는 답변을 주었다.

'성실(誠實)'의 뜻은 '정성스럽고 참됨'이다.

유당 최상옥과 석봉 최상준의 '창의'는 정성스럽고 참된 인생을 살기 위해 매일 매시간 다짐하고 또 다짐한 것이다.

남화토건의 사훈 '성실' 비문

유당은 '넉넉할 유(裕)'에 '집 당(堂)'자, 석봉은 '클 석(碩)'에 '봉우리 봉(峰)'자다.

형은 성실로 '넉넉한 집'을 만들고, 동생은 또 그 안에 성실하게 '큰 봉우리'를 세워 노블레스 오블리주를 실천했으니, 우리는 이들을 '성실한 형제, 존경받는 기업인'으로 기억할 것이다.

남화토건 최상옥·최상준 형제의
노블레스 오블리주로 존경받는 창의?

한결같은 성실의 다짐

◆ 성실을 바탕으로 '3무(無) 경영'의 기틀 확립
◆ 성실한 경영후계자 인수인계와 '솔선수범 교육'을 통한 위기 극복
◆ 성실한 기부와 책을 통한 '나눔 확산'과 더불어 행복한 세상

손재주가 좋은 최상옥은 인생의 갈림길에서 '신기술'을 선택하고 이를 배워서 남화토건을 창업하였다. 그는 '성실'과 '정도경영'을 신념으로 토목과 건축공사에서 '제 값 받고 제대로 공사'를 실천했고, 그 결과 미군공사 등에서 신뢰성을 인정받으며 탄탄한 회사로 성장하였다.

그 이후 최 회장은 학교 설립과 장학재단 설치, 지역의 문화예술계, 체육계 등을 후원하였다. 한편, 동생 최상준을 고등학교(건축과)와 대학(건축공학과)에 진학시키고 졸업과 동시에 사원으로 맞이하여 입사 30년

최상옥·최상준 형제

만에 모든 경영권을 넘겨주었다.

동생 최상준 부회장은 이러한 형의 성실을 이어받아 상생의 리더십으로 회사를 이끄는 한편, IMF 위기에서는 직원 구조조정 없이 교육으로 돌파하는 승부수를 띄웠다. 결과, 건설 교육은 신기술 개발의 밑거름이 되고, 인문학 교육은 노사화합의 계기가 되었으며, 금연 교육은 오랜 노력 끝에 전 직원 금연을 성공토록 했다.

또 60세에 헌혈을 시작하여 최고령 최다수 헌혈자로 선정되고, 전 직원 헌혈 동참을 이끌어내는 등 모든 일에서 솔선수범 리더십을 발휘하여 산업훈장 수상에서 석탑 → 동탑 → 은탑 → 금탑에 이르는 성실의 금자탑을 쌓아올렸다.

최 부회장은 회갑, 칠순을 넘기면서 일반 CEO들과 다르게 돈을 버는 일보다 돈을 쓰는 일에 더 많은 정성을 쏟았다.

그는 모교인 오성초와 화순중을 후원하고, 광주공고와 전남대의 동창회장이 되어 후배들을 위한 장학금을 체계화하고 부족한 학교시설을 증축하며 흩어진 동문을 결집시키는 등 20여 년간 모교사랑에 앞장섰다.

더 나아가 그는 모교인 광주공고 정문 앞에 〈석봉 도서관〉을 기증하여 오랜 숙원인 도서관 건립의 꿈을 이루었다. 또 칠순의 나이에 수필가로 등단하고, 팔순에 자신의 아홉 번째 책을 출판하였다.

최 부회장은 이 결과물들을 통해 자신의 삶을 정리하고, 이웃에게 지혜와 사랑이 전파되기를 기원하고 있다.

내가 나를 발전시켜 행복하고, 또 이웃을 사랑하여 더불어 행복할 수 있는 최상옥·최상준 형제의 노블레스 오블리주로 존경받는 '창의'이다.

창의 정리

영화 같은 이야기입니다.

비정규직 PD가 주변의 반대에도 불구하고 이미 TV에서 방영된 노부부의 다큐를 15개월 동안 촬영하고 영화로 제작하여 다큐멘터리 영화의 새 지평을 연 이야기,

지역대학 출신의 가난한 조각가가 늦은 나이에 컴퓨터그래픽을 배우고, 국보급 한국화와 세계명화들을 차용하거나 융합해서 세계적인 미디어 아티스트 반열에 오른 이야기,

대수술을 받은 여인이 모든 이들의 반대를 무릅쓰고 매실을 가꾸어 농촌의 부가가치를 끌어올리고 〈매화축제〉를 1등 축제로 만들고, 자신의 건강까지 되찾은 이야기,

굶주림에 눈물 흘리던 소년이 미군 부대에서 영어를 배우고, 사우디 사막의 채소 농사에 도전하여 백만장자가 된 후 가난한 사람들을 위해 전 재산을 바친 이야기,

화재, 자본금 부족 등의 시련을 신용 하나로 극복하고, 정도의 원칙으로 사업을 확장하면서 10% 기부 원칙을 지키며, 자투리 시간을

자기계발에 활용한 이야기,

리어카 행상과 8평 가게에서 시작해서 '고객은 왕'이라는 신념 하나로 수천 평의 마트와 100여 명의 사장을 배출하고, 그들과 함께 지역 사랑과 나눔을 실천한 이야기,

어린 나이에 사업 전선에 뛰어들어 동생들 모두를 대학에 보내고, 시대의 흐름을 간파해 무료신문 아날로그 사업에 이어 디지털 미디어 사업까지 성공시킨 이야기,

60대에 98회 헌혈을 하고 담배를 끊고, 70~80대에 10권의 책을 펴내며, 평생 자신에게 엄정하고 타인에게 관대한 노블레스 오블리주를 실천한 형제 이야기.

창의 주인공들의 사연은 제각각이지만, 과거에 절박감을 안고 살았다는 공통점이 있습니다. 절박감은 주로 간절한 상황에서 발생합니다. 여기에 필연적으로 따라오는 고생은 그들을 아픈 만큼 성숙하도록 만들었습니다.

'남들이 쉬더라도 나는 쉴 수 없다.', '남들이 비웃어도 나는 할 수 있다.'는, 남과 다른 신념이 창의입니다.

평범한 일상이 아닌 최악의 상황에서 긍정을 한다는 것이 창의입니다. 그것은 역경이라는 숙련을 통해서 가능한 일입니다.

창의 주인공들의 생각은 제각각이지만, 그 안에는 공통점이 있습니다.

그것은 창의의 기본이자 창의의 비결입니다. 이를 3단계의 3가지 생각, 3가지 계획, 일명 '333 창의 방안'으로 정리하였습니다.

1. 남과 다른 생각, 즉 자신의 길을 스스로 찾아 '선택'하는 단계입니다.

창의 주인공들의 공통점 1 남과 다른 길 선택 단계

창의 주인공들의 첫 번째 공통점은 ❶꿈에 대한 간절함이 일반인들보다 몇 배 더 크고 강하다는 것입니다. 그리고 ❷꿈을 이루기 위한 목표와 ❸목표 달성을 위한 세부계획이 뚜렷하고 섬세합니다. 이를 이루기 위해 ①많이 뒤지고, ②세밀하게 비교하고, ③적기에 최선을 선택합니다. 이것은 꿈에 대한 열망이 있는 사람이라면 누구든지 최선의 결과를 얻을 수 있는 창의적인 선택 방안입니다. 예를 들어 디자인을 못하는 사람이 디자인을 잘하고 싶을 때, 돈이 부족한 사람이 훌륭한 집을 마련하고 싶을 때, 핸디캡이 있는 사람이 좋은 배우자를 만나고 싶을 때, 모두 가능합니다. 다만, 남과 다르게 미리 준비하는 노력이 수반되었을 때 가능합니다. 남과 같은 생각으로는 꿈을 이룰 수 없습니다. 남들이 좋다고 하는 것들은 대개 경쟁이 치열해서 꿈에 도달하는 것도 어렵지만, 설령 도달한다 해도 그것이 나의 것일 가능성은 높지 않기 때문입니다. 창의적인 사람들은 반드시 '남과 다른 길', '자신만의 길'을 선택합니다.

2. 1단계의 목표 달성을 위해 초심을 잃지 않고 지속적으로 '도전' 하는 단계입니다.

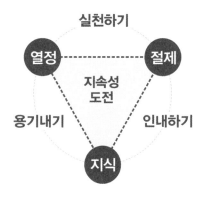

창의 주인공들의 공통점 2. 지속적으로 도전 단계

창의 주인공들의 두 번째 공통점은 시행착오를 통해 ❶자신의 주 전공을 발견하고 이에 대해 집중하여 전문적인 지식을 갖추지만 이에 만족하지 않고, ❷쉼 없이 열정적으로 도전하고, ❸매순간 절제하며, 자신의 분야에서 최고가 되기 위해 노력한다는 점입니다. 또 그들은 ①위기상황일수록 용기를 내고, ②말보다 행동으로 실천하며, ③힘든 순간에도 참고 인내합니다.

평범한 사람은 어느 정도의 목표를 달성하면 편안한 인생을 원합니다. 반대로 계획한 일이 풀리지 않거나 실패를 하면 포기를 하려고 합니다.

하지만 창의적인 사람들은 꿈을 이룬 후에도 안주하거나 초심을 잃지 않습니다. 새로운 목표를 정하고 계속 도전합니다. 반대로 실패를 하더라도 쉽게 좌절하거나 포기하지 않습니다. 목표와 방법 등이 바뀔 수는 있지만, 지속적으로 도전하는 습관은 자기 분야에서 최고가 될 수 있는 방안입니다.

3. 다양한 경험을 통해 깨달음을 얻고, 역지사지와 나눔을 실천하는 단계입니다.

창의 주인공들의 공통점 3. 역지사지와 나눔 실천 단계

창의 주인공들의 세 번째 공통점은 ❶가족은 물론 ❷이웃과 ❸국가에 대한 생각이 깊다는 점입니다.

타인에게 ①친절한 인사로 대하고, ②감사의 표현을 자주 하며, ③지속적인 봉사를 실천합니다.

특히 자신이 아픔을 경험한 부분에 대해서는 그 아픔을 겪고 있는 사람들의 심정을 이해하며 돕습니다. 이것은 역지사지(易地思之)입니다. 이와 맥락이 비슷한 사자성어는 지피지기(知彼知己)입니다.

역지사지하면 지피지기이고 지기피기하면 백전백승하니 역지사지는 백전백승할 수 있는 창의입니다.

따라서 창의 중에 가장 큰 창의는 역지사지라고 할 수 있습니다. 이것은 사람마다 다른 색깔과 깊이로 나타납니다. 다양한 아픔을 겪을수록 다양한 사람을 이해할 수 있을 것입니다.

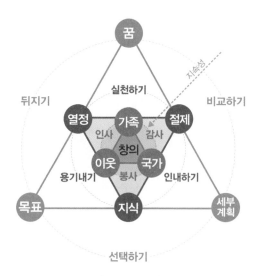

창의人의 공통점 '333 창의 방안'

창의 주인공들의 공통점을 3단계로 요약하면 첫째 '남과 다른 길을 선택'하고, 둘째 '지속적으로 도전'하며, 셋째 '역지사지와 나눔'을 실천하는 단계를 거친다는 점입니다.

이러한 생각의 뿌리에는 늘 부모가 있습니다. 그 원천은 효(孝)입니다. 효에서 모든 사랑이 시작되고 그것이 에너지로 발전합니다.

꿈을 이루는 과정의 주변에는 항상 동료, 직원, 이웃들이 있습니다. 주인공들은 "현장에 답이 있다. 무엇보다 중요한 건 '사람'이고, 인사(人事)가 만사(萬事)다."라고 강조합니다. 창의적인 사람은 '오래된 인연'을 더욱 소중히 여기고, 나와 남을 '우리'로 만들기 위해 노력합니다.

'우리'라는 말 안에는 나와 남이 하나 되는 융합의 의미가 담겨있습니다. 인간 세상에는 수많은 유·무형의 융합이 있지만, 가장 힘들고 어려운 융합은 '사람과 사람의 융합'입니다. 형제가 다투고, 노사, 지역 간에 대립하고, 국가 간의 전쟁이 끊이지 않는 현실이 이를 대변합니다.

나만 행복해서는 행복할 수 없습니다. 내 주변 사람들이 행복해야 나도 행복할 수 있습니다. 미국 하버드대학의 어느 학자는 〈Connected〉라는 책에서 ①내 친구가 행복하면 내가 행복할 확률이 15% 증가하고 ②내 친구의 친구가 행복하면 내가 행복할 확률이 10% 증가하고 ③내 친구의 친구의 친구가 행복하면 내가 행복할 확률이 6% 올라간다는 연구결과를 밝혔습니다. 남의 행복이 곧 나의 행복이라는 것입니다.

행복이나 성공은 늘 내 주변에 있고, 창의는 가까운 곳에 있습니다. 따라서 가장 선행되어야 할 창의는 '내 안의 융합'입니다. 그것은 '내가 잘 하는 일'과 '내가 좋아하는 일', 그리고 '남이 좋아하는 일'을 하나로 모을수록 꿈을 이룰 가능성이 높아진다는 뜻입니다.

내 안의 융합

또한 내 안의 '긍정'이 창의입니다. 긍정하면 안 될 일도 될 수 있지만, 부정하면 될 일도 안 되기 때문입니다. 예컨대 한 사람을 간절히 사랑하면 세상 모든 게 사랑스럽게 보이지만, 한 사람을 증오하면 밥도 넘어가지 않습니다. 우리의 성공이나 행복도 결국 자신의 생각에 달려있습니다.

우리나라처럼 '우리'라는 말을 많이 사용하는 민족이 없다고 합니다. 우리는 '나의 엄마', '나의 나라'라고 하지 않고, '우리 엄마', '우리 나라'라고 부르는 민족입니다. 우리는 나보다 '우리'를 중시하는 창의적인 민족입니다.

이 책 속의 주인공들도 마찬가지입니다. 자신 스스로를 "나는 창의와 거리가 먼 사람"이라고 얘기하지만, 나와 남을 우리로 만드는 사람이야말로 진정으로 창의적인 사람입니다.

인간은 혼자 살 수 없습니다.

나와 남이 하나로 연결되어 사는 존재입니다.

결국 우리가 사람이고, 사람의 만남이 최고의 '창의'입니다.

창의는 성공과 행복의 비결입니다.

여러분의 창의적인 만남을 기원합니다.

창의로 꿈을 실현하다

초판 1쇄 발행 | 2016년 11월 5일
초판 2쇄 발행 | 2016년 11월 20일

지은이 | 김경수
펴낸곳 | 함께북스
펴낸이 | 조완욱

등록번호 | 제1-1115호
주소 | 412-230 경기도 고양시 덕양구 행주내동 735-9
전화 | 031-979-6566~7
팩스 | 031-979-6568
이메일 | harmkke@hanmail.net

ISBN 978-89-7504-655-1 03810

이 도서의 국립중앙도서관 출판예정도서목록(CIP)은 서지정보유통지원시스템 홈페이지
(http://seoji.nl.go.kr)와 국가자료공동목록시스템(http://www.nl.go.kr/kolisnet)에서 이용
하실 수 있습니다.(CIP제어번호: CIP2016025328)